Uwe Schumacher
Das dunkle Geheimnis der Klutert

Klutertverlag

Danke

Mein innigster Dank gilt meiner Frau Gabriele, die stets meine erste und wichtigste Kritikerin war. Ohne ihre moralische Unterstützung hätte dieses Werk wohl für immer unvollendet bleiben müssen.

Danken möchte ich aber auch dem leider schon 1997 verstorbenen Arnsberger Autor Dr. Wilhelm Mauren, der mich mit seiner historischen Erzählung „Der Konflikt“ hinsichtlich einer fiktiven früheren Verbindung von Gräfin Sophia von Isenberg mit dem Grafen Engelbert von Berg insofern massgeblich inspiriert hat, dass ich mir erlaubt habe, diese faszinierende Idee in meinem Buch aufzugreifen und weiterzuentwickeln. Ausserdem hat Dr. Mauren meine Aufmerksamkeit auf die historische Person des Ritters Bernhard von Horstmar gelenkt, der mit Sicherheit eine der interessantesten Figuren gewesen ist, die jemals die Bühne der Geschichte betreten haben. In diesem Zusammenhang möchte ich mich bei den kirchlichen und kommunalen Dienststellen in Horstmar und Coevorden (Niederlande) für die freundliche Unterstützung bei meinen Recherchen bedanken.

Besonders bedanken möchte ich mich beim Verein zur Erhaltung der Isenburg e.V. für die freundliche Erlaubnis, die in unserem Anhang veröffentlichten Skizzen und Texte verwenden zu dürfen.

Für die Ideengebung zur Umschlaggestaltung danke ich unserer britischen Freundin Diana Such.

Ferner möchte ich mich beim Stadtmarketingverein Ennepetal, bei der Sparkasse Ennepetal-Breckerfeld und bei der AVU bedanken, die als Sponsoren ermöglicht haben, dass dieses Werk im passenden Rahmen erscheinen konnte.

Mein besonderer Dank gebührt meinem Freund und Verleger Bernd Arnold und seiner Frau Agnes Schneider für die viele Mühe und Arbeit, die sie in die Rezension dieses Buches investiert haben und für die vielen unvergessenen Stunden, in denen wir gemeinsam über der Korrektur saßen.

Dieses Buch erscheint im Rahmen des „Höhlenfiebers“, ein von der AVU für die „Höhlenstadt“ Ennepetal und deren Bürger ins Leben gerufenes und gefördertes Projekt.

AVU...

Vorwort

Liebe Leserin,
lieber Leser,

wer Ennepetal kennt, kann sich gut vorstellen, dass die heimische Natur mit ihren großen Wäldern und engen Tälern viele Anregungen für allerlei Märchen und Sagen gibt. Auch heute noch lockt das zu zwei Dritteln aus Wald und landwirtschaftlicher Nutzfläche bestehende Stadtgebiet viele Einheimische und Auswärtige aus dem nahegelegenen Ruhrgebiet und den angrenzenden Regionen zu Spaziergängen auf Ennepetals Wanderwege.

Das wohl bekannteste Beispiel einer durch die heimische Landschaft beeinflussten Erzählung ist die von den Gebrüdern Grimm aufgeschriebene Kluterthöhlensage vom „Hünentor zu Limburg".

Doch auch heute ist die Kluterthöhle noch immer im Gespräch. Weit über die Grenzen der Stadt Ennepetal bekannt ist die **Kluterthöhle** mit ihren fast 300 Gängen und einer Gesamtlänge von 6 km. Mehr als 43.000 Gäste haben in 2003 die größte Naturhöhle Deutschlands besucht. Ihre Naturheilkraft bei Asthma bronchiale und allergischen Hautkrankheiten wurde bereits in den 50er Jahren entdeckt. Wegen ihrer hervorragenden Heilwirkung ist sie vom Deutschen Bäderverband als Heilhöhle offiziell anerkannt.

Diese Kluterthöhle liefert den Ausgangspunkt einer fantastischen Reise durch die Zeit, in eine Epoche, in der ein richtungsweisender Konflikt in der Ermordung Engelberts, immerhin Kanzler des Deutschen Reiches, Erzbischof von Köln und Graf von Berg, seinen tragischen Höhepunkt fand. Der Autor Uwe Schumacher beschreibt vor dem Hintergrund der Tat die Landschaft der bergisch-märkischen Region und inszeniert eine fiktive Handlung, die von der ersten Zeile an fesselt und manches landschaftliche Detail in neuem Licht erscheinen lässt.

Ich wünsche Ihnen, dass die Lektüre Sie genau so gut unterhält wie mich, und darf Sie herzlich nach Ennepetal zu einem Besuch der Originalschauplätze einladen.

Herzliche Grüße

Ihr
Michael Eckhardt

Bürgermeister der Stadt Ennepetal

Das dunkle Geheimnis der Klutert

Roman

von
Uwe Schumacher

Klutertverlag

Sie können uns auch im Internet unter
www.klutertverlag.de besuchen.

Bibliographische Information der Deutschen Bibliothek

Die Deutsche Bibliothek verzeichnet diese Publikation in der Deutschen Nationalbibliographie; detaillierte bibliographische Daten sind im Internet über http://dnb.ddb.de abrufbar

Originalausgabe

ISBN 3-9809486-0-9

Im Kettelbach 20, 58135 Hagen

Umschlagidee: Diana Such
Umschlagentwurf & Gestaltung: Thomas Seibel

Printed in Deutschland

Inhalt

Prolog

Die Kluterthöhle ist das Wahrzeichen meiner Heimatstadt Ennepetal. Mit ihren bislang erforschten fast 6 Kilometer langen Gangsystemen gilt sie neben der Attahöhle als die größte natürliche Höhle in Deutschland. Weit über die Grenzen unseres Landes hinaus ist sie zudem als Heilstätte für Atemwegserkrankungen berühmt. Jahrhundertelang diente sie unseren Vorfahren als Zufluchtsstätte bei kriegerischen Auseinandersetzungen. Den Menschen rund um das obere Tal der Ennepe ist sie so seit ewigen Zeiten vertraut, auch wenn bis heute die wenigsten von ihnen das ganze Ausmaß ihrer unterirdischen Schönheit kennengelernt haben. Fast das gesamte Wissen über ihre Ausdehnung, ihre Entstehungsgeschichte und ihre besonders geschützten tierischen Bewohner verdanken wir dem unermüdlichen Einsatz des Arbeitskreises Kluterthöhle und dessen historischen Vorgängern, die sie intensiv erforschten und betreuten. Doch ihr gewaltiges Arsenal an unterirdischen Gängen, Hallen, Schluchten, Seen, Bächen und Spalten bietet sicherlich auch in Zukunft noch vieles an Unbekanntem und Neuem, das auf seine Entdeckung wartet. Ganz zu schweigen von den geheimnisvollen und unerklärlichen Kräften und Mächten, die in den unergründlichen Tiefen der Klutert vielleicht noch schlummern mögen, so lange, bis sie eines Tages ganz unvermutet geweckt werden...

Kapitel 1

Das Schicksal stellt seine Weichen

Fred Hoppe, Oktober 1972

Langsam und wie auf leisen Sohlen kroch die nackte Angst in mir hoch. Rings herum war tiefe Nacht, und die toten Zweige riesiger Äste ragten gespenstisch nach allen Seiten in das Dunkel. Jeder Schritt meiner müden Beine verfing sich in dichtem Gestrüpp, und doch konnte ich nicht anders, als einen Fuß vor den anderen zu setzen, einem ungewissen Ziel zu. Ab und an schrie eine Eule, oder kleines Getier entfernte sich unsichtbar für meine Augen mit raschelnden Geräuschen durch das regennasse Laub. Ansonsten war es still ringsumher – totenstill.

Der schier undurchdringliche Wald schien auf einmal seinen Boden zu verlieren. Wabernde Nebelschwaden umspielten die dunklen Konturen der Baumstämme. Das plötzlich durch die kahlen Äste scheinende Mondlicht tauchte alles in einen unwirklich anmutenden dampfenden Kessel. Das Herz klopfte mir nun bis zum Hals, und ich konnte die unsichtbar lauernde Gefahr beinahe riechen. Mein eigener Pulsschlag dröhnte mir in den Ohren, und trotzdem schien es mir, als hörte ich weit vor mir einen leisen Gesang. Ja, ganz deutlich vernahm ich so etwas wie eine ziemlich eintönige traurige Melodie. Unwillkürlich lenkte ich, ohne es wirklich zu wollen, meine schwerfälligen Schritte in die Richtung, aus der diese fremde Musik erklang. Dann, nach einigen Minuten, verstummten die Klänge, und es war wieder ganz still. Aus den Augenwinkeln bemerkte ich dann plötzlich eine raschelnde Bewegung im Dickicht und erschrak fürchterlich, als ich unvermittelt in die funkelnden Augen starrte, die mich aus einem pechschwarzen menschlichen Gesicht anblickten. Ich wollte laut aufschreien, doch heraus kam nur ein heiseres

Krächzen. Dann bewegte sich die unheimliche Gestalt auf mich zu, und ich wachte schweißgebadet auf.

Ich lag zu Hause in meinem Bett, und die herbstliche Sonne schien durch die Gardinen. Langsam kam ich wieder zu mir und erinnerte mich an den Traum. Schon als kleiner Junge hatte ich ihn geträumt, und seitdem hatte er nichts von seinem Schrecken verloren. Doch jetzt im Alter von 22 Jahren schien er mich viel öfter heimzusuchen als in früheren Zeiten. Trotzdem hatte ich nie jemandem davon erzählt, denn tief in meinem Herzen glaubte ich einfach nicht, dass irgend jemand in der Lage gewesen wäre, mich davon zu befreien.

Damals dachte ich wirklich nicht daran, dass es für diesen immer wiederkehrenden Albtraum tatsächlich einen irgendwie gearteten Sinn geben könnte. Ich hatte verständnisvolle Eltern und eine sorgenfreie Kindheit. Nichts an mir und meinem Wesen schien mir etwas Besonderes zu sein. Ich lebte auf unserem alten Bauernhof Bukholt bei Schweflinghausen hoch über dem Tal der Ennepe und weit ab von der sogenannten Zivilisation. Mit meinen Freunden hatte ich als Kind unsere weiten Wälder durchstreift und nie dabei auch nur den Anflug von Furcht verspürt. Vielleicht hatten die Erzählungen meiner Mutter über den geheimnisumwitterten Schnatermann aus ihrer alten Heimat in Vorpommern ja doch ihre Spuren hinterlassen. Der Schnatermann war eine Art lebender Sumpfwald, dessen Geist sich manchmal den Fremden als Aale und Schlangen fischendes Hutzelmännchen zeigte. Unsere eigenen Geschichten aus den Bergen und Wäldern des Märkischen Sauerlandes waren da schon friedlicherer Natur. In der Schule, zu der ich fast eine Stunde zu Fuß ins Dorf Rüggeberg unterwegs war, faszinierten mich früher immer die schönen Geschichten und Sagen von mehr oder minder freundlichen Zwergen oder guten und bösen Feen.

In der realen Welt meiner Eltern war jedoch wenig Platz für solcherart romantischer Märchen. Der Landwirtschaft ging es nicht gerade gut, und unserer Ansicht nach war die Europäische Wirtschaftsgemeinschaft nicht ganz unschuldig daran. Wir auf den Höhen am Rande des Sauerlandes konnten uns wegen der schlechten Gebirgsböden sowieso nur mit Milch- und Grünlandwirtschaft über Wasser halten, aber auf Dauer gesehen hatten Höfe mit weniger als 25

Hektar Land kaum eine Überlebenschance. Das war auch der Grund, warum mein Vater schon vor einigen Jahren das meiste Land an die Nachbarn verpachtet hatte und nur noch nebenberuflich etwas Vieh hielt. Als er damals 1949 aus der Kriegsgefangenschaft heimkam, heiratete und alsbald den Hof übernahm, hatte er im Traum nicht daran gedacht, dass er im Alter von 42 Jahren noch mal vollkommen von vorn anfangen müsste. Mein Vater, Horst Hoppe, war jetzt 47. Er hatte Glück gehabt und noch eine gute Stelle als Landbriefträger bekommen. So brauchte er wenigstens nicht in einer Fabrik zu arbeiten. Für mich war immer klar gewesen, dass ich niemals als Landwirt den Hof übernehmen würde. Nach meinem 10. Lebensjahr besuchte ich unser Städtisches Gymnasium bis zum Abitur, das ich wie die meisten meiner Freunde glücklicherweise bestand.

Meine Kreise zogen sich damit allerdings immer weiter. Zur Volksschule in Rüggeberg war es noch ein Fußweg von einer Stunde, zum Gymnasium im Ortsteil Altenvoerde unseres aus vielen kleinen Ortschaften bestehenden Städtchens Ennepetal waren es schon etwa 10 Kilometer, die zum Teil mit dem Bus zurückgelegt werden mussten. Nun zur Universität würden es fast 40 Kilometer sein. Ich war recht stolz, mich auf der nagelneuen riesigen Ruhr-Universität in Bochum einschreiben zu dürfen. Meine Eltern hatten auch nichts dagegen einzuwenden, als ich ihnen sagte, dass ich Geschichte studieren wolle - das war für sie immer noch besser als Politik, denn die meisten meiner Freunde bevorzugten diese Richtung, weil sie sich fest vorgenommen hatten, die Welt zu verändern. Klar, wir alle waren gegen den Vietnamkrieg und begrüßten den Anbruch einer neuen Zeit in Deutschland, als vor drei Jahren die Sozialdemokraten zum ersten Mal nach dem Krieg die Regierung übernahmen. Durchweg alle von uns waren Feuer und Flamme für die anstehenden Reformen, die beabsichtigte Aussöhnung mit dem Osten und die Verhandlungen mit der DDR. Vor allem aber waren wir für die Politik unseres Bundeskanzlers Willy Brandt, der diese neuen Zeiten erst möglich machte. Ich weiß noch genau, wie wir im April dieses Jahres gebangt hatten, als der Misstrauensantrag im Bundestag unser Idol zu stürzen drohte, und wie ausgelassen wir danach feierten, als Willy Brandt es tatsächlich schaffte, Kanzler zu bleiben.

Mein Vater hatte sich dagegen nie für Politik interessiert. Dafür engagierte er sich ein wenig im Heimatverein. Von Hause aus wurde bei uns fast nur Plattdeutsch gesprochen, und ich muss sagen, ich bin froh darum. Denn so habe ich es von klein auf selbst gelernt. Obwohl Ennepetal im Großen und Ganzen noch recht ländlich ist, hört man in den Straße das alte Idiom immer seltener. Wenn wir jungen Leute es nicht mehr können, dann wird es wohl oder übel in wenigen Jahrzehnten ausgestorben sein. Unter meinen Freunden bin ich sogar der einzige, der es noch sprechen kann.

Darüber war ich damals natürlich sehr glücklich, denn es öffnete mir auch bei den Älteren stets Tür und Tor. Dafür nahm ich gern in Kauf, dass einige meiner Altersgenossen mich als etwas verschroben ansahen. Natürlich machten solche Gerüchte auch bei den Mädchen die Runde, und wenn ich bei Freunden eine Party besuchte, ließen mich die weiblichen Gäste meist links liegen. So kam es wohl, dass ich noch keine Freundin hatte, als ich zum ersten Mal den Hörsaal für Geschichte betrat. Ich weiß nicht mehr, ob ich darüber wirklich unglücklich war, denn, was ich dort zu sehen bekam, verschlug mir umgehend die Sprache.

Der Professor war ein chinesischer Dissident, der sich mit seiner Familie aus Rot-China abgesetzt hatte, als Mao Tsetung vor einigen Jahren mit seiner sogenannten Kulturrevolution begann. Er hieß Leng Kao, und war bei den meisten Studenten nicht besonders beliebt, weil viele meiner Altersgenossen gerade Mao für besonders toll hielten. Einige zeigten Leng Kao sogar manchmal demonstrativ ihre gerade erstandene Mao-Bibel, und besonders freche Kommilitonen riefen ihm andauernd irgendwelche klugen Sprüche des „Großen Vorsitzenden“ entgegen. Leng Kao nahm all dies aber meist gelassen hin und fuhr einfach mit seiner Vorlesung fort. Ich dagegen hatte sowieso nur Augen für seine Tochter, die ihm bei seiner Arbeit assistierte.

Ihr Name war Leng Phei Siang, und sie war das schönste Geschöpf auf Gottes Erde. Die anderen mochten in ihr die Tochter eines Dissidenten aus dem „guten“ Reich des „Großen Vorsitzenden“ sehen, die man mit Nichtbeachtung straft, doch mich zogen sofort ihre fast hüftlangen schwarzen Haare, ihre zarte, schlanke und perfekte Gestalt, ihre schön geformten Lippen und vor allem ihre traurig blickenden dunklen Augen in den Bann.

Ich brauchte fast zehn Tage, bis ich es endlich wagte, sie anzusprechen. Unterdessen begnügte ich mich mehr oder weniger schmerzhaft damit, sie während der Vorlesungen heimlich mit meinen Blicken zu verschlingen. Da Professor Leng auch ein Einführungsseminar in die „Deutsche Geschichte des Mittelalters" gab, das ich laut meines Studienplanes belegen musste, hatte ich praktisch mehrmals am Tag Gelegenheit dazu.

Schon früh morgens beim Frühstück verspürte ich das Kribbeln in der Bauchgegend. Ich konnte es kaum erwarten, mit meinem kleinen alten Wagen endlich nach Bochum zu fahren. Trotzdem war mir dann stets der Hals wie zugeschnürt, wenn ich sie bloß sah. Immer wieder begegneten sich unsere Blicke, doch sie schaute jedesmal in eine andere Richtung. Endlich fasste ich all meinen Mut zusammen und fragte sie rundheraus, ob sie am Abend Zeit hätte.

„Abends muss ich eigentlich für mein eigenes Studium lernen", entgegnete Leng Phei Siang mit sanfter Stimme, „weißt du, ich bin noch nicht soweit, dass ich mich schon einschreiben kann. Deshalb lerne ich tagsüber als Assistentin bei meinem Vater."

Ich schaute etwas betreten nach unten, sagte aber zunächst nichts.

„Aber warum möchtest du denn gerade mit mir ausgehen?"

Nun war ich total perplex.

„Ich finde dich wunderschön", rutschte es mir heraus.

Zu spät, jetzt war es geschehen. Ich konnte direkt spüren, wie ich rot wurde.

„Ich weiß, dass du mich schon lange beobachtest", antwortete sie leise, „aber du kennst mich doch gar nicht."

„Das ist es ja eben, ich möchte dich gerne kennenlernen", antwortete ich nun wieder mit etwas festerer Stimme.

Leng Phei Siang schaute mich daraufhin lange prüfend an und wiegte den Kopf.

Verdammt, so sieht sie noch hübscher aus, dachte ich fast verzweifelt. Bitte gib mir jetzt keinen Korb. Endlich, nach Stunden, wie es mir schien, war sie wohl zu einem Entschluss gekommen:

„Gut, sollen wir uns heute um Abend um 7 Uhr vor dem Auditorium Maximum treffen?"

„Am Audimax, toll, ich freue mich darauf,"

Ich weiß nicht mehr, wie ich den Rest des Tages überstanden habe, ohne vor Freude zu platzen. Ich hatte eine Verabredung mit der Frau meiner Träume. In mir baute sich ein ungeheures Glücksgefühl auf. Leng Phei Siang lächelte mir aber nur kurz zu und verschwand mit den Büchern ihres Vaters durch die Tür hinter dem Pult.

Es wurde ein schöner Abend, und diesem sollten noch einige weitere folgen. Anfangs erzählten wir uns unsere Lebensgeschichten, wobei ich glaube, dass meine wesentlich langweiliger ausfiel. Ihre dagegen hörte sich unglaublich fantastisch an. Sie war 20 Jahre alt und hatte erst vor vier Jahren angefangen, Deutsch zu lernen. Daheim in China - Kanton hieß die Stadt, in der sie wohnten, glaube ich - hatten die Lengs ein ruhiges Leben geführt, bis die Kulturrevolution begann. Ich hatte damals bestimmt nicht ganz verstanden, was genau so schlimm daran war, doch jedenfalls musste Leng Phei Siang mit ihrer Familie flüchten, sonst wären sie in ein Umerziehungslager gesteckt worden. Was das bedeutete, hatte ich kürzlich noch zufällig in einer Sendung über China im Fernsehen gesehen. Professor Leng wurde mit einem Berufsverbot belegt, aber er konnte sich durch die Flucht gerade noch vor den Schergen retten, die ihn abholen wollten. Über die grüne Grenze, ich weiß nicht, ob ich das richtig mitbekommen hatte, kam die Familie dann in die britische Kronkolonie Hong Kong und von dort aus über Beziehungen nach Deutschland, weil Professor Leng ein auch in Europa bekannter Lehrer für Deutsche Geschichte war.

Nun lebten sie seitdem in einer kleinen Wohnung im Bochumer Uni-Center. Aber dort wohnten auch viele Studenten, und die meisten, die politisch engagiert waren, konnten Dissidenten aus Rot-China nicht leiden. Selbstverständlich spürten das die Lengs recht schnell. Sie wurden angefeindet oder schlicht nicht beachtet. Trotzdem schaffte es Leng Phei Siang, nicht nur die Sprache des fremden Landes zu lernen, sondern auch das Abitur zu machen. Sie wollte selbst gern Geschichte studieren, doch sie meinte, sie hätte noch viel aufzuholen. Deshalb assistierte sie tagsüber ihrem Vater. Eigene Freunde hatte sie nicht, die waren alle im Reich der Mitte zurückgeblieben.

Schon nach dem zweiten gemeinsamen Abend traute ich mich, zaghaft meinen Arm um ihre schmalen Schultern zu legen, und beim Abschied gab sie mir einen Kuss auf die Wange. Ich war im siebten Himmel und schwor bei allem, was mir heilig war, mich ihres Vertrauens würdig zu erweisen. Nach einer Woche gingen wir Hand in Hand, und ich erzählte ihr als erstem Menschen von meinem immer wiederkehrenden Traum.

Leng Phei Siang, Oktober 1972

Fred ist wirklich ein netter Mensch, aber er weiß eigentlich gar nichts von mir. Niemand weiß etwas von mir, denn was ich war, das ist in meiner Heimat, fern über dem Meer, in Quangdung begraben. Als junges Mädchen bin ich dort glücklich gewesen, und ich hatte auch einen Freund gehabt, den ich zu lieben glaubte. Seitdem der „Große Vorsitzende“ damals vor einigen Jahren seinen „Großen Sprung“ proklamierte, hatte sich viel verändert. Wir alle sollten möglichst umgehend und ohne Zwischenetappen in die großartige kommunistische Gesellschaftsordnung überführt werden, doch wir lebten weit weg von Bejing, und bei uns änderte sich nur wenig. Dann begann die sogenannte Kulturrevolution, und damit endete auch das Leben, wie wir es gewohnt waren. Meine Mutter Kang Lu Tsi verlor von einem Tag auf den anderen ihre Anstellung. Sie war Tänzerin der Pekingoper gewesen, und solcherart „dekadente Unterhaltung“ war plötzlich verpönt. Mein Vater durfte zunächst weiter unterrichten, aber er machte keinen Hehl aus seiner Auffassung, dass man die Gesellschaft nur allmählich und langsam auf den großen Umbruch vorbereiten könne. Diese Ansichten brachten ihn in gefährliche Nähe zu Liu Schaotschi, der auf eine gemäßigte Politik drängte. Wir jungen Leute waren dagegen Feuer und Flamme für die Ideen des „Großen Vorsitzenden“, und ausgerechnet derjenige, den ich zu lieben glaubte, meinte, es sei an der Zeit, Leute wie meinen Vater los zu werden. In seinem Übereifer verriet er ihn und so auch mich. Wir mussten fliehen, denn Gerüchten nach waren zahlreiche andere aus ähnlichen Gründen bereits eliminiert worden.

Viel konnten wir nicht mitnehmen auf unseren Weg durch das grüne Dickicht, der uns an die streng bewachte Grenze zur britischen Kronkolonie Hong Kong bringen sollte. Damals überfiel mich zum ersten Mal dieser Albtraum. Zitternd und frierend fand ich mich unversehens in einem dichten Wald in einem unbekannten kalten Land wieder. Ich wusste nicht, wohin ich gehen sollte, aber jeder einzelne meiner Schritte brachte mich einer unbeschreiblichen, lauernden Gefahr näher, der ich nicht ausweichen konnte. Dann erschien plötzlich das Gesicht eines Menschen, und es war kohlrabenschwarz. Mit kaltem Schweiß auf der Stirn wachte ich auf. Seitdem träume ich diesen Traum immer wieder, und ich kann ihn nicht erklären. Lange Zeit hielt ich ihn für ein Zeichen meines Gemütszustandes, denn ich komme mir seit unserer Flucht schrecklich einsam und verlassen vor. Doch jetzt bin ich mir nicht mehr so sicher. Fred, der Junge, der mich seit damals zum ersten Mal wieder zum Lachen gebracht hat, scheint auch von dem genau gleichen Albtraum verfolgt zu werden. Ich bin der erste Mensch, mit dem er darüber gesprochen hat. Ich habe ihm aber trotzdem nicht gesagt, dass ich seinen Traum gut kenne, doch nun habe ich wirklich Angst. Was soll das alles bedeuten? Fred war sich nicht sicher, ob ich ihm seine Geschichte von dem Traum glaube, aber mein skeptischer Blick hatte eine ganz andere Ursache. Bis jetzt habe ich nicht gedacht, dass ich jemals wieder für einen Jungen etwas empfinden könnte. Wir haben ein großes gemeinsames Geheimnis. Vielleicht hat uns das Schicksal zusammengeführt, und das Ganze soll eine große Prüfung sein. Vielleicht haben wir eine gemeinsame Aufgabe zu erfüllen. In vielen der alten Geschichten, die mir meine Mutter früher erzählte, können nur verwandte Seelen die Herausforderung der geheimnisvollen alten Mächte bestehen. Vielleicht werde ich doch noch eines Tages selbst wieder die Liebe erlernen. Vielleicht bin ich ja doch nicht tot, und mein Herz ist nicht in Quangdung begraben.

Doch es wird sogar noch unheimlicher, denn da gibt es etwas, das ich meinem neuen deutschen Freund nicht gesagt habe. Wir werden umziehen und zwar ausgerechnet in seine Stadt. Mein Vater erzählte es mir erst gestern, aber die Wohnung hier in diesem schrecklichen Bochum, wo man uns nicht mag, ist schon gekündigt.

„Wir ziehen nach Ennepetal, Siang, in die Stadt, wo dein netter junger Freund wohnt," teilte mir mein Vater freudestrahlend mit.

Dort auf dem Land, wo es nicht nur neunmalkluge Studenten gibt, die den „Großen Vorsitzenden“ lieben, werden wir ein neues Leben anfangen. Ich habe mich darüber zunächst wirklich gefreut, auch wenn ich die Sache mit Fred noch nicht so ganz ernst gesehen habe. Ich wollte es ihm wirklich sagen, aber dann erzählte er mir von dem Traum, und jetzt habe ich Angst – und wenn es auch nur die Angst ist, dass ich mich doch noch in ihn verlieben könnte.

Fred Hoppe, 31. Oktober 1972

Ich konnte mein Glück nicht fassen. Zuerst begegnete ich dem schönsten und geheimnisvollsten Wesen auf Erden und verliebte mich Hals über Kopf in sie, und dann zog meine Angebetete mit ihrer Familie auch noch ausgerechnet in meine Heimatstadt. Natürlich staunten meine Eltern und Freunde nicht schlecht, als ich ihnen zum ersten Mal Leng Phei Siang vorstellte. Ich hatte den Eindruck, als seien sie alle von ihrem scheuen, liebenswürdigen Wesen angetan, ganz zu schweigen von ihrem nun wirklich atemberaubenden exotischen Aussehen. Wer hatte in dieser Zeit vor 1972 in unserem ländlichen Fleckchen Erde schon mal eine richtige Chinesin gesehen? Ich gebe zu, ich genoss es in vollen Zügen, Leng Phei Siang in unserem Städtchen herumzuführen, mit ihr durch unsere herrlich anzuschauenden herbstlichen Wälder zu spazieren und ihr unsere alten Geschichten von Zwergen, Rittern und Feen zu erzählen. Das Beste, was unsere Stadt zu bieten hat, sparte ich mir bis zuletzt auf, nämlich die Kluterthöhle. Immerhin ist sie wohl die längste Naturhöhle in ganz Deutschland, und ihre Heilwirkung bei Asthma- und Bronchialkrankheiten ist sogar weltberühmt. Natürlich erzählte ich ihr auch von dem alten Märchen mit dem Wanderer und dem Fuchs, das die Gebrüder Grimm sogar seinerzeit in ihre Märchensammlung aufgenommen hatten. Leng Phei Siang war schon öfter das Wahrzeichen mit dem Fuchs an verschiedenen Stellen aufgefallen, aber sie hatte sich bislang keinen Reim darauf machen können.

„Du bist gemein, dass du mir das vorenthalten hast“, meinte sie scherzhaft und stieß mich dabei immer wieder in die Seite.

Und so erzählte ich ihr von dem Wanderer, der eines Tages vor vielen hundert Jahren in die Nähe der Klutert kam und plötzlich auf einen Zwerg vor dem Höhleneingang traf. Der Wanderer fragte diesen nach dem kürzesten Weg nach Limburg an der Lenne, und der Zwerg antwortete, der schnellste Weg führe durch den Berg. Damit sich der Wanderer in den dunklen Gängen und Kammern nicht verirren konnte, gab er ihm einen Fuchs mit auf den Weg, den der Wanderer stets am Schwanz festhalten solle. Und tatsächlich ließ sich der Wanderer auf die Sache ein, er nahm den Schwanz des Fuchses fest in die Hand, und los ging es durch die Klutert. Nach vielen Stunden sah er dann endlich Licht. Doch am Ausgang der Höhle hatte sich ein Riese breitgemacht, der sogleich die menschliche Beute roch. Vor lauter Schreck ließ der Wandersmann den Fuchsschwanz fahren, und das Tier stob am verdutzten Riesen vorbei davon. Der Riese raste hinterher und fluchte, weil er den Fuchs nicht erwischen konnte. Der Wanderer aber konnte gemütlich den Hang hinunter nach Limburg gehen. Seitdem wird der Höhlenausgang dort das „Hünentor“ genannt.

„Bis heute ist es jedoch noch niemandem gelungen zu beweisen, dass die Kluterthöhle wirklich bis nach Hohenlimburg reicht“, so beendete ich die Geschichte. „Allerdings hütet die Klutert bestimmt noch viele unentdeckte Geheimnisse.“

Ich kann mich täuschen, doch ich hatte das komische Gefühl, als hätte die alte Geschichte Leng Phei Siang sehr nachdenklich gestimmtg. Jedenfalls schien sie mir noch einige Zeit danach abwesend zu sein. Darum erzählte ich ihr, wie kultiviert heute der von den Kurpatienten benutzte Teil der Höhle ausgebaut sei. Auch war der Eingang schon seit Jahren kein düsteres Loch ins Innere der Erde mehr, sondern mit Felsstücken verziert, und daneben stand ein für unser Städtchen recht imposantes Kurhotel.

Obwohl dieser letzte Oktobertag noch relativ warm war, fiel mir auf, wie sich eine Gänsehaut auf Leng Phei Siangs bloßen Armen bildete, aber ich dachte nur, es sei ja immerhin nicht ihr Klima und zog sie näher an mich heran, um sie zu wärmen.

„Was ist, wenn das Licht ausfällt?“ fragte Phei Siang unvermittelt.
„Dann rette ich dich und führe dich aus der Unterwelt“, lachte ich.
„Du solltest keine Scherze mit den Geistern der Erde treiben“, meinte sie, wie mir schien, ganz ernst.
Gab es in China wirklich keine Höhlen, oder hatte meine schöne Freundin Angst vor dem Eingesperrtsein in einer von der Außenwelt abgeschlossenen Umgebung? Verdenken könnte ich es ihr nicht, bei allem, was sie vor einigen Jahren durchgemacht hatte.
„Sollen wir unseren Besuch in der Klutert vielleicht doch noch verschieben?“ fragte ich sie.
Immerhin konnte es ja sein, dass sie solche Ängste vor mir nicht gern zugeben wollte, von wegen Gesicht verlieren und so.
„Nein, wirklich nicht,“ bemühte sich Phei Siang zu sagen. „Ich bin ein wenig beinflusst von alledem, was meine Mutter mir erzählt hat. Eure westliche Welt ist wohl technisch weit entwickelt, aber man weiß hier sicher auch nicht alles.“
„Das kann schon sein, doch diese Höhle ist eine der am besten erforschten im ganzen Land. Schon vor Jahrhunderten haben die Menschen in ihr Zuflucht gesucht, wenn Kriege das Land verwüsteten. Der Höhlenführer ist gut ausgebildet und wird uns nicht verlieren.“
„Spricht er auch diesen komischen Dialekt, den ich nicht verstehe?“ lachte Phei Siang.
„Ich weiß es wirklich nicht, ich war selbst zum letzten Mal mit meiner Schulklasse drinnen, und das ist Jahre her. Und außerdem ist es kein Dialekt, sondern Plattdeutsch.“
„Und das ist natürlich eigentlich eine eigene Sprache“, lachte sie, „du hast es mir ja oft genug erzählt. Komm, zeig‘ mir jetzt eure große Sensation!“
Mittlerweile waren wir das kleine Stück Weg am Hang des Klutertberges entlang gegangen und konnten das weiße Hotelgebäude schon gut sehen. Dort angekommen, lösten wir unsere Eintrittskarten am Schalter und stellten uns in die Reihe der Wartenden. Ich zählte insgesamt über 25 Erwachsene und Kinder, die in die Höhle wollten - ungewöhnlich viele für einen der letzten Herbsttage.
Der Höhlenführer nahm uns in Empfang, stellte sich uns mit seinem Vornamen Friedhelm vor, wies uns an, stets zusammenzubleiben und schloss das Tor zur Höhle auf. Als

wir eintraten, mussten wir uns ein wenig bücken. Dabei sah ich kurz noch einmal das Wahrzeichen, den Fuchs. Ich weiß nicht warum, doch aus der Nähe betrachtet, glich seine Miene nicht mehr einem Grinsen sondern eher einer Fratze, die uns hämisch anstarrte.

Hätte ich zu diesem Zeitpunkt gewusst, dass Phei Siang vom gleichen Albtraum wie ich geplagt wurde, ich schwöre, wir wären nie hineingegangen. So aber schob ich mein ungutes Gefühl beiseite und überließ mich meiner Vorfreude. Wir gingen vorbei an einer Reihe von Bänken für die Kurpatienten und kamen an eine Stelle, von der aus verschiedene Gänge abzweigten. Geradeaus die Treppen hinunter müsste der sogenannte „Ostsee" liegen, erinnerte ich mich. Auf dem Rückweg würden wir von dort wohl heraufkommen. Wir gingen nach links, einen langen Gang entlang, dessen schräge Decke uns manchmal zwang, die Köpfe einzuziehen. Die untere Hälfte war etwa einen Meter tief ausgeschachtet worden, denn man konnte den Verlauf des natürlichen Höhlenbodens noch nachvollziehen. Der Gang führte leicht nach unten und bog dann nach rechts ab.

„Diese Halle wurde früher die Kirche genannt," erklärte Friedhelm. „Der Name kommt daher, weil die ersten Protestanten im 16. Jahrhundert hier heimlich ihre Gottesdienste abhielten."

Ich griff in meine Hosentasche und fühlte nach der Taschenlampe, die ich zu Hause noch vor unserem Ausflug aus einer Laune heraus eingesteckt hatte. Die „Kirche" erschien mir ein geeigneter Ort für ihren Einsatz, denn von hier aus zweigte ein dunkler Gang nach links ab. Er war auch von der Beleuchtungsanlage nicht erfasst worden. Friedhelm wies nach rechts, tiefer in die Unterwelt hinein. Die Lampen in dem Gang, durch den wir gerade gekommen waren, hatte er bereits von einem in die Wand eingelassenen Schalter ausgeknipst.

Ich fasste Phei Siang am Arm und ließ die anderen vorausgehen. Mit der anderen Hand zeigte ich ihr lächelnd die Taschenlampe und schaltete sie ein.

„Lass uns doch mal ganz kurz in den dunklen Gang gehen," sagte ich zuversichtlich. „ich möchte dir gern zeigen, wie sich Höhlenforscher fühlen müssen, wenn sie ohne technische Hilfe im Berg sind."

Ich weiß, das war sicher eine ziemlich blöde Ausrede, besonders weil sie ja zuvor über ihre Unsicherheit gesprochen hatte. Aber wir waren jetzt schon einige Wochen zusammen, und ich hatte mich noch immer nicht getraut, sie richtig zu küssen. Das Dunkel im Berg schien mir der geeignete Ort dafür zu sein.

Phei Siang blickte mich fragend an, ließ sich aber bereitwillig etwa zehn Meter tief in den schwarzen Gang hineinführen. Ich bin überzeugt, sie wusste genau, was ich beabsichtigte, und ihre Bereitschaft dazu ließ mich regelrecht frohlocken.

„Bleiben Sie bitte zusammen!“ hörten wir noch Friedhelms mahnende Stimme.

Phei Siang lachte leise und umarmte mich. Sie berührte mein Gesicht mit ihren Händen und zog mich zu ihrem halb geöffneten Mund. Ich dachte noch, jetzt hat sie mich schon wieder überrumpelt, obwohl ich es war, der es eingefädelt hatte. Gerade noch spürte ich, wie ihre liebkosende Zunge sich den Weg zwischen meine Lippen bahnte, da ging die Welt unter.

Kapitel 2 - Eine völlig fremde Welt

Fred Hoppe

Es war wie ein Erdbeben, aber mit Blitz und Donner. Die Wände der Höhle wackelten, dann verschwanden sie völlig, und wir standen oder schwebten in totaler Finsternis. Das Ganze geschah so schnell, dass wir noch nicht einmal Zeit gefunden hatten, uns mit unserem plötzlichen Ende abzufinden. Als sich dann wieder alles beruhigt hatte, lagen wir eng umschlungen und fassungslos auf dem Höhlenboden. Allerdings konnte ich nur vermuten, dass es der Höhlenboden war, denn es blieb dunkel, und man konnte absolut nichts erkennen, jedenfalls lagen wir auf hartem, unregelmäßigem Fels.

Endlich entsann ich mich der Taschenlampe. Vorsichtig tastete ich danach und fand sie tatsächlich wenige Zentimeter entfernt liegen. Bis jetzt hatte Phei Siang keinen Laut von sich gegeben, aber ich hörte sie laut und schnell ein- und ausatmen. Schock, dachte ich, aber dann rührte sie sich.

„Hast du noch die Taschenlampe?" fragte sie mich mit einem leisen Zittern in der Stimme.

„Ja, ich habe sie gerade wiedergefunden", antwortete ich ebenso ängstlich.

Ich schaltete sie ein, und ihr Schein drang etwa 20 Meter weit in die Höhle hinein.

Voll Entsetzen konnten wir erkennen, dass sich die Höhle verändert hatte. Der Gang, in den wir nur wenige Schritte hineingegangen waren, hatte jetzt einen unregelmäßigen Boden, und in der Richtung, aus der wir gekommen waren, sah es ebenfalls ganz anders aus. Teilweise waren die Wände näher aneinandergerückt, und die Halle, die „Kirche" genannt wurde, erschien nun viel kleiner. Langsam und uns gegenseitig stützend, richteten wir uns auf. Auch die

Höhlendecke war unregelmäßig geformt, sie schien sogar niedergedrückt zu sein. Von der Decke und vom Boden her wuchsen Stalagtiten und Stalagmiten.

„Die waren vorher aber noch nicht da“, stellte Phei Siang trocken fest.

„Vielleicht hat das Erdbeben sie freigelegt,“ vermutete ich.

„Bestimmt nicht, die Dinger sind doch ganz empfindlich.“

Damit hatte sie natürlich Recht. Erst jetzt dachte ich an unsere Besuchergruppe. Ob sie sich hatte retten können?

„Meinst du, die anderen leben noch?“ fragte Phei Siang, als ob sie meine Gedanken erraten hätte.

„Hallo!! Hallo!“ rief ich den Gang hinunter, in den die Gruppe verschwunden war.

Es erfolgte keine Antwort. Alles blieb totenstill.

„Ich weiß nicht, was passiert ist, aber irgend etwas hat die Höhle total verändert“, stellte ich sorgenvoll fest.

„Verschüttet können wir jedenfalls nicht sein“, meinte Phei Siang, „es ist immer noch ein Luftzug zu spüren. Also muss es auch noch einen Ausgang geben.“

„Dann lass uns versuchen, dorthin zurückzufinden.“

Langsam und mit vorsichtigen Schritten versuchten wir, den Weg wiederzufinden, den wir gekommen waren, doch das erwies sich als gar nicht so einfach. Der Gang, aus dem wir in die Halle herabkamen, war zwar noch da, aber er war zusammengestaucht. Um ihn zu benutzen, mussten wir wohl oder übel auf allen Vieren kriechen.

Eine gute halbe Stunde später kamen wir wieder zu der Stelle, an der sich zum ersten Mal die Höhle in mehrere Richtungen aufteilte. Zum Ausgang hin mussten wir uns rechts halten. Hier hatten doch die Bänke für die Kurpatienten gestanden. Nun aber unterschied sich dieser Gang kaum noch von dem, durch den wir gekrochen waren. Und überall schränkten zudem Stalagtiten und Stalagmiten, die es hier mit absoluter Sicherheit zuvor nicht gegeben hatte, unsere Bewegungsfreiheit zusätzlich ein.

Dann endlich sahen wir einen hellen Schein – den Ausgang. Phei Siang fasste mich am Arm.

„Sei vorsichtig, wenn du ins Freie hinausgehst, bitte!“

Verwundert drehte ich mich zu ihr um.

„Ich finde es ja toll, dass du dich um mich sorgst, aber wir haben es gleich geschafft. Ich kann es nicht erwarten, aus der Höhle zu kommen.“

„Hm“, meinte Pei Siang nur, sagte aber sonst nichts.

„Ich kann kaum glauben, dass wir noch leben“, sagte ich, „und wenn du mich fragst, ich werde diese Höhlenfalle bestimmt nie wieder betreten.“

Mit diesen Worten trat ich gebückt aus dem nun sehr niedrigen Höhleneingang hinaus ins abendliche Dämmerlicht. Dämmerlicht? Wieso ist es eigentlich schon fast dunkel? dachte ich noch, als ich ins Leere trat und sofort einen Hang hinunterpurzelte. Ich überschlug mich gleich mehrfach, bevor ein riesiger Baum meinen Fall abrupt stoppte. Ich prallte mit dem Kopf gegen den Stamm und verlor sofort die Besinnung.

Als ich wieder zu mir kam, blickte ich in Phei Siangs sorgenvolles Gesicht. Sie hatte meinen Kopf in ihren Schoß gelegt und streichelte meine Wangen.

„Du hast noch einmal Glück gehabt. Wenn der Baum dich nicht aufgehalten hätte, wärst du in die Ennepe gefallen,“ tröstete sie mich.

Noch etwas benommen richtete ich mich auf.

„Wie konnte das passieren?“ fragte ich verdutzt. „Wo ist der Platz vor der Höhle geblieben?“

„Wo ist Ennepetal und das Kurhotel geblieben?“ lautete ihre Gegenfrage.

„Was?“

„Ja, es gibt keinen Platz mehr, kein Hotel, keine Stadt. Oder siehst du außer Wald noch irgendetwas anderes?“

Langsam begann ich zu begreifen.

„Verdammt! Aber das ist doch unmöglich!“

Ich schaute mich noch mal nach allen Seiten um. Da war nichts außer einem dichten Wald und dem Fluss einige Meter tiefer.

„Wie konntest du das wissen?“ fragte ich sie.

„Die Veränderungen in der Höhle wiesen schon darauf hin“, antwortete Phei Siang langsam, als wollte sie, dass ihre Worte in mich einsickerten. „Bei einem Erdbeben hätten uns die zusammenbrechenden Wände erschlagen und dann die Stalagtiten und Stalagmiten. Nein, das ist nicht die Höhle, die du kennst! Deshalb konnte es am Eingang auch nicht mehr so sein, wie du es erwartet hattest. Wir sind einfach nicht mehr da, wo wir waren. Es ist ein anderer Ort, damit müssen wir uns abfinden.“

„Gut, aber warum verliefen die Höhlengänge dann noch genauso, wie in der Klutert?“ fragte ich, nun vollkommen verwirrt. „Warum war der Eingang genau da, wo wir ihn vermutet hatten?“

„Vielleicht sind wir ja doch noch am gleichen Ort, aber nicht mehr in der gleichen Zeit“, sinnierte Phei Siang.

„Daran darfst du nicht einmal denken! Wie soll so etwas möglich sein?“ fuhr ich erschrocken auf.

Phei Siang nahm behutsam meine Hand. Hinter ihrer schönen Stirn arbeitete es.

„Hör mal,“ begann sie zögernd. „Ich habe dir etwas verschwiegen. Seit Jahren habe ich den gleichen Traum wie du! Wir sollten uns darauf einstellen, dass er vielleicht bald wahr wird.“

Mir wurde es schlecht vor Schreck, und mir gingen tausend Dinge auf einmal durch den Kopf.

„Phei Siang, was passiert mit uns.?“

Mehr brachte ich nicht hervor. Ich zog sie zu mir heran und führte ihre Hände zu meinen Wangen, an denen die Tränen herabliefen.

„Meine Mutter erzählte mir, dass manchmal nur verwandte Seelen die Aufgaben meistern können, die die Geister der Erde uns stellen“, sagte sie ruhig und ganz ernst.

„Aber unsere Eltern und Freunde“, brach es aus mir hervor. „Wie sollen sie erfahren, was uns passiert ist? Wie können wir wieder zurückkommen?“

„Ich weiß es nicht, aber wir können hier nicht bleiben. Sieh doch, wir haben nur unsere dünnen Jacken an. Wir brauchen Schutz und Hilfe, wenn in dieser fremden Welt oder Zeit der Winter beginnt. Und wann das ist, wissen wir nicht.“

„Ich hoffe immer noch, dass du nicht Recht hast“, murmelte ich, aber ich war schon fast überzeugt, dass stimmen musste, was Phei Siang vermutete.

Hand in Hand suchten wir, einen Weg durch das Dickicht, aber wohin wir uns wenden sollten, das wussten wir nicht. Verzweifelt bemühte ich mich, irgendwelche bekannten Geländepunkte zu finden, doch die einbrechende Dunkelheit ließ mich nur schemenhaft die Formen des Geländes ausmachen. Trotzdem glaubte ich, als sich meine Augen besser an das Zwielicht gewöhnt hatten, auf der anderen Seite des Flusses die vertrauten Konturen des Homberger Hügels und seines Ausläufers auf der Hardt wiederzuerkennen. Auch die spitz zulaufende Terrasse, auf der eigentlich die evangelische Kirche Milspe stehen müsste, war gut auszumachen. Nur, dass alles mit Wald bedeckt war. Und was für ein Wald. Meist waren es Buchen und einige Eichen, aber ihre Stämme waren viel wuchtiger, als ich sie normalerweise kannte, und ihre Baumkronen mussten wesentlich höher und größer sein als - ja, als zu unserer Zeit.

„Weißt du, Fred," hob Phei Siang an, „ich habe auch Angst. Ich denke schon seit einiger Zeit, dass etwas passieren würde, das uns beide betrifft. Bitte, verstehe mich nicht falsch, aber als du mir von deinem Traum berichtet hattest, war mir klar, dass das Schicksal etwas für uns bereit hält. Zuerst war ich sehr erschrocken, dann habe ich mich gefragt, ob ich mich alledem stellen wollte. Ich war sicher, dass uns beiden etwas passieren würde, wenn ich mich für dich entscheide."

„Phei Siang..."

„Nein, lass mich bitte weiter erklären. Ich habe lange überlegt und nächtelang kaum schlafen können. Mein altes Leben, meine Heimat, alles, was ich einmal gewesen bin und dort geliebt habe, das ist tot und begraben in Quangdung. Ich habe geglaubt, ich könnte nicht mehr glücklich sein, aber dann kamst du. Du hast mir wohl vom ersten Tag an, an dem du mich gesehen hast, dein Herz geschenkt."

„Phei Siang, ich..."

„Schscht". Mit ihrem Zeigefinger schloss sie mir die Lippen. „Ich glaube jetzt, ich habe mich richtig entschieden. Ich will wieder leben und zwar mit dir. Und ich will glücklich sein. Ich stelle mich dem Schicksal, weil es unser gemeinsames Schicksal ist. Und ich bin fest davon überzeugt, wir werden etwas Vernünftiges daraus machen. Deshalb dürfen wir nicht aufgeben. Ganz gleich, wohin es uns verschlagen hat, wir müssen es annehmen. Das ist der Preis für unsere Liebe und ein gemeinsames Leben. Verstehst du das?"

„Ja, ich glaube, ich verstehe dich. Ich liebe dich."

„Ich weiß, aber, glaube mir, wir hätten keine Chance gehabt."

„Warum nicht? Deine Eltern schienen mich doch ganz gut leiden zu können."

„Ja, das stimmt zwar," lachte Phei Siang unter Tränen, „doch nur, weil sie sich freuten, dass ich wieder lachen konnte. Gegen eine Freundschaft würden sie nichts einzuwenden haben, aber Liebe und eine gemeinsame

Zukunft hätten sie nicht geduldet. Ich hätte nie einen Europäer heiraten dürfen, weißt du. Wir sind nicht so erzogen wie ihr. Ich hätte wohl gehorchen müssen."

„Von der Seite habe ich das noch nicht gesehen. Ich hätte keine Probleme damit gehabt, mich gegen alle Widerstände durchzusetzen, aber wenn du das sagst. Du achtest deine Eltern sehr, nicht wahr?"

„Ganz ehrlich, ich hätte es nicht ertragen können, verstoßen zu werden. Du hättest eine ziemlich traurige und ganz und gar unglückliche Phei Siang bekommen, wenn wir trotzdem zusammengeblieben wären."

Während unserer Unterhaltung waren wir wieder stehen geblieben. Ich nahm ihre Hände und zog sie heran.

„Es ist gut so", sagte ich. „Wir sind heute zum ersten Mal ganz offen miteinander gewesen. Das ist ein guter Grund, auf den wir bauen können. Ich liebe dich, und ich will sein, wo du bist und wo wir uns lieben dürfen, alles andere ist unwichtig."

Wir umarmten uns und küssten uns innig, und diesmal ging die Welt nicht unter. Nur eine Eule schrie in der beginnenden Nacht.

„Trotzdem müssen wir wissen, wohin wir gehen wollen," erklärte ich ihr. „Ich habe an der Form des Geländes erkannt, dass wir noch genau in Ennepetal vor der Kluterthöhle sein müssen. Wenn wir jetzt eine Bleibe suchen, dann sollten wir in Erfahrung bringen, wo Menschen wohnen."

Phei Siang trocknete ihre Tränen und stimmte mir zu.

„Am Besten versuchen wir es bergauf. Da drüben ist der Hang nicht so steil, und wir müssten ganz gut vorwärts kommen. Die ersten Menschen in dieser Gegend siedelten auf den Höhen, deshalb werden wir wohl dort am ehesten welche antreffen."

„Und was, wenn nicht?"

„Dann müssen wir uns damit abfinden, dass wir weiter als 1300 Jahre in der Vergangenheit sind."

„Oder doch in einer anderen Welt", ergänzte Phei Siang wenig ermutigend.

Zwischenspiel

Nicht weit vom Eingang der Höhle musterten zwei nachtgewohnte listige Augen kopfschüttelnd das Paar. Die Augen gehörten einem menschlichen Wesen von zwergenhaftem Wuchs. Über einem kleinen dunklen Wams trug die Gestalt ein braunes, von einem breiten Gürtel gehaltenes Gewand mit einer Kapuze. Im Gürtel steckten verschiedene Utensilien, unter anderem auch ein Hammer. Als der junge Mann aus der Höhle fiel, musste die zwergenhafte Gestalt leise kichern. Dann sah er, wie noch eine junge hübsche Frau herauskroch, doch deren Bewegungen waren viel vorsichtiger. Sie stürzte nicht den Hang hinunter wie ihr Begleiter. Über die seltsame Kleidung der beiden wunderte sich der Zwergenhafte weit weniger als über das fremdartige Aussehen der Frau. Solch dunkle Haut und schlitzförmige Augen über hohen Wangenknochen hatte er noch nie gesehen. Kein Zweifel, sie war wunderschön und konnte sich bestimmt mit jeder der höher gestellten Töchter des Landes messen, aber ihr dunkler Teint passte nun absolut nicht dazu. Im Laufe seines langen Lebens hatte der Zwergenhafte schon öfter Gestalten gesehen, die nicht in seine Welt gehörten. Er ahnte, dass sie aus einer anderen, zeitlich verschobenen Welt kommen mussten. Irgendwie waren sie zur falschen Zeit am falschen Ort gewesen und in die Falle der Höhle geraten. Er bedauerte diese Menschen. Sie hatten in der Regel alle keine Überlebenschance in seiner Welt. Den beiden Neuankömmlingen traute er nicht einmal zu, den nächsten Morgen unbeschadet zu erleben. Immerhin, die schöne fremde Frau war sehr interessant. Sie geriet nicht in Panik, als ob sie gewusst hätte, was sie erwartete.

Der Zwergenhafte wiegte seinen Kopf. Vielleicht würde er sie doch noch mal wiedersehen. Er wünschte es sich sogar. Aber dann hörte er ein fernes Geräusch, eine Art Echo nur. Der Zwergenhafte wusste genau, was dieses Geräusch bedeutete. Die Häscher waren wieder unterwegs. Wehe all denen, die sich jetzt ohne Ziel und Verstand in den Wäldern bewegten, so wie der junge Tolpatsch. Er würde seine Herrin nicht beschützen können. Der Zwergenhafte musste sich bald selbst wieder verbergen. Deshalb wandte er sich um und ging auf den Eingang der Höhle zu. Laut fluchend und kopfschüttelnd verschwand er in der Klutert. Nur ein Wort wiederholte er dabei immer wieder, und wie drohend erschallte es noch lang durch den Wald: „Samhain! Samhain!“

Leng Phei Siang

Es war genau wie in dem Traum, nur eines tröstete mich sehr: ich musste mich nicht allein den fremden Mächten und der lauernden Gefahr stellen. Trotzdem hatte ich Angst, und ich wusste, dass es Fred nicht anders ging.

Schritt für Schritt kämpften wir uns durch das Gestrüpp langsam bergauf. Durch die gespenstisch in das durchscheinende Mondlicht ausgreifenden dicken und dünnen Äste der gewaltigen Bäume sah der graue Himmel unheimlich aus. Unsere Füße wurden ständig von Kletten und anderen schlingenden Pflanzen behindert. Wieder ging mir das dumpfe Geschrei einer jagenden Eule durch Mark und Bein. Da, wie aus dem Nichts, trat jetzt auch dieser seltsame Bodennebel auf und entrückte die Wurzeln der Bäume und unsere Füße gleichermaßen der festen Erde. Ich blieb stehen und schüttelte mich. Fred trat auf mich zu und versuchte mich mit seinen Händen zu wärmen.

Plötzlich war da ein Rascheln vor uns im Dickicht. Wir wussten beide, was wir zu erwarten hatten. Tatsächlich lugten zuerst zwei feurige Augen hinter der dicken Buche hervor, und dann erschien wirklich das schwarze Gesicht.

Wir hielten uns eng umschlungen. Zitternd erwarteten wir, was nun kommen würde. Das schwarze Gesicht kam auf uns zu, aber anders als im Traum konnten wir deutlich sehen, dass es sich um einen alten Mann in dunklen zerlumpten Gewändern handelte. Ein rußgeschwärzter Zeigefinger legte sich auf seine Lippen. Natürlich, wir sollten nur ja still sein. Dann machte er uns ein Zeichen. Wir sollten ihm folgen.

„Wie menschlich“, entfuhr es Fred.

„Pssst!“ machte der schwarze alte Mann.

Vorsichtig folgten wir ihm durch das Gebüsch und kamen auf einen größeren ebenen Platz, der wie eine Lichtung ausgeschlagen war. An einem Ende des Platzes befand sich eine aus Holz aufgeschichtete rundliche Kuppel, die mit Grassoden abgedeckt worden war. Am anderen Ende stand ein aus Holzstangen bestehendes zeltartiges Gebilde. Der alte Mann gab uns mit Gesten zu verstehen, dort hinein zu gehen.

„Husch, Husch!“ machte er dabei. Er schien es eilig damit zu haben, dass wir seine Behausung betraten. Wir folgten der Anweisung und gelangten in einen dunklen Raum. Dort kauerten wir uns nieder. Der Mann drehte sich um und machte sich gegenüber an der mit Gras bedeckten Kuppel zu schaffen.

„Ein Köhler“, flüsterte Fred.

Ich spürte direkt seine Erleichterung.

„Siehst du das? Sie schichten das Holz auf und decken es ab. Dann zünden sie den Haufen an und es schwelt in mehreren Tagen zu Holzkohle. Die wird zur Verhüttung von Eisen gebraucht. Phei Siang, das wird hier in der Gegend seit mehreren hundert Jahren nicht mehr so gemacht.“

Ich nickte nur, denn das seltsame Verhalten des Mannes bedeutete offensichtlich, dass wir uns vor etwas verstecken sollten. Ich flüsterte Fred meine Gedanken leise zu.

Ich war jetzt wesentlich ruhiger, aber das bohrende Gefühl, dass wir in Gefahr schwebten, war nicht verflogen. Im Gegenteil, ich spürte das lauernde Unheil noch viel deutlicher.

„Vielleicht will er uns schützen“, nahm Fred unvermittelt meine Gedanken auf.

„Aber vor was?“

„Ich weiß es auch nicht.“

Etwa eine Viertelstunde kauerten wir so fast bewegungslos auf dem Boden. Dann spürten wir plötzlich, wie der Boden vibrierte. Dazu kam das Geräusch von Pferden im Galopp. Von einem Augenblick auf den anderen wurde das Dickicht auseinander getrieben, und eine Schar von Reitern hielt auf dem Platz. Diese Reiter trugen runde Helme und wehende Gewänder oder Mäntel. Ihre Oberkörper steckten in Kettenhemden, und alle führten Lanzen und Schwerter mit sich.

Fred atmete laut aus, und ich legte ihm meine Hand auf den Mund.

Der Anführer der Horde ritt jetzt auf den schwarzen alten Mann zu. Er hielt vor ihm an und bellte ihm regelrecht einige Laute zu, die ich nicht verstehen konnte. Neben mir öffnete Fred fassungslos seinen Mund.

Fred Hoppe

Ich dachte, mich trifft der Schlag, als ich die Reiter sah. Es mussten mittelalterliche Söldner sein. Wo waren wir nur hingeraten? Doch die größte Überraschung stand uns noch bevor, als der Anführer den Köhler anrief:

„Hiän giätt ümmen seien?“

Das klang doch wie unser heimisches Ennepesträßer Plattdeutsch, und es hieß:

„Habt Ihr jemanden gesehen?“

Der Köhler schüttelte nur den Kopf.

„Nä, nümmes, Hiärr!“ (Nein, niemanden, Herr)

Der Anführer des Söldnertrupps blickte sich zögerlich um.

„Guad, dann aff!“ (Gut, dann weiter) rief er aus, wendete sein Pferd und stob an der Spitze seiner Meute davon in den Wald hinein.

Zuerst war ich zu benommen, doch dann erklärte ich Phei Siang, was ich verstanden hatte. Trotzdem blieben wir noch wie angewurzelt stehen. Nach einer Weile kam der Köhler und gab uns ein Zeichen, herauszukommen. Er sagte etwas, aber ich konnte nur Bruchstücke verstehen. Es klang wie:

„Sit üövam Barg“ (Sie sind über den Berg).

Ganz so einfach war die Verständigung wohl doch nicht. Der Köhler setzte nun zu einer ganzen Reihe von Fragen an, aber diesmal verstand ich überhaupt nichts. Dann schien er unser Problem zu erkennen und sprach nur noch abgehackte einzelne Worte.

„Watt–maket-giätt-hiär?“ (Was macht Ihr hier?)

Ich versuchte zu erklären, doch er schüttelte nur den Kopf. Dann begann er aufs Neue und breitete seine Arme aus.

„Hiär-allet-Grafio, Gerefa-Alte-na-he!“

„Er will uns wohl sagen, hier gehöre alles dem Grafen von Altena“, erklärte ich Phei Siang, was ich verstanden hatte oder zu verstehen glaubte. „Interessant ist,“ fuhr ich fort, „dass er das Wort Graf gleich auf Mittelhochdeutsch und auf Altsächsisch sagt.“

„Altsächsisch?“ fragte Phei Siang.

„Ja, unsere, nein, meine Vorfahren waren Sachsen, die von Norden her eingewandert waren. Wenn er die Bezeichnung auf Mittelhochdeutsch sagt, denkt er wahrscheinlich, wir kämen von Süden. Du musst wissen, unsere Sprache, das Plattdeutsche, hat sich im Laufe der Jahrhunderte aus dem Altsächsischen entwickelt, aber der Lautstand und viele Worte haben sich nicht verändert. Weil er mich und mein modernes Platt nicht versteht, denkt er wohl, wir kämen daher, wo Mittelhochdeutsch gesprochen wurde, und das ist in Süddeutschland der Fall gewesen.“

Phei Siang nickte zwar, aber mir schwirrte jetzt richtig der Kopf.

„Aber weißt du, was das bedeutet?“ fuhr ich aufgeregt fort.

Ich gab ihr keine Gelegenheit zu antworten.

„Wir müssen so tief im Mittelalter gelandet sein, dass es beide Sprachen noch nebeneinander gibt, und, was noch wesentlicher ist, wir befinden uns wohl in einer Zeit, als die Grafen von Altena sich noch nicht von Mark nannten.“

„Ich glaube, ich verstehe jetzt ein bisschen,“ meinte Phei Siang. „Du hast mir erzählt, Ennepetal gehöre zum Märkischen Sauerland, also auch zur alten Grafschaft Mark.“

„Richtig!“

„Wenn du weißt, dass die sich zuvor von Altena genannt haben, dann musst du auch ungefähr wissen, wo wir gelandet sind, richtig?“

„Richtig!“ rief ich jetzt laut, als ob allein diese Tatsache in unserer misslichen Lage schon ein Grund zur Freude gewesen wäre.

„Also?“ forderte Phei Siang mit leisem Lächeln.

„Ach ja natürlich, ungefähr Anfang des 13. Jahrhunderts.“

„Hm!“ machte Phei Siang.

Ich schaute sie verwundert an. Und dann begann ich zu begreifen, was diese wahrscheinliche Tatsache für uns bedeuten musste: Wir waren rund 800 Jahre vor unserer Geburt gestrandet.

„Das ist ja schon was," versuchte Phei Siang mich aufzumuntern. „Gibt uns das irgendwelche Anhaltspunkte, wie wir uns zu verhalten haben oder wohin wir gehen können?"

„Ja, wahrscheinlich," antwortete ich, jetzt zuversichtlicher geworden. „Wir müssten es nur genau wissen, denn in dieser Zeit gab es schon einige Veränderungen in dieser Gegend."

Ich wandte mich wieder dem Köhler zu, der unsere Unterhaltung nicht verstanden hatte.

„Name Gerefa?" fragte ich vorsichtig.

„Adolf-Gerefa-van Al-te-nahe", kam die Antwort.

Ich überlegte fieberhaft. Wann hatte der gelebt?

„Wiecket Jaohr schriewet giett?" (Welches Jahr schreibt Ihr) versuchte ich es.

Erst schien es, als ob er mich nicht verstanden hätte, doch dann überlegte er und sagte:

„Anno Domini Hiligendags, Twelfünnertveeruntwintig", hörte ich heraus.

„Wir sind im Jahr 1224", übersetzte ich Phei Siang.

Langsam und nach vielen Missverständnissen erfuhren wir bald mehr von dem alten Mann. Er hatte unser Leben gerettet, denn die Häscher waren unterwegs in den Wäldern an der Ennepe. Was wir nicht völlig verstehen konnten, das reimten wir uns im Nachhinein zusammen. Wenn nämlich im Mittelalter Fremde in den Wäldern angetroffen wurden, dann war deren Schicksal meist besiegelt. Jeder Fremde galt als Gefahr und konnte von den Söldnern des Grafen ohne Bedenken getötet werden, denn es gab immer wieder Überfälle auf gräfliche Konvois und Transporte. Gerade jetzt war wieder ein unbekannter Ritter gesehen worden, der die Wälder durchstreifte. Der Köhler war sicher, dass dieser Mann nicht mehr lange unter den Lebenden weilen würde. Hätte man uns erwischt, wäre der Ritter vielleicht entkommen. Wir erfuhren auch, dass dieses Gebiet hier umstritten war. Der Altenaer erhob zwar Anspruch darauf, aber es gab schon einige Oberhöfe, die eindeutig dem Kölner Erzbischof Engelbert gehörten, und andere, die dem Neffen des Altenaers, dem Grafen Friedrich von Altena-Nienbrügge, Tribut zu zollen hatten.

Jetzt fiel es mir wie Schuppen von den Augen. Dieser Friedrich von Altena-Nienbrügge nannte sich nun wahrscheinlich schon einige Jahre lang auch von Isenberg. Er würde in gut einem Jahr seinen Vetter, den Erzbischof Engelbert II, in einem Hohlweg bei Gevelsberg ermorden. Und wir waren mittendrin. Wenn wir nämlich darauf angewiesen waren, eine annehmbare Unterkunft und Gehör zu finden, dann mussten wir es schaffen, auf eine Burg zu kommen. Bei den einfachen Menschen würden wir sicherlich nicht überleben können. Der Winter stand bevor. Phei Siang hatte eindeutig Recht. Wir mussten zu einer Burg. Aber auf dem Weg dorthin, gleich zu welcher, lauerte die Gefahr, aus dem Nichts heraus getötet zu werden. Wir hatten keinen bekannten Namen, den wir im Schilde führen konnten, wir waren nicht von adligem Geblüt. Also hatten wir auch kein Anrecht auf eine ritterliche Behandlung. Selbst wenn es uns gelingen würde, eine der Burgen der Landesherren zu erreichen, wir würden nicht einmal zu den hohen Grafen vorgelassen.

Phei Siang betrachtete das Dilemma nüchtern:

„Dann müssen wir eben versuchen, edle Herrschaften zu werden.“

„Und wie stellst du dir das vor?“ fragte ich resignierend.

„Überleg doch, Fred, der Köhler hat gesagt, die Häscher wären dem fremden Ritter schon auf der Spur gewesen, als sie uns beinahe erwischt hätten. Wenn es stimmt, dass er keine Chance hat, die Begegnung mit ihnen zu überleben, dann muss er hier in der Nähe erschlagen worden sein. Wir müssen ihn finden, Fred!“

Den Rest der Nacht verbrachten wir in der offenen Köhlerhütte. Obwohl wir uns ganz eng aneinander gekuschelt hatten, froren wir beide erbärmlich. Am Morgen konnten wir uns kaum aufrichten, so schmerzten uns die Glieder. Wenn ich noch einen Funken Zweifel gehabt hatte, ob Phei Siangs Idee wirklich richtig war, jetzt war er bestimmt verflogen.

Hungrig und frierend machten wir uns auf. Der Köhler versuchte, uns davon abzubringen, aber eine Alternative hatte er auch nicht zu bieten. Mehr aus einer Laune heraus hatten wir ihm erzählt, wir ständen in Diensten eines großen Fürsten, der die Steppen des Ostens beherrschte, und wir müssten eine Botschaft an den König der Stämme Theodiscs, also der Deutschen, überbringen. Ich denke nicht, dass er uns auch nur ein Wort geglaubt hat, im schlimmsten Falle konnte er aber immer noch behaupten, er habe uns nicht verstanden, weil unser sächsisch so schlecht war. Als Dank hatte ich ihm die Taschenlampe da lassen wollen, aber er hatte abgelehnt. Phei Siang war darüber ganz froh, dachte sie doch, wir könnten die „Wunderlampe ohne Feuer" bestimmt noch gut brauchen.

Lange überlegten wir, in welcher Richtung wir suchen sollten. Endlich war mir eingefallen, dass es ja in Richtung Gevelsberg einen alten Handelsweg geben musste, der von der Rheinebene her zum Hellweg, dem uralten Heerweg, führen musste. Um dorthin zu gelangen, war es am besten, der Ennepe zu folgen, denn quer durch das unwegsame Dickicht über Berg und Tal hätten wir es nie geschafft. Vielleicht hätten wir uns nur verirrt, und nicht überall konnten wir mit freundlichen Menschen in dieser Wildnis rechnen, die in 800 Jahren einmal meine Heimat werden sollte. Der in die Bergwelt eingedrungene Ritter hatte wahrscheinlich das Gleiche beabsichtigt und war irgendwo vom Weg abgekommen. Ich konnte mir gut vorstellen, wie die Geschichte sich entwickelt hatte. Er wird sich nach Tagen des Umherirrens bestimmt an dem erstbesten Bauernsiedler gütlich getan haben, vielleicht hatte er dessen Vorräte einfach geraubt, sein Adelsrecht ausübend. Der Graf von Altena wird davon bald erfahren haben, und wie Gerüchte nun mal sind, vielleicht hatte es ihm gegenüber geheißen, eine Horde Räuber oder ein fremder Adliger verwüste mit seinem Gefolge das Land. So etwas konnte sich der Herr auf Burg Altena bestimmt nicht leisten, war er doch gegenüber seinen Untertanen auch zu deren Schutz verpflichtet. Also wird er schnellstens de Häscher auf seine Spur ausgeschickt haben, um die Ordnung wieder herzustellen. Natürlich wird Graf Adolf auch seinen Konkurrenten beweisen wollen, dass seine Herrschaft hier nahe an der Territorialgrenze zu seinen Nachbarn unumstritten ist.

Obwohl wir nun wussten, wohin wir gehen wollten, dauerte es noch eine geraume Zeit, den Berg wieder hinunter zum Fluß zu gelangen. Inzwischen hatte sich ein feuchter Nebel gebildet, der uns mit seiner Nässe erheblich zusetzte. Bei jedem Geräusch fuhren wir zusammen und verbargen uns für eine Weile mucksmäuschenstill hinter großen Buchenstämmen. Mit jeder weiteren Stunde wurde uns unbarmherzig klar gemacht, dass der Winter auf dem

Vormarsch war, denn zu allem hatte sich nun auch noch ein kalter scharfer Wind entwickelt, der unsere Hände fast zu Eis erstarren ließ. Hoffentlich hatten die Häscher überhaupt noch etwas von dem Ritter übrig gelassen. Gute Tücher und das eine oder andere Abstammungszeichen wären uns höchst willkommen gewesen. Den unangenehmen Gedanken daran, dass wir wohl ernsthaft beabsichtigten, eine Leiche zu fleddern, schoben wir einfach beiseite. Hier ging es um das nackte Überleben und sonst nichts.

Ich weiß nicht, ob es Schicksal oder Gottes Fügung war, jedenfalls fanden wir an der Kruiner Furt durch die Ennepe tatsächlich Spuren eines Kampfes. Eine Menge Huftritte, abgehauene und abgerissene Äste sowie ein verlorenes Schwert wiesen ohne Zweifel darauf hin, dass die unheilvolle Begegnung in der Nacht hier stattgefunden haben musste. Mir lief es eiskalt den Rücken herunter, weil das Ganze nur wenige Kilometer von dem Ort entfernt war, an dem wir uns aufgehalten hatten. An der Furt selbst und in den umliegenden Büschen lagen insgesamt drei männliche Leichen. Die Häscher hatten sie wohl zur Abschreckung einfach den wilden Tieren überlassen. Vorsichtig blickten wir immer wieder in die Runde, bevor wir mit unserer grausigen Tätigkeit begannen. Der Ritter selbst lag halb im Wasser und hatte seine Arme ausgebreitet. Ein gezielter Stich ins Herz hatte seinem Leben ein Ende bereitet. Er trug noch sein Kettenhemd und darunter ein helles lederartiges Wams mit einem Wappen darauf. Im Busch daneben lag sein Schild. Es zeigte das gleiche Wappen, einen entwurzelten Baum. Irgendwo hatte ich so etwas schon mal gesehen, konnte mich aber nicht erinnern wo. Phei Siang knüpfte unterdessen den dunklen Umhang oder Mantel eines der anderen Toten ab. Dabei machte sie ein gequältes Gesicht. Als wir mit vereinten Kräften die dritte Leiche umdrehten, um deren Wams von hinten aufzuknüpfen, hörten wir plötzlich das Schnaufen eines Pferdes direkt hinter uns. Zuerst waren wir wie gelähmt vor Schreck, doch dann entdeckten wir, dass sich offenbar zwei der Reittiere ihren gefallenen Besitzern näherten. Sie mussten wohl ausgebrochen und durchgegangen sein, als ihre Reiter überfallen wurden. Die Häscher hätten sie sonst bestimmt mitgenommen. Sie hatten ja auch die Rüstung des Ritters eingesteckt. Was mussten sie sich geärgert haben, dass ihnen die Pferde mit den gefüllten Satteltaschen und dem bestimmt kostbaren

Herrensitz durch die Lappen gegangen waren. Und nun kehrten die Tiere wieder zurück. Sie kamen ganz nah an uns heran und schnupperten. Als ob sie wüssten, dass sie allein in der Wildnis eine leichte Beute sein würden. Es war einfach, die gezackten Lederschnüre zu ergreifen und die Pferde festzuhalten.

„Mit so einem Glück hätte ich nicht gerechnet", freute sich Phei Siang, als sie die Zügel des ihr am nächsten stehenden Pferdes ergriff.

Sie klopfte den Hals ihres Tieres, und das Pferd schien nicht im Mindesten beunruhigt zu sein.

„Ich glaube, das sind kampferprobte Streitrösser", meinte ich, „sonst wären die nicht so ruhig. Die müssen einiges gewohnt sein, und trotzdem sind sie beim Überfall ausgebüxt."

Wir machten die Pferde an einem starken Ast fest und sortierten unsere Beute.

„Gestern hätte mich der Anblick von zwei Pferden im Wald noch ziemlich unberührt gelassen", lachte Phei Siang, „und heute komme ich mir vor, als hätten wir einen Schatz gefunden."

„Die beiden Tiere sind unsere Eintrittskarte in die Welt des ritterlichen Adels", versuchte ich zu scherzen. „Das ist schon so etwas wie ein Schatz. In unserer Lage ist es sogar so, als hätten wir Wasser mitten in der Wüste gefunden."

„Kannst du denn reiten?"

„Ich glaube schon. Immerhin hatten wir lange einen Bauernhof, und als Kind habe ich es oft probiert."

„Mit Erfolg?" fragte Phei Siang.

„Na ja, ich weiß schon, wie es ist, wenn man vom Pferd fällt, wenn es das ist, was du wissen wolltest. Aber wie ist es mit dir?"

„Ich hatte eine gute Ausbildung in einer staatlichen Dressurschule", antwortete Phei Siang, wie mir schien, mit ein wenig Stolz.

Dieses Mädchen überraschte mich immer wieder.

„Wann werde ich endlich alles von dir wissen?" fragte ich kopfschüttelnd.

„In 800 Jahren vielleicht?" entgegnete meine Angebetete schnippisch.

Wir lachten noch lange über diesen, wie mir schien, doch etwas makaberen, aber treffenden Scherz. Gleichzeitig packten wir die gefundenen Sachen zusammen. Phei Siang half mir beim Ankleiden, nachdem wir herausgefunden hatten, wie die fremden Sachen funktionierten. Zum Schluss band ich mir den breiten Gürtel des Ritters um das Kettenhemd und steckte das gefundene Schwert in die vorhandene Scheide. Ich kam mir vor, als hätte ich mindestens 10 Kilogramm auf einmal zugenommen.

Bei Phei Siang gestaltete sich die Sache etwas schwieriger. Sie hatte vor unserem Verschwinden eine enge Jeans getragen. Die konnten wir nicht ersetzen, da wir ja nur männliche Leichen gefunden hatten. Aber in den Satteltaschen der Pferde stießen wir neben einem Beutel mit Münzen auch auf gute und große Tücher. Daraus wanden wir einen stilgemäßen breiten Umhang, der vor ihrer Brust mit einer goldenen Spange gehalten wurde. Ihre langen schwarzen Haare band sie sich zu einem Zopf und steckte diesen am Hinterkopf fest. Unsere eigenen Jacken und meine Hose packten wir in die Satteltaschen, ebenso die Taschenlampe.

Dann untersuchten wir den Beutel mit den Münzen. Die meisten waren englische Prägungen mit den lateinischen Schriftzeichen „Johannus, Rex Anglorum".

„Was macht ein englischer Ritter hier abseits aller höfischen Kultur auf dem Kontinent?" fragte ich. „Soweit ich weiß, müssen die Münzen mindestens zehn Jahre alt sein, denn King John, der auch „John Lackland" genannt wurde, starb bereits im Jahr 1215."

Phei Siang sinnierte über das Wappen auf Wams und Schild.

„Was mag der entwurzelte Baum bedeuten?"

Ich überlegte kurz.

„Vielleicht ist es ein enterbter Adliger", fiel mir ein. „Als solcher könnte er gut als fahrender Ritter auf dem Kontinent sein Glück gesucht haben."

„Hauptsache, sein Wappen, sein Name und seine Herkunft sind hier unter den Adligen nicht bekannt, sonst haben wir ein Problem," stellte Phei Siang nüchtern fest. „Das, was ich noch über europäische Geschichte weiß, sagt mir auch, dass es niemand wagen durfte, sich einen Titel anzumaßen, wenn er nicht selbst von adligem Geblüt war, richtig?"

„Stimmt, wenn es herauskäme, dann würde man mit uns kurzen Prozess machen."

„Also brauchen wir eine gute Geschichte," brachte Phei Siang unser Problem auf den Punkt.

„Ja, du hast Recht," stimmte ich zu. „Aber nicht nur das, wir müssen uns gehörig vorsehen, denn hier wird bald etwas passieren, das für die große Geschichte bedeutsam sein wird."

Dann erzählte ich Phei Siang, was bei uns jedes Kind in der Schule über die Sache mit Engelbert II von Berg und den Isenburger lernte. Engelbert war nämlich nicht nur Graf von Berg, sondern auch gleichzeitig Erzbischof von Köln, und als solcher galt er als der erste Fürst im ganzen Land. Als Herzog von Westfalen war er sozusagen dazu noch Oberlehnsherr aller anderen Grafen und Ministerialen rings herum. Nach alter Sitte hatte nur der Erzbischof von Köln das Recht, den neuen König zu krönen, und er war der Erzieher des Königssohnes. Wenn der König nicht im Land war, wurde der Erzbischof von Köln zu seinem Statthalter in Deutschland ernannt, und die Geschicke des gesamten Reiches nördlich der Alpen lag in seinen Händen. Kurz: Engelbert war ein enorm bedeutungsvoller und wichtiger Mann. Wie man uns in der Schule beigebracht hatte, waren offenbar viele andere adelige Nachbarn mächtig neidisch auf ihn. Vielleicht hatte er sie als Oberlehnsherr auch gehörig gegängelt oder sich auf ihre Kosten bereichert.

Jedenfalls gab es eine Adelsverschwörung, und man beschloss, Engelbert gefangen zu nehmen, um irgendwelche Zugeständnisse und vielleicht ein hohes Lösegeld zu erpressen – übrigens ein gängiges und fast normales Verfahren im Mittelalter. Derjenige, der die Tat ausführen sollte, war ausgerechnet sein Vetter Friedrich von Altena-Isenberg. Der aber entpuppte sich laut der Erzählung als gemeiner Bösewicht, und Engelbert wurde ermordet. Das galt selbst zu dieser Zeit als unerhörte Tat, und sie blieb nicht ungesühnt. Friedrichs Burg wurde von den Truppen des Königs belagert und zerstört. Ich selbst hatte als Schüler auf dem Isenberg bei Hattingen einmal die überwucherten Trümmerberge seiner ehemaligen Burg gesehen. Ein Haufen Schutt mit viel Gras und Bäumen drauf, das war alles, was davon übrig geblieben war. Der Missetäter Friedrich selbst aber wurde gejagt, bis man ihn erwischte. Er wurde dann in Köln auf grausigste Weise hingerichtet.

Unser Problem war nun, dass ausgerechnet die Isenburg für uns die einzig erreichbare war. Alle anderen lagen zu weit entfernt. Altena lag mindestens 30 Kilometer über die Berge und durch weglose Wildnis, und zu Engelberts eigener Burg an der Wupper war es noch viel weiter. Nur die Isenburg lag etwa 15 bis 20 Kilometer im Norden, und zu ihr führten relativ gute Handelswege. In einem Jahr würde nach der Geschichtsschreibung die ruchlose Tat geschehen, und so, wie unsere Lage war, würden wir mindestens den kommenden Winter auf der Isenburg verbringen müssen, falls man uns einließ und falls man uns eine derartig lange Gastfreundschaft gewährte. Dazu mussten wir entsprechend unverschämt als Hochstapler auftreten.

Nachdem ich Phei Siang diese Zusammenhänge erklärt hatte, saßen wir noch lange an der Furt und schmiedeten unsere Pläne. Am Ende hatten wir uns eine nahezu perfekte Lügengeschichte zusammengereimt, und ich muss sagen, ich bin noch heute stolz darauf.

Demnach war ich ein von King John verbannter englischer Ritter namens Winfred von Rotherham. Ich gebe zu, Sir Walter Scotts Erzählung „Ivanhoe“ hatte dabei Pate gestanden. Der englische Ritter erklärte auch mein schlechtes Sächsisch und enthob mich langer Erklärungen, warum unsere Sprache trotzdem dem hiesigen Idiom so ähnlich war, denn immerhin stammten die Engländer ja von den Sachsen ab, als diese noch an der Küste wohnten und vor Jahrhunderten zum Teil auf die Insel auswanderten. Zu Phei Siangs neuer Identität hatte sie selbst das meiste beigetragen, weil es sich hierbei auch um chinesische Geschichte handelte. Dabei hatte eine wesentliche Rolle gespielt, dass gerade zu dieser Zeit die Mongolen sich anschickten, China, Innerasien und Osteuropa zu erobern. Im Jahre 1196 erhob sich nämlich ein Krieger namens Temudschin zum Führer des Mongchol-Stammes, dessen Name auf alle anderen Nachbarstämme überging. 1206 wurde dieser Temudschin zum „Tschingis-Khan“, das heißt zum Groß-Khan, gewählt. Er eroberte ganz Nordchina und das geheimnisvolle Samarkand an der Seidenstraße. Die Chinesische Mauer wurde wegen dieses Mannes zu ihrer heutigen Größe und Form ausgebaut. Temudschin würde allerdings in zwei Jahren das Zeitliche segnen, doch seine Söhne würden das begonnene Werk fortsetzen. Einer von ihnen, namens Batu würde in weniger als einem Jahrzehnt Russland und Polen erobern. Bis es allerdings soweit war, würde Batu sicher versuchen, seine Beziehungen zu europäischen Staaten auszubauen. Deshalb war Phei Siang zu einer seiner Töchter geworden. Als mongolische

Prinzessin befand sie sich auf diplomatischer Reise durch das Abendland, um von der Machtfülle ihres Vaters zu künden. Da wir beide auf keinen Fall wegen irgendwelcher mittelalterlicher Moralvorstellungen innerhalb der Burg getrennt werden wollten, mussten wir als verheiratetes Paar auftreten. Wir waren überzeugt, dass es sich gut machen würde, wenn ein verbannter englischer Ritter, der in Batus Dienste getreten war, nun nach seiner Entlassung zur Belohnung die Tochter des Groß-Khans heiraten durfte. Der englische Ritter Sir Winfred of Rotherham, also ich, war nun mit seiner frischvermählten Gattin auf dem Weg in seine alte Heimat, und die mongolische Prinzessin konnte so ganz nebenbei im besprochenen Sinne diplomatisch tätig sein. Das erklärte nicht nur unseren Aufenthalt in dieser Gegend, weil wir ja mit dem Kanzler des Deutschen Reiches zusammentreffen mussten, sondern auch, dass wir nach diesem Treffen im Frühjahr ohne weitere Verpflichtung nach England weiterziehen mussten. Wohlgemerkt, damit wir nicht Gefahr liefen, zwischen die Fronten zu geraten.

Obwohl wir nun Pferde hatten, mussten wir doch noch ein langes Stück zu Fuß bewältigen, denn das Dickicht in Flussnähe ließ kein vernünftiges Manöver hoch zu Ross zu. Als wir dann endlich auf den alten Handelsweg trafen, der vom Rhein zum Hellweg führte, wurde mir angesichts des Gevelsberges zu unserer Linken doch etwas flau im Magen. Es mag aber auch der Hunger gewesen sein, der dieses Gefühl hervorrief. Immerhin würde in einem Jahr und sieben Tagen ein Stückchen oberhalb dieses Pfades der Mord an Engelbert geschehen.

Doch wir nahmen eine andere Richtung. Wir folgten dem Pfad weiter bergauf zur Volmarsteiner Höhe und gelangten nach einigen Stunden hinunter ins weite Tal der Ruhr. Dabei konnten wir feststellen, dass hier auf den angrenzenden Ruhrhöhen der Wald bereits sehr gelichtet worden war. Insgesamt, so meinte ich in Erinnerung zu haben, gab es zu dieser Zeit hier sogar weniger Wald als dies in 800 Jahren der Fall sein würde. Wenn ich mich richtig an meine ersten Mittelalter-Seminare erinnerte, dann lag das wohl daran, dass gerade an der Wende vom 12. zum 13. Jahrhundert neue Waffentechniken eingeführt worden waren. Langstielige Bögen aus England erforderten gut geschmiedete Eisenspitzen für die Pfeile, daher mussten die

Ritterrüstungen besser werden, und man benötigte immer mehr Eisen und Stahl. Um mehr Stahl zu gewinnen, musste mehr Holzkohle verarbeitet werden. Das wiederum führte zu erhöhtem Einschlag in die Wälder. Einzig das Gebiet südlich davon, aus dem wir kamen, war davon noch nicht in Mitleidenschaft gezogen worden. Ich weiß noch genau, wie wir in der Universität eine frühe Klage über diese Umweltzerstörung gelesen hatten. Es war ein trauriges Lied, das der berühmteste Troubadour und Minnesänger dieser Zeit, Walther von der Vogelweide, geschrieben hatte. Kaum zu glauben, dass dieser Mann, dessen Dichtungen in 800 Jahren Generationen von Abiturienten plagen würden, nun ausgerechnet unser Zeitgenosse war. In einem Jahr würde derselbe Walther von der Vogelweide nun den ruchlosen Mord an Engelbert beklagen und die schlimmste Strafe für den Täter fordern, dem Mann, dessen Gastfreundschaft wir gerade jetzt in Anspruch nehmen wollten.

Phei Siang fand die Tragik darin allerdings eher komisch. Überhaupt war sie die Gefasstere von uns beiden. Bei all dem Ungeheuerlichen, das uns geschah, konnte sie sich noch am besten mit der vom Schicksal oder, um in ihrem Sprachgebrauch zu bleiben, mit der von den Erdmächten herbeigeführten Situation abfinden.

„Meinst du wirklich, wir müssten bis an unser Lebensende in dieser Zeit bleiben?" fragte ich sie leise, als wir an der Ruhrfurt zu Witten eine Verschnaufpause einlegten.

„Ehrlich gesagt, hoffe ich schon, dass wir irgendwann irgendwie zurückkehren können," beteuerte sie. „Doch wenn ich bedenke, dass wir dann Schwierigkeiten ohne Ende haben würden, wenn wir zusammenbleiben wollen, bin ich fast geneigt, eine längere Zeit hier zu verbringen. Vielleicht würden meine Eltern ja anderer Ansicht sein, wenn ich tatsächlich ein ganzes Jahr verschwunden bliebe. Weißt du, dann haben sie mich sowieso aufgegeben, und wenn ich dann plötzlich wiederkäme, könnte es für sie so sein, als wäre ich neu geboren. Da wir ja bis dahin schon eine Weile miteinander gelebt haben, werden sie dann vielleicht eher bereit sein, dich als Schwiegersohn hinzunehmen, weil ja eh alles bereits geschehen ist."

„Was ist bis dahin geschehen?" fragte ich, mich ahnungslos stellend.

„Nun ja, das wird sogar ein Dummkopf, wie du es bist, im Laufe der Zeit begreifen."

Lachend zog ich sie an mich, doch wahrscheinlich war es etwas fest, denn sie schrie vor Schmerz auf.

„Du tust mir weh, Eisenmann!“

„Vergesst nicht, Ihr seid eine mongolische Prinzessin, holde Dame, und die spürt keinen Schmerz.“

„Ich bin eine zarte Steppenrose, edler Gemahl Sir Winfred!“

Phei Siang behielt natürlich wieder das letzte Wort, doch ich wurde auch wegen der plötzlich einsetzenden steifen und kalten Brise einer Antwort enthoben. Es wurde wirklich Zeit, dass wir die schützende Burg erreichten.

Der Pfad längs der Ruhr war noch lang, aber in der Ferne konnte man schon ein hohes Gebilde auf einem Berg ausmachen. Als wir dann an der kleinen stadtähnlichen Siedlung Hattingen vorbeikamen, war die Isenburg in ihrer ganzen Pracht zu sehen. Sofort stellte sich bei mir auch wieder ein mulmiges Gefühl ein. Wie anders, als ich es gewohnt war, sah die Szenerie doch jetzt aus. Der Isenberg, ein langgezogener Bergrücken, der weit in das Ruhrtal vorsprang, war völlig vom Wald entkleidet. Auf dem langen Gipfel zog sich stattdessen eine riesige Burganlage hin. So groß hatte ich mir diese nicht vorgestellt. Auf der der Ruhr abgewandten Seite zum Hügelland hin war eine große Kerbe in den Fels geschlagen worden. Über dieser thronte ein mächtiger Bergfried mit einem dünneren Turm in der Mitte, der mit einer Kuppel aus Schiefer überdacht war. Daran schlossen sich auf beiden Seiten des Gipfelplateaus mächtige Ringmauern mit vielen Stützpfeilern an. Im mittleren Teil bauten sich mehrere in- und übereinander geschachtelte Bauwerke auf, die quer zum Berg standen, wahrscheinlich der Palas mit den gräflichen Zimmern und der Kapelle. Alle Gebäude hatten Schieferdächer. Weiter den Gipfel herunter bis zur Kante über der Ruhr zog sich die Unterburg hin, wiederum flankiert von hohen Stützpfeilern. Am unteren Ende konnte ich ein eingezogenes Tor ausmachen. Dort mussten wir also die Isenburg betreten. Ein Weg führte im Zickzack vom Fluss dort hinauf.

Bevor wir uns an den Aufstieg machten, wobei ich wohlbedacht beide Pferde an den Zügeln führte, überfiel uns ein eisigkalter Wind.

„Hoffentlich ist das kein böses Omen!“ sagte ich leise zu Phei Siang, die schaudernd seitwärts im Sattel ihres Pferdes saß.

Kapitel 3

Winter in der Höhle des Löwen

Fred Hoppe, November 1224

Die Verständigung mit den Wachen am Tor der Isenburg verlief leidlich. Das lag sicher zum Teil auch daran, dass wir uns gegenseitig nur einzelne Worte zurufen konnten. Der eisige Wind, dem jetzt auch einige Schneeflocken folgten, machte die Sache nicht gerade einfacher. Endlich aber schienen die Leute auf dem Torhaus verstanden zu haben, dass wir edle Herrschaften waren, die man nicht länger in der Kälte stehen lassen konnte. Das Torgitter wurde hochgezogen, und wir durften eintreten.

Meine Nerven waren gespannt bis auf's Äußerste. Es kam mir richtig unwirklich vor, durch die Unterburg mit ihren vereinzelten Schmiedehäusern und Ställen zu gehen. Ich führte unsere beiden Pferde immer noch an den Zügeln, und Phei Siang, ganz mongolische Prinzessin, saß hoch aufgerichtet in ihrem Sattel. Jetzt kam es auf jede Einzelheit an.

Schon waren wir vor dem Torhaus zur Oberburg angelangt. Darüber thronten die mir riesig vorkommenden Gemächer und der Palas. Trotzdem wurden hier die Türen für uns schneller geöffnet als noch am Eingang der Unterburg. Als wir in den Innenhof schritten, sah ich eine weiße Flagge mit einer Rose in der Mitte auf dem Bergfried flattern. Die gräfliche Familie war also anwesend.

Wir mussten nicht lange warten. Eine hochgewachsene Gestalt im Kettenhemd kam langsam die Treppe hinunter. Das soll ein künftiger Mörder sein, dachte ich unwillkürlich. Er war bestimmt zehn Jahre älter als ich, und sein feingeschnittenes Gesicht hatte schon einige harte Züge.

Doch als er dann lächelte und die Arme zur Begrüßung seiner unangemeldeten Gäste ausbreitete, war mir Graf Friedrich von Isenberg gleich sympathisch.

Die uns begleitenden Burgwachen übernahmen die Vorstellung.

„Gerefa Frederik van Alte-na-he-Nienbrügge, Vogt vam Kloister Essen un Burggerefa vam Isenbiärge“, hörte ich den Anführer sagen.

Jetzt war wohl die Reihe an uns. Also trat ich vor, nicht ohne dem ersten besten Wachmann neben mir die Zügel unserer Pferde in die Hand zu geben. Mit einer Hand deutete ich zurück auf Phei Siang, die weiter regungslos im Sattel saß.

„Comtess Phei Siang, Doarter vam groaten Batu-Khan, mine Frouwe und Herrin.“

Dann deutete ich auf mich selbst:

„Ridder Winfred van Rotherham ut dem Angel-Sassen-Land üöver dä See. „Ek biedde ink üm Gassfröndschapp dürch dä harde Winterstied.“

Ich weiß nicht, wieviel Graf Friedrich von alledem verstanden hatte, doch er wechselte nur ein paar Worte mit seinen Untergebenen, dann lächelte er uns wieder an und bat uns, ihm zu folgen. Der Rest seiner Befehle betraf offensichtlich unsere Pferde, denn einer der wachhabenden Burgleute trat vor Phei Siang und hielt ihr seine Hand zum Absteigen hin. Meine „mongolische Ehefrau“ ließ sich das nicht zweimal sagen, sondern sprang in einem eleganten Satz von ihrem Tier. Dabei löste sich natürlich ihre Haarspange, und als ihre Füße den Boden berührten, umwehte sie schon ihre lange schwarze Mähne in voller Pracht. Aus den Augenwinkeln sah ich, wie ihr der Graf einen bewundernden Seitenblick zuwarf, bevor die Wachleute unsere beiden Pferde in die nahegelegenen Ställe führten.

Leng Phei Siang, November 1224

Das Zucken seiner Augenbraue und der folgende Seitenblick, den dieser Graf mir zurwarf, hatte ich wohl gesehen, und offenbar hatte auch meine dunkle Haarmähne ihre Wirkung nicht verfehlt. Fred würde, falls es ihm nicht entgangen war, sicher das Ganze als weibliche Diplomatie abtun, aber ich hoffte, dass wir dadurch ein Stückchen mehr Beachtung und persönliche Sicherheit gewinnen würden. Menschen sperren im Allgemeinen nicht andere in den Kerker, wenn sie ihnen gefallen. Unsere Geschichte, die wir uns in langer Überlegung zusammengereimt hatten, war zwar nach allem Ermessen ziemlich wasserdicht, aber man konnte ja nie wissen. Was wäre zum Beispiel, wenn dieser Mensch, der offenbar sehr mächtig war, andere englische Ritter kannte?

Doch zunächst brauchte ich mir darüber keine Sorgen zu machen. Der Herr des Hauses, oder besser der Graf dieser großen Burg, führte uns eine steile Wendeltreppe hinauf in seinen Palas, wie Fred das große Gebäude genannt hatte, das quer zum Burghof stand.

Unser Weg endete in einem recht großen Saal, dessen Wänden mit bunten Szenen aus dem Leben des Adels bemalt war. In der Mitte stand ein geräumiger stämmiger Tisch mit stuhlähnlichen Gebilden davor. Am Kopf des Tisches saß eine Frau. Sie trug edle Gewänder und ihr Kopf war mit gebundenen Tüchern bis auf das Gesicht verhüllt, offenbar war es die Gräfin selbst. Friedrich von Isenberg stellte uns ihr vor, und wir nahmen ebenfalls an der Tafel Platz. Die Unterhaltung gestaltete sich etwas mühevoll. Fred konnte sich zwar einigermaßen verständlich machen, aber er hatte anscheinend Probleme mit dem, was der Graf sagte. Wahrscheinlich waren es weniger die Worte, die er nicht verstand, sondern eher der Satzbau und die Zusammensetzung des Gesagten, was ihm Schwierigkeiten bereitete.

Doch die gräfliche Familie zeigte viel Geduld, und mit der Zeit gelang es Fred wohl, Sinn und Zweck unserer Reise zu schildern. Dass wir nun vor Erreichen des Wohnsitzes des Kanzlers und Erzbischofs Engelbert vom Winter überrascht worden waren, schien den hohen Herrschaften sogar zu gefallen. Gern boten sie uns nämlich ihre Gastfreundschaft den Winter über an. Vielleicht, so erzählte mir Fred später, gebe es ja auch eine Gelegenheit, unsere diplomatische Mission hier an diesem Ort zu erfüllen, denn der Erzbischof selbst sei manchmal Gast auf der Isenburg - immerhin handele es sich bei ihr ja auch um ein Kölner Lehen. Über seinen derzeitigen Aufenthaltsort wusste der Graf nichts, auf jeden Fall sei es aber die richtige Entscheidung gewesen, in diesem Wetter hierher zu kommen. Anschließend ließ er durchblicken, dass ihm und seiner Familie durch Gottes Fügung nun bestimmt ein viel unterhaltsamerer Winter bevorstände, als sie bis heute noch befürchtet hatten.

Wir konnten uns also geehrt fühlen. Andererseits vergrößerte das natürlich die Gefahr einer Entdeckung, doch an diese Aussicht wollte ich gar nicht denken. Jetzt hatten wir zunächst erst einmal ein Dach über unseren Köpfen, und über die Verpflegung brauchten wir uns keine Gedanken mehr zu machen.

Während des Essens, das aus gebratenen Hühnern und Brot bestand, wurde in hohen Bechern Wein gereicht. Seltsam fand ich nur, dass es keine Gabeln gab. Fred meinte aber später, die würden erst in einigen Jahrhunderten erfunden. Unser Appetit ließ bestimmt nichts zu wünschen übrig, und das machte unsere Geschichte eigentlich nur noch glaubhafter. Dann wurde es doch einmal brenzlig, als Graf Friedrich Fred fragte, wer ihm denn die Schwertleite gegeben, ihn also zum Ritter geschlagen hätte. Er habe doch schließlich England bestimmt vor mindestens zehn Jahren verlassen müssen, und da könne er eigentlich nur ein Jüngling gewesen sein. So viel also zu unserer wasserdichten Geschichte. Wir waren bei deren Erfindung so voller Eifer gewesen, dass wir nicht bedacht hatten, dass King John schon 1215 gestorben war. Fred, der geistesgegenwärtig behauptete, er sei nun 26 Jahre alt, gab unumwunden zu, er habe als Knappe im Alter von 15 Jahren England verlassen. Er sei mit einem anderen fahrenden Ritter gen Osten gezogen, und der polnische Herzog Boleslaw von Krakau habe ihn zum Ritter geschlagen, nachdem er sich im Kampf gegen andere Teilfürstentümer Polens bewährt hätte. Die Königsmacht in Polen sei so gut wie nicht mehr vorhanden, behauptete Fred dreist, und die vielen Intrigen am Krakauer Hof hätten ihn dazu bewogen, weiter nach Osten zu ziehen, bis er am Dnjepr dann den Mongolen und ihrem Führer Batu-Khan begegnet sei. Da ich zu alledem schwieg, fragte Graf Friedrich, welche Sprache ich spräche. Wir verständigten uns miteinander in einem Gemisch aus Englisch, Polnisch, Russisch und Mongolisch, antwortete mein „treuer ritterlicher Gatte“. Nun taute auch Comtess Sophia langsam auf. Sie erzählte, sie sei als

Tochter des Herzogs von Limburg französisch erzogen worden und habe erst nach ihrer Hochzeit mit dem Grafen Friedrich das für sie schwierige westfälische Sächsisch erlernen müssen. Noch nie habe sie aber jemanden mongolisch sprechen hören, und ich solle doch einige Sätze sagen. Ich tat ihr den Gefallen und lobte in bestem kantonesischen Chinesisch ihre holde Gastfreundschaft. Dann wollte sie wissen, was mein Name bedeute. Nun gut, auch damit konnte ich ihr dienen. Phei bedeute Frau, übersetzte Fred und Siang sei eine Seerose. Das letzte Wort musste er ihr umschreiben, doch als sie es dann verstanden hatte, lachte sie laut. Die Rose sei auch das Zeichen der Grafen von Isenberg, und so fühle sie sich gleich mit uns näher verbunden.

Wir mussten noch einige Klippen umfahren, bevor der Abend zu Ende ging, aber im nachhinein glaube ich, schlugen wir uns gar nicht so schlecht. So viel zu Lachen wie an diesem ersten Abend auf der Isenburg hatten wir schon lange nicht mehr.

Der Graf und die Gräfin ließen es sich nicht nehmen, uns persönlich zu unserem Gemach zu begleiten. Es lag hoch oben im Palas, und von den schlitzartigen Fenstern konnten wir weit auf das Tal der Ruhr hinunter schauen. Das Bett hatte vier Pfosten und trug ein hölzernes Dach. Als Unterlage und Decken dienten eine Reihe von weichen Fellen.

Fred schien ein wenig verlegen zu sein, als ich ihm half, das Kettenhemd und sein Wams auszuziehen. Ich selbst entledigte mich meiner Tücher und meiner Jeans und sah zu, dass ich so schnell wir möglich unter die Felle kam. Fred kuschelte sich schnell an mich und legte mir seinen Arm unter den Kopf. Bevor wir jedoch auf unvernünftige Gedanken kommen konnten, taten der Wein und die körperliche Erschöpfung ihr Werk und wir schliefen sofort ein.

Am Morgen war es fürchterlich kalt. Durch die engen Schlitze der spitz zulaufenden Fensterbacken pfiff heulend der Winterwind. Ich kuschelte mich noch enger an Freds warmen Körper, aber an Schlaf war nicht mehr zu denken. Meine Füße kamen mir vor wie Eisblöcke, denn die weichen Felle hatten sie nicht ganz abdecken können. Schnell zog ich nun meine Beine an und legte eines über Freds Knie.

„Ah, das ist kalt! Willst du mich umbringen?"
„Red' nicht, wärme mich! Bitte!"
„Du bist eine mongolische Prinzessin, und solche Leute sind an kalte Steppenwinter gewöhnt."
Trotzdem ergriff Fred aber zärtlich meinen Fuß über seinem Knie und massierte meine Zehen. Ich belohnte ihn mit einem innigen Kuss.
Es rumpelte, und prompt ging die schwere Eichentür vor unserem Gemach auf. Hereinspaziert kam eine ganze Prozession von Burgleuten, und die vorderen trugen zwei große Wannen, die sie nun in der Mitte des Raumes absetzten. Wir wurden fast aus den Fellen und dem Bett gezogen, und man bedeutete uns, dass wir jeweils in eine der Wannen steigen sollten. Wir wurden regelrecht unserer restlichen Bekleidung beraubt, und danach brauchten wir keine Anweisung mehr. Die Wannen füllten sich mit heißem Wasser, das nachfolgende Bedienstete mit hölzernen Eimern herangeschleppt hatten. Ich kam gar nicht erst dazu, daran zu denken, dass Fred mich ja noch nie nackt gesehen hatte, denn nun schauten mich gleich ein halbes Dutzend Frauen und Männer an. Doch schon saß ich in der warmen Wanne, und dafür war mir fast alles egal. Ich tröstete mich schelmisch damit, dass es Fred ja nicht anders erging. Das hat man nun davon, wenn man sich als altes Ehepaar ausgibt und nicht einmal miteinander geschlafen hat. Die Männer mussten den Raum verlassen, und ich merkte ihren Blicken wohl an, dass es ihnen sehr leid tat. Dafür übernahmen die Frauen die Regie. Während sie uns wuschen, kicherten sie ständig vor sich hin. Es sollte sich bloß keine einbilden, sie könne sich in Fred vergucken. Was da zu sehen war, das gehörte einzig und allein mir.
Nach der Prozedur wurden wir angekleidet. Dafür hatten die Frauen extra frische Sachen mitgebracht, und zum ersten Mal trug ich nun ausschließlich mittelalterliche Kleidung. Nur mit meinem Haar hatten sie so ihre Probleme. Einmal schienen sie es zu bewundern und hörten nicht auf, es zu glätten und mit den Händen daran entlang zu fahren. Kein Wunder, denn die Frauen, die wir bisher gesehen hatten, waren allesamt blond gewesen, und diese hier machten da keine Ausnahme. Zum anderen aber wehrte ich mich dagegen, dass sie mein Haar in tausend Falten legten, um es unter Tüchern zu verstecken. Es mag zwar sein, dass es sich im Mittelalter für edle Frauen nicht geziemte, das

Haar offen zu tragen, doch ich hatte da meine eigenen Gesetze. Eine mongolische Prinzessin lässt sich eben nicht nach abendländischen Maßstäben messen. Folgedessen lehnte ich natürlich auch die Kopfbedeckung in Form von gewundenen Tüchern ab. Resignierend billigte man mir schließlich einen weiten Umhang mit einer Art Kapuze zu. Die konnte ich nun aufsetzen oder es sein lassen. Innerhalb der Burg entschied ich mich natürlich dafür, es nicht zu tun. Unsere Füße verschwanden mittlerweile in dicken, aber sehr bequemen Fellschuhen.

Als die Frauen fertig waren, packten sie ihre Sachen und ließen uns allein. Die Männer, die wohl vor der Tür gestanden hatten, kamen nun herein und trugen die großen Behälter weg. Im Flur war ein größeres Fenster, aus dem sie das Wasser aus den Badezubern einfach ausschütteten.

Unsere Tage in der Isenburg verliefen nun stets nach dem gleichen Schema. Wir hatten Gelegenheit, uns mit dem Leben dort vertraut zu machen. In der ersten Zeit achteten wir sehr darauf, immer zusammen zu bleiben. Wir besuchten unsere Pferde und sahen zu, wie sie neu beschlagen wurden. Wir schauten den Schmieden zu, wie sie Schwerter, Pfeilspitzen, Scharniere und Schmuckgegenstände anfertigten, besuchten die Wachen auf den Söllern und beobachteten, wie die Bauern der Umgebung ihren Zehnten in der Unterburg beim Burgvogt ablieferten. Dabei fiel uns auf, dass die gräfliche Familie sich meistens von alledem ernährte, was ihnen an Nahrungsmitteln gebracht wurde. Auch Haustiere innerhalb der Burg trugen ihren Teil dazu bei. Doch während den Handwerkern oft das Fleisch von Rindern und Schweinen zustand, bevorzugten Friedrich und Sophia gebratene Hühner und Tauben. Einer der Türme war daher innen hohl und eigens für die gräflichen Tauben vorgesehen. Manchmal gab es auch Fisch aus der eigenen Fischschlacht unten an der Ruhr. Darunter befanden sich sogar Lachse und Hechte. Jagdbares Wild stand aber so gut wie gar nicht auf dem Speiseplan. Dazu musste es erst Frühjahr werden, denn dann konnte die fürstliche Jagdgesellschaft wieder aufbrechen. Allabendlich saßen wir allein im Rittersaal des Palas mit Friedrich und Sophia und verbrachten die Zeit mit Erzählungen und Geschichten. Meistens aber lernten wir, das westfälische Sächsisch zu sprechen, und nach einer Weile konnten wir uns bald ohne

Missverständnisse verständigen. Das Leben war so schon einigermaßen erträglich, wenn die fürchterlichen Toiletten nicht gewesen wären. Diese bestanden nämlich aus nichts als einer Art Sitz über einer schrägen Rinne an den Außenwänden der Mauern und der Gemächer. Dort zu sitzen, war eine Qual. Sinnigerweise nannten sie diese Dinger auch noch „Abtritt". So vergingen unsere ersten Winterwochen auf der Isenburg eigentlich wie im Fluge, aber immer noch war zwischen mir und Fred nichts geschehen.

Fred Hoppe, Februar 1225

Die Winterabende waren lang, und da wir uns mittlerweile gut mit Friedrich und Sophia unterhalten konnten, erfuhren wir auch einiges aus ihrer Vergangenheit. So wunderte ich mich sehr darüber, dass Friedrich offenbar früher mit seinem Vetter, dem Erzbischof Engelbert, gut ausgekommen war. Eine Zeit lang waren sie sogar Waffenbrüder gewesen, denn es hatte vor mehr als zehn Jahren einen Krieg zwischen zwei Thronanwärtern aus dem Hause der Staufer und der Welfen gegeben. Friedrich und Engelbert gehörten damals zur Gefolgschaft Ottos, des Sohnes von Heinrich dem Löwen. Im Laufe der Auseinandersetzung gewann die staufische Partei die Oberhand, und bei der Entscheidungsschlacht 1214 war von den beiden nur noch Friedrich auf der Seite König Ottos gewesen.. Zusammen mit vielen anderen norddeutschen Adligen und einem Heer King Johns aus England hatte er dort bei Bouvines gegen den staufischen König Friedrich und die mit ihm verbündeten Franzosen gekämpft.

Einige Zeit, bevor im Juli 1214 die beiden Heere aufeinander trafen, hatte Friedrich von Isenberg seine Sophia geheiratet. Engelbert, der zu dieser Zeit noch nicht Erzbischof war, wechselte mit seiner Familie zu König Friedrich über. Eines Tages, vielleicht im Mai oder Juni jenes Jahres, traf Engelbert auf der Isenburg ein und wollte seinen Vetter davon überzeugen, ebenfalls zur staufischen Partei zu wechseln.

„Stattdessen habe ich ihn überredet, als mein Brautwerber an die Maas zu reiten“, erzählte Graf Friedrich uns damals lachend. „Wie Ihr seht, Ritter Winfred und Prinzessin Phei Siang, war er durchaus erfolgreich. Die Hochzeit fand noch vor der Entscheidungsschlacht statt.“

Aus den Augenwinkeln sah ich, wie sich für einen Sekundenbruchteil Sophias Gesicht versteinerte, ich wusste aber nicht, warum. Als ich meine Beobachtung später Phei Siang erzählte, meinte sie nur, wie mir denn wohl zumute sein würde, wenn sie öffentlich erzählen würde, sie hätte mich durch einen Boten eingekauft.

Wir waren damals beide der festen Überzeugung, das gräfliche Paar wäre glücklich. Immerhin hatten sie ja auch schon mehrere Kinder. Wie sehr wir uns beide in diesem Punkt getäuscht hatten, erfuhren wir erst, als es bereits zu spät war.

Nachts, wenn wir allein in unserem Gemach waren, unterhielten wir uns meist noch lang über das Viele, was wir neu gehört und erlebt hatten. In den Wochen, die wir bereits auf der Burg Isenberg weilten, während draußen der Winter mit Eis und grimmiger Kälte seine Schrecken verbreitete, hatten wir Graf Friedrich als einen liebenswerten Menschen kennengelernt, der sich rührend um unser Wohlergehen kümmerte. Als die Kälte zu Anfang dieses Monats ganz schlimm wurde, ließ er für seine armen Bauern die Tore seiner Burg öffnen, damit sie die schlimmste Zeit in erwärmten steinernen Räumen verbringen konnten. Beim besten Willen konnten wir uns beide nicht vorstellen, wie und warum dieser Mann noch in diesem Jahr zum Mörder an seinem Vetter, dem Erzbischof, werden sollte.

„So viel zum Wert der überlieferten Geschichtsschreibung,“ meinte Phei Siang trocken.

Ich war mir aber immer noch nicht sicher. Könnte es vielleicht sein, dass wir nicht einfach in eine andere Zeit geschleudert wurden? War dies vielleicht eine Art parallele Welt zu unserer eigenen, in der die geschichtlichen Abläufe anders waren, also eine Welt, in der Graf Friedrich von Isenberg eben nicht zum Mörder wurde?

„Das würde aber nicht erklären, warum dann in dieser Parallelwelt bisher alles genauso verlaufen ist, wie in unserer eigenen,“ sinnierte Phei Siang nachdenklich.

„Vielleicht sind wir es ja gerade, die durch unser unvorhergesehenes Erscheinen alles durcheinander bringen,“ gab ich zu bedenken.

„Wenn du Recht hast, dann müsste es ja auch möglich sein, die Vergangenheit zu ändern“, führte Phei Siang den Gedankengang fort. „Aber dann würde sich auch zwangsläufig die Zukunft ändern, und vielleicht gäbe es uns dann überhaupt nicht!“

„Dann könnte man also sagen, wir würden es niemals schaffen, die Vergangenheit zu ändern, auch, wenn wir es versuchten, denn sonst wären wir niemals hier,“ behauptete ich.

„Das scheint mir logisch,“ schloss Phei Siang, „aber ist es nicht total unlogisch und verrückt, dass wir überhaupt hier sind?“

Leng Phei Siang, 28. Februar 1225

Wir werden langsam noch verrückt, dachte ich, als ich an diesem Abend durch das kleine Fenster nach draußen sah. Schnee und Eis waren gewichen, aber immer noch war die Herrschaft des Winters nicht zu Ende. So viele Nächte haben wir hier jetzt schon zusammen verbracht, aber uns noch nicht ein einziges Mal geliebt. Unterdessen kenne ich jede Körperstelle von Fred, und er hat mich schon so oft nackt gesehen, dass man meinen könnte, er müsste wahnsinnig werden. Klar, wir hatten uns darüber unterhalten, sehr eingehend sogar. Und wir waren zu dem Schluss gekommen, dass es in dieser Zeit einfach keine sicheren Verhütungsmöglichkeiten gab. Das Schlimmste aber, was uns passieren könnte, wäre eine Schwangerschaft. Ich hatte schon in unserer Zeit keine Ahnung, wie man ein Kind am Leben erhält, aber hier? Ganz abgesehen von den Gefahren der Geburt ohne richtige Hygiene und alles, was dazu gehört. Also waren wir vernünftig geblieben, wie es so schön heißt. Doch was würde sein, wenn wir für immer in dieser Zeit gefangen bleiben müssten?

Klar, wir würden verrückt!

Fred Hoppe, 1. März 1225

Irgend etwas war anders, als wir an diesem Abend in unser kleines Gemach gingen. Phei Siang hatte den ganzen Tag über fast nichts gesagt, und ich vermisste sogar ihre spöttischen Kommentare, die mich sonst immer so sehr aufmunterten, wenn mich wieder die Sorgen um unsere gemeinsame Zukunft plagten. Im Gegensatz zu ihr war ich immer noch davon überzeugt, dass wir dieser zeitlichen Falle irgendwie entrinnen könnten, und ich wollte nicht so ganz glauben, dass ihre Eltern im Endeffekt unsere Liebe missbilligen würden. Aber ich war schließlich in einer völlig anderen Kultur erzogen worden und durfte mir deshalb der Reaktion dieser Menschen aus dem fernen Osten gar nicht so sicher sein. Dabei gab es doch bestimmt noch so viele Dinge, die ich von ihnen lernen konnte, auch wenn ich mir im Moment darunter nicht mehr vorstellen konnte als die Fähigkeit, mit Stäbchen zu essen.

Nach unserer abendlichen Unterhaltung mit Graf Friedrich und seiner Gemahlin Sophia nahm Phei Siang mich jedenfalls schweigend an die Hand und zog mich fast die Treppe zu unserem Zimmer hinauf. Dabei musste ich wieder ihr herrliches dichtes, schwarzes Haar bewundern, das auf ihrem Rücken hin und her wogte.

Das Feuer in dem offenen Kamin brannte und verlieh dem sonst eher dunklen Raum einen eigentümlich gelben Schein. Ganz entgegen ihrer sonstigen Gewohnheit schwieg meine schöne Freundin immer noch hartnäckig, und ich öffnete den Mund, um sie zu fragen, warum, doch sie verschloss meine Lippen mit ihrem Zeigefinger. Erstaunt sah ich sie an, aber sie legte nur ihren Kopf schief, umfasste mich weit mit den Händen und schaute mich still an. Diesen Blick aus ihren tiefschwarzen Augen, irgendwie voll unbegreiflicher Sehnsucht und Sanftheit, werde ich niemals vergessen. Immer noch schweigend öffnete sie kaum merklich ihre schön geschwungenen Lippen und zog mich an sich heran. Ihr Kuss war so intensiv, ja fordernd, dass ich um meinen Verstand fürchtete, er löste mit einem Mal all die monatelange Gespanntheit und Zurückhaltung, die ich mir zwangsweise auferlegt hatte, in ein einziges bodenloses Nichts auf. Meine eigenen Hände, die ich zuvor locker um ihre Hüfte geschlungen hatte, verselbstständigten sich und streichelten plötzlich Stellen, die zu berühren, mir nur in meinen kühnsten Träumen in den Sinn gekommen waren. Als sie sich mir entgegendrängte und spüren musste, was sie in mir dadurch auslöste, entfuhr mir ein leise stöhnender Laut, den sie mit einem weiteren Vordringen ihrer Zunge in meinen Mund erstickte. Längst schon hatten meine fieberhaft suchenden Hände die Falten und Lücken ihres Kleides durchdrungen und umfassten ihre kleinen hervorstehenden Brüste. Unsere einmal entfachte Leidenschaft kannte nun keine Grenzen mehr, wir liebkosten jeden Zentimeter unserer bald von allen Hüllen befreiten Körper und versanken ineinander wie in einen Rausch ohne Ende.

Später in der Nacht lagen wir nackt und engumschlungen auf unserem hölzernen Bett und schauten in das gelbliche Licht der knisternden Flammen.

„Ich lasse dich nie wieder los“, versprach ich leise.

„Ich habe mich so nach dir gesehnt“; erwiderte Phei Siang. „Wir können nicht leben wie die Mönche, und schon gar nicht, wenn wir nicht mehr in unsere Zeit zurückkehren können. Dafür liebe ich dich zu sehr!“

„Aber es ist gefährlich,“ wandte ich zaghaft ein.

„Jetzt nicht,“ sagte Phei Siang, „aber ich will nicht mehr, dass die Angst vor den Folgen das Verlangen unserer Herzen unterdrückt.“

„Wir finden einen Weg zurück,“ behauptete ich fest und versuchte dabei, meiner Stimme Zuversicht zu verleihen.

„Im Augenblick will ich gar nicht zurück, du weißt, warum.“ entgegnete Phei Siang.

Dabei richtete sie sich halb auf und beugte sich über mich. Mit ihrer forschenden Zunge glitt sie über meinen Hals, wanderte langsam tiefer und erstickte damit alsbald jeden aufkeimenden Widerspruch meinerseits.

Zwischenspiel

Nahe des Höhleneinganges stand an einem trüben, aber nicht allzu kalten Vorfrühlingstag die zwergenhafte Gestalt eines kleinen Kapuzenmännleins vor den Trümmern seines kärglichen Hausrates. Über Nacht hatte das Beben in der Höhle plötzlich begonnen, und der Gnomähnliche hatte schnell ein Paar seiner Sachen zusammengepackt und war aus seinem unterirdischen Reich geflohen. Einsetzender Steinschlag und zusammenbrechende Tropfsteine in seiner unmittelbaren Umgebung hatten ihn das Schlimmste befürchten lassen und zur Eile angetrieben. Dabei war er immer wieder über liegende Felsbrocken gestürzt, und das hatten seine tönernen Habseligkeiten nicht überlebt.

Jetzt machte er fluchend seinem Ärger Luft, und die angestaute Angst und Panik löste sich langsam von ihm. Der Zwergenhafte wusste genau, was die plötzlichen unterirdischen Turbulenzen ausgelöst hatte, denn sonst traten sie nie so früh im Jahr auf. Es musste mit den beiden Fremden zusammenhängen, die vor dem Einbruch des Winters in seine Welt geschleudert worden waren. Die Kräfte der Erde und der Natur wehrten sich gegen die Eindringlinge, die hier nicht her gehörten. Der Ablauf der Zeit war gefährdet. Aber das konnte nicht sein. Es sei denn, der tolpatschige Jüngling und das schöne fremdartige Mädchen hätten tatsächlich bis jetzt überlebt. Wie sollte so etwas möglich sein? Am Ende waren die beiden Fremden wohl doch nicht so hilflos, wie er sie eingeschätzt hatte. Das wäre zum ersten Mal passiert. Jedenfalls versuchte die Natur, ihren Fehler zu korrigieren. Wenn ihr das nicht gelang, dann war die weitere Entwicklung seiner Welt in Frage gestellt. Der Zwergenhafte wusste zwar selbst keine Erklärung für die Vorgänge, aber über die möglichen Folgen war er sich sehr wohl im Klaren. Eine solche Entwicklung hatten die Alten und Weisen immer schon befürchtet. Warum musste das ausgerechnet jetzt geschehen, wo keiner der Alten mehr lebte und der Zwergenartige auf sich allein gestellt war?

Er musste etwas tun. Aber was? Die Fremden mussten entweder sterben, oder sie mussten in ihre Welt zurückkehren. Doch das war auch nicht so einfach. Der Zwergenhafte hatte zwar keinen Einfluss auf die

Geschehnisse, aber er konnte wenigstens sagen, wann eine solche Rückkehr möglich war. Doch wie sollte er die beiden Fremden davon überzeugen, dass sie aus seiner Welt verschwinden müssten? Töten konnte und wollte er sie nicht. Er und seinesgleichen waren keine Mörder. Im Gegenteil, sie hatten den großgewachsenen Menschen immer geholfen, wo es nur ging. Aber sie waren einfach undankbar, diese Sachsenabkömmlinge. Sie wussten nichts von den Geheimnissen der Erde. Ignoranten und Landräuber waren sie. Überall fingen sie jetzt an, sich breit zu machen. Bald würde nirgendwo mehr Platz für den Zwergenhaften und seine Art sein. Doch das war ein anderes Problem. Zuerst mussten die Fremden verschwinden. Aber dafür musste er erfahren, wo sie sich versteckt hielten. Dann würde ihm schon etwas einfallen.

Leng Phei Siang, März 1225

Der Winter war vorbei, und in der Unterburg war eine emsige Betriebsamkeit eingekehrt. Graf Friedrich und Comtess Sophia hatten uns erzählt, dass bald auf der Isenburg wieder ein großes Fest gefeiert werden solle. Sophias Augen glänzten richtig, als sie von all den vielen hochgestellten Gästen schwärmte, die bald ihre einsame Burg besuchen würden. Auch Erzbischof Engelbert wurde erwartet. Als Herzog von Westfalen und Kanzler des Reiches war er ihrer aller Oberlehnsherr und als solcher natürlich auch der Schirmherr des großen Turniers, das der Mittelpunkt für eine solche Veranstaltung sein würde.

Mich durchfuhr ein eisiger Schrecken. Ein großes Turnier?

„Ja natürlich," antwortete die Gräfin mit Stolz, „und wir sind die Gastgeber. Wie habe ich mich danach gesehnt, dass endlich wieder Abwechslung auf dieser Burg einkehrt."

Graf Friedrich bestätigte gleich darauf meine unheilvolle Ahnung:

„Selbstverständlich ist es uns eine große Ehre, dass diesmal mit Sir Winfred auch ein englischer Ritter beim

Tjosten unter unserer Flagge antritt. Und ganz besonders freut es uns, dass Ihr, Prinzessin Phei Siang, an der Seite meiner Gemahlin die Huldigungen der kämpfenden Ritter entgegen nehmt. Die Boten zu meinen Ministerialen sind schon ausgesandt, und Erzbischof Engelbert wird Euch sicher bei dieser Gelegenheit hier in unserer Burg anhören. Dann müsst Ihr uns gar nicht verlassen, denn wir haben uns schon so an Eure Anmut und Freundschaft gewöhnt, dass wir Euch nur ungern ziehen ließen."

Natürlich bedankten wir uns für diese Ehre, aber der Schreck saß mir tief in den Knochen. Mein Fred, der noch nicht einmal weiß, wie er ein Schwert richtig halten soll, müsste auf dem Pferd und mit Lanze gegen eine ganze Reihe von kampferprobten Rittern antreten, dachte ich. Wie sollte das gut gehen? Im günstigsten Falle bräche er sich vielleicht nur ein paar Rippen, und ich dürfte ihn monatelang pflegen, aber was wäre, wenn er wirklich ernsthaft verletzt würde oder gar im Staub auf dem Turnierplatz stürbe? Bei allen Geistern der Erde und der Lüfte, das wäre mein Tod.

Mein ritterlicher Held ließ sich hingegen nichts anmerken. Er versicherte dem Grafen, dass er sich auf die Begegnungen beim Tjosten freue. Nur hätte er leider beim letzten Kampf während unserer langen Wanderschaft seine Rüstung eingebüßt, und in dem ihm verbliebenen Kettenhemd könne er ja schlecht antreten. Doch das ließ der Graf nicht gelten. Er habe beim Schmied schon vor einigen Wochen eine neue Rüstung für seinen englischen Freund in Auftrag gegeben, und sie müsste bald fertig sein. Da nützte es auch nichts, dass Fred einwandte, er könne ein so kostbares Geschenk nicht annehmen, immerhin hätten wir ja schon so lang die Gastfreundschaft der gräflichen Familie genossen. Doch für Graf Friedrich war dies eine Sache der Ehre, und nun führte wohl kein Weg mehr an seiner Turnierteilnahme vorbei.

Als wir abends danach allein waren, zuckte Fred nur mit den Schultern. Wenn es denn so sein sollte, dann wolle er sich der Sache auch stellen, meinte er.

„Was kann mir schon passieren? Klar, ich werde sicher nicht gewinnen, aber ich werde ganz bestimmt dein Tüchlein auf meine Lanze pflanzen, wenn du erlaubst."

„Du könntest getötet werden, und was habe ich dann davon?"

„Die Ehre und alles, was dazu gehört, holde Gemahlin. Aber hab‘ keine Angst, ich weiß, wie ich vom Pferd fallen muss, das habe ich dir doch erzählt.“

„Ob du das auch noch weißt, wenn dich eine Lanze mit voller Wucht aus dem Sattel gehoben hat, ist eine andere Frage.“

„Ich würde dir ja gern Recht geben, Liebste, doch wir haben keine andere Chance. Wir müssen da durch.“

In dieser Nacht liebten wir uns noch heftiger und inniger als zuvor. Als später der kühle Nachtwind sacht über unsere schweißnassen Körper strich, klammerte ich mich eng an Fred und weinte leise vor mich hin.

Fred Hoppe, März 1225

Mitte des Monats waren es nur noch wenige Tage bis zum großen Turnier-Fest auf der Isenburg. Mittlerweile schienen alle Burgbewohner immer hektischer zu werden, fast so, als ob sie aus einem lähmenden Winterschlaf erwacht wären.

Graf Friedrich lud uns ein, ihn auf seine erste Jagd in diesem Jahr zu begleiten, und natürlich waren wir gespannt, wie sich ein solches Spektakel, das wir nur aus unseren Geschichtsbüchern kannten, wirklich abspielen würde. Dem Grafen indessen ging es hauptsächlich darum, echtes Wildbret für das große Bankett nach dem Turnier zu beschaffen.

An der Jagdgesellschaft, die aus vielen Treibern und Burgleuten zu Pferde bestand, sollten auch die edlen Damen teilnehmen. Gräfin Sophia und Phei Siang sollten die beiden abgerichteten Falken führen, die sich nach dem langen Winter nur allzu gern auf jede bewegliche Beute stürzen würden.

Ich trug mein altes Wams und darüber das instandgesetzte Kettenhemd des fremden toten Ritters. Zu meiner Ausrüstung gehörte nun auch ein langstieliger Bogen nebst Köcher mit vielen Pfeilen darin. Ich war recht zuversichtlich, denn ich glaubte nicht, dass man von einem fahrenden

Ritter unbedingt einen perfekten Umgang mit diesen Waffen erwartete. Außerdem wäre es mir sowieso nicht ganz recht gewesen, unschuldige, wild lebende Tiere zu töten, nur damit die hochgestellten Turniergäste einen besonderen Bissen abbekamen. Vielmehr war ich darauf gespannt, welch mittelalterliche Tierwelt meine Heimat so zu bieten hatte. Dass es zu dieser Zeit offenbar noch Wölfe in Hülle und Fülle geben musste, hatten wir während der vergangenen Monate deutlich mitbekommen, denn allabendlich stimmten diese hungrigen Räuber ein Mark und Bein erschütterndes Geheul an.

Wir überquerten gerade eines der großen offenen Felder des Hügellandes südlich der Ruhr, als das verabredete Hornsignal der Treiber erklang. Dann ging es auch schon los. Unsere Phalanx löste sich auf, und wir stoben auf unseren Pferden nach vorn. Mit gezückten Lanzen stürzten sich die vordersten Reiter auf die ersten Wildschweine, die schnaufend und grunzend auf uns zu kamen. Graf Friedrich legte mitten im Galopp einen Pfeil auf seinen Bogen und spannte die Sehne. Bei dieser Gelegenheit bemerkte ich erstmals, was für ein behender Krieger er war. Ich versuchte, es ihm gleich zu tun, allerdings ohne Hoffnung, auch wirklich etwas zu treffen, doch der Graf nahm keine Notiz davon. Das Jagdfieber hatte ihn offenbar total ergriffen. Schon surrte sein Pfeil durch die Luft und traf eine Hirschkuh mitten im Lauf in den Hals. Sie machte noch ein paar Schritte, dann sank sie zusammen.

Graf Friedrich war bereits heran und sprang vom Pferd. Er winkte mich herbei, um ihm zu helfen. Als ich neben ihm elegant vom Pferd sprang, hatte er sein Jagdmesser bereits gezückt.

„Ein schönes Tier habt Ihr da erlegt," rief ich ihm voll Bewunderung zu.

„Ich habe Euch gar nicht schießen sehen," entgegnete er verwundert und deutete nach vorn. „Die zweite Kuh war doch gar nicht zu verfehlen."

„Ich wollte Euch nicht die Ehre nehmen, das beste Tier zu schießen", meinte ich lächelnd zu ihm gewandt.

Friedrich zog etwas erstaunt die Augenbrauen hoch, erwiderte aber nichts. Gemeinsam schlitzten wir seiner Hirschkuh am Hals auf, um sie ausbluten zu lassen. Dann machten wir uns mit den Messern daran zu schaffen, ihr die Haut abzuziehen. Dabei stellte ich mich sicher nicht zu dumm an, immerhin war ich auf einem Bauernhof aufgewachsen.

„Da seht“, rief er plötzlich und deutete in eine andere Richtung, „unsere Frauen lassen die Falken los!“

Ich schaute in die Richtung seiner ausgestreckten Hand und konnte gerade noch beobachten, wie Phei Siangs schwarze Mähne hinter den Büschen verschwand.

„Sie sind die Juwelen unseres Lebens“, sagte ich scherzhaft dahin.

„Meint Ihr wirklich?“ fragte er zweifelnd.

„Nun, ich denke so über meine Gemahlin, die Prinzessin. Und Ihr könnt mir glauben, die letzten Nächte bestätigen mich in dieser Ansicht. Doch Ihr seid mir doch sogar weit voraus, wenn ich an Eure drei Kinder denke.“

Ich dachte, ein bisschen männliches Gehabe, so von Ritter zu Graf, das wäre einer beginnenden Männerfreundschaft sicherlich dienlich.

Friedrich schaute jedoch plötzlich ganz ernst drein.

„Junger Freund,“ sprach er mich an, „ich darf Euch doch so nennen, denn ein echter Freund seid Ihr mir in den vergangenen Wochen geworden? Lasst Euch von mir raten, manchmal trügt auch der schönste Schein.“

Jetzt war ich doch etwas verunsichert.

„Friedrich, bedrückt Euch etwas, kann ich Euch vielleicht helfen?“

Der Graf schaute betreten zu Boden. Dann steckte er sein Messer ein, kam auf mich zu und legte einen Arm um meine Schultern.

„Verzeiht diese vertrauliche Geste, aber ich glaube, ich habe in Euch den einzigen Freund auf dieser Erde.“

Verlegen schwieg ich dazu, doch er fuhr fort:

„Ihr wisst vielleicht schon, dass ich meinem Großvetter Engelbert nicht mehr die gleiche Liebe und Freundschaft wie früher entgegenbringen kann?“

„Aber er war doch Euer Brautwerber?“

„Ja, allerdings, doch seit er Erzbischof von Köln und Herzog von Westfalen ist, hat er sich sehr verändert. Es scheint, als gehe es ihm nur noch darum, seine Macht zu vergrößern. Meinen Schwiegereltern, den Limburgern, hat er gleich nach der Wahl arg zugesetzt, obwohl seine Nichte meinen Schwager geheiratet hat. Ein Dekret des Papstes, das besagt, die Kirche solle möglichst alle Vogteien, die sich in weltlicher Herrschaft befinden, zurückgewinnen, setzt er als Druckmittel gegen alle Fürsten in seinem Machtbereich ein. Mir will er die Vogtei über das Stift Essen abnehmen, und damit würde er mich ruinieren. Ich aber verweigere ihm die Herausgabe meines ererbten Rechtes. Deshalb habe ich vor einigen Jahren eigens eine Vogteirolle erstellen lassen, in der genau aufgeführt ist, was mir und meiner Familie gehört.

Nun aber seid Ihr hier auf meiner Burg, und Engelbert wird kommen, um allen zu zeigen, dass er der oberste Landes- und Lehnsherr ist. Wenn Eure teure Gemahlin vor ihn tritt, um davon zu künden, dass ihr Vater, der Mongolenfürst Batu-Khan, Beziehungen zum Reich aufnehmen will, dann müssen wir damit rechnen, dass er sich nicht ritterlich verhält. Er könnte Eure Prinzessin als Geisel des Reiches mitnehmen, um sie als Druckmittel gegen die Mongolen einzusetzen. Und natürlich auch, um König Friedrich zu schmeicheln."

Ich war bestürzt. Erst hatte ich noch gedacht, sein Kummer habe etwas mit Engelbert und Sophia zu tun, doch nun erkannte ich, dass er sich um uns echte Sorgen machte.

„Was sollen wir Eurer Meinung nach tun?" fragte ich ihn.

„Verlasst Euch nicht auf seine Versprechungen, ganz gleich, was er sagt. Haltet Euch an mich, mein Freund!"

„Wie kann ich Euch dafür danken, mein Graf?" fragte ich ihn ergriffen.

„Ganz einfach, indem Ihr mein Freund seid und zu mir haltet!"

„So soll es sein!" bestätigte ich.

Bald darauf trafen wir mit dem Rest der Jagdgesellschaft zusammen. Phei Siang saß hoch aufgerichtet auf ihrem Pferd und streichelte ihrem Falken stolz das Gefieder.

Ich nahm ihr Pferd bei den Zügeln und führte sie ein wenig zur Seite. Sie beugte sich zu mir herab.

„Ich darf dich sicher hier nicht öffentlich küssen, aber warte nur bis heute Nacht," raunte sie mir zu, und ihr Falke breitete dazu königlich seine Schwingen aus.

„Siang, ich muss dich dringend sprechen," füsterte ich ihr zu.

„Was ist, hast du etwa mit deinen Pfeilen wirklich etwas getroffen?" entgegnete sie süffisant.

„Nein, aber der Graf hat mir gerade erzählt, dass uns Verrat droht und Engelbert uns vielleicht gefangen nehmen könnte."

Phei Siang glitt sofort von ihrem Pferd und übergab den Falken dem am nächsten stehenden Pagen. Dann traten wir beide hinter einige frei stehende Büsche, und ich erzählte ihr alles, was Graf Friedrich mir gesagt hatte.

„Sollten wir dann nicht besser verschwinden?“ meinte sie erschüttert.

„Nein, das geht nicht, außerdem wüssten wir doch gar nicht, wohin.“

„Können wir denn Graf Friedrich trauen? Du selbst hast doch gesagt, dass er noch in diesem Jahr Engelbert ermorden wird.“

„Der Graf hat uns seine ehrliche Freundschaft angetragen, und er hat uns gebeten, zu ihm zu halten. Ich glaube ihm. Und ich glaube auch, dass wir hier bei ihm sicher sind, und zwar nur bei ihm.“

„Schön, aber was ist nach dem gewissen Tag, dem 7. November?“

„Halt mich nicht für total verrückt, aber ich fürchte, wir werden ihm zur Flucht verhelfen, wenn es keine Möglichkeit gibt, die Tat zu verhindern. Mit ihm an der Seite sind wir allemal sicherer als bei irgend einem dieser anderen fürstlichen Gauner, davon bin ich felsenfest überzeugt.“

„Ich denke, du hast Recht“, meinte Phei Siang nachdenklich. „Warten wir also ab, was geschieht, wir haben sowieso nichts zu verlieren.“

Unterdessen rückten die Tage des bevorstehenden Adelsfestes immer näher, und so oft ich es eben einrichten konnte, übte ich mit meinem Pferd das Anlegen der Lanze und das Treffen eines in einem Baum hängenden Ringes im Vorbeigaloppieren. Meine Erfolge blieben diesbezüglich allerdings eher mäßig. Wenigstens bekam Phei Siang etwas zu Lachen, wenn ich mal wieder voll daneben gehalten hatte und von der aufgespannten Zielleine vom Pferd gerissen wurde. Aufopfernd eilte sie dann jedesmal zu mir, doch nicht, um mir aufzuhelfen, sondern um mich mit Spott und tröstenden Küssen zu versehen. So hatte ich wenigstens auch etwas davon.

Allmählich trafen die Ritter und Fürsten nacheinander auf der Isenburg ein, die Unterscheidung, welcher der

Neuankömmlinge nun wohl wichtiger war als der andere, war jedesmal leicht an der Menge der Begleiter auszumachen. Unsere abendliche Runde am Tisch im Rittersaal vergrößerte sich täglich und genauso die bewundernden Blicke, die die edlen Herren meiner kleinen mongolischen Prinzessin zuwarfen. Sie würde eine Menge Tücher benötigen, um allen Gunstbewerbern gerecht zu werden.

Am Abend vor dem großen Ereignis schließlich traf sogar ein greiser Minnesänger ein. Sein Name war Heinrich von Veldeke, und als einziger berühmt gewordener Troubadour aus dem niederdeutschen Sprachraum war er bis ins 20. Jahrhundert beakannt.

Fast wehmütig entsann ich mich nun, wie ich als einziger in der Universität keine Probleme mit der Übersetzung seiner Verse gehabt hatte. Alle anderen fahrenden Minnesänger von Oswald von Wolkenstein bis Rüdiger von Manesse sowie allen voran Walther von der Vogelweide hatten ihre Dichtungen auf Mittelhochdeutsch vorgetragen und aufgeschrieben, der Sprache des regierenden staufischen Königshauses. Heinrich von Veldeke jedoch, das konnte ich nun deutlich sehen, hatte seine Anhänger hier oben im Norden, wo noch das westfälische Sächsisch die tonangebende Sprache der Adeligen und des Volkes war. Seine Dichtung hätte am staufischen Hof übersetzt werden müssen.

Wehmütig und fast traurig wurde es mir ums Herz, als der greise, alte Mann seine ernsten und fröhlichen Weisheiten kundtat. Auch Phei Siang neben mit schien mit einem Male wieder nachdenklicher geworden zu sein. Da sie die Sprache ja nun auch verstand, mussten die eigentümlichen Weisen sie tief im Innersten berührt haben. Schweigend legte sie ihre Hand in meine, und zusammen genossen wir den Auftritt des großen alten Sängers, als hätten wir nie in einer anderen Zeit gelebt.

Kapitel 4 - Spurlos verschwunden

Helmut Blohm, Winter 1972/73

Wenn es einen Fall gibt, den ich bis zum Ende meiner Dienstlaufbahn nicht vergessen werde, dann ist es das Verschwinden der beiden Studenten am 31. Oktober 1972 in der Kluterthöhle. Obwohl der Fall wahrscheinlich irgendwann ungelöst zu den Akten gelegt werden muss, hat er unserem Städtchen Land auf und Land ab zu zweifelhafter Berühmtheit verholfen.

Ich war als Kriminalhauptkommissar von Anfang an mit den Ermittlungen betraut worden, und ich muss zugeben, dass wir bereits nach wenigen Tagen schon nicht mehr weiter kamen. Allein die Vermisstenanzeige, die die Eltern der beiden Studenten gemeinsam noch am gleichen Abend nach dem Verschwinden der jungen Leute aufgegeben hatten, war einfach gehalten:

„Vermisst werden seit heute, 31. Oktober, 1972, die chinesische Staatsangehörige Leng, Phei Siang (20), wohnhaft im Talsperrensiepen 12 in Ennepetal, und Fred Hoppe (22), wohnhaft auf Bukholt bei Schweflinghausen, ebenfalls Ennepetal. Das Paar wurde zuletzt bei der Nachmittagsführung durch die Kluterthöhle um 14 Uhr gesehen."

So oder so ähnlich war der Wortlaut. Die Kollegen von der Schutzpolizei, die die Anzeige aufgenommen hatten, wiesen die Eltern ordnungsgemäß darauf hin, dass einer Vermisstenanzeige bei erwachsenen Personen in der Regel erst 24 Stunden nach deren Verschwinden nachgegangen werden könne. Trotzdem waren aber seit dem Zeitpunkt des aktuellen Verschwindens der beiden Studenten bereits offizielle Suchaktionen in Angriff genommen worden, die auch über die nächsten Tage jeweils über 24 Stunden ununterbrochen andauerten.

So weit, so gut. Auf jeden Fall landete die Sache dann zwei Tage später auf meinem Schreibtisch, weil die Ermittlungen vor Ort keine Erkenntnisse erbracht hatten. Keine Erkenntnisse – das liest sich so leicht daher! In diesem speziellen Fall hieß das nichts anderes, als dass niemand auch nur das Geringste über den Verbleib der beiden jungen Leute aussagen konnte, obwohl alle Zeugen ihr Verschwinden sofort bemerkt hatten.

Hier wurde ich doch sehr stutzig. Die oben genannten Personen haben am besagten Tag erwiesenermaßen an der Führung durch die Kluterthöhle teilgenommen. Sie haben sich also keinesfalls zuvor oder während der Führung abgesetzt. Sie haben sich nicht in der Höhle versteckt oder verirrt, denn die Führung wurde direkt nach dem Verschwinden der beiden abgebrochen und ein Such- und Rettungstrupp in Marsch gesetzt. Auch hatten die Studenten keine Möglichkeit, nach Abbruch der Führung noch unbemerkt aus der Höhle zu gelangen, denn diese war sowohl während der Führung als auch direkt nach Rückkehr der restlichen Gruppe stets ordnungsgemäß verschlossen gewesen. Im übrigen ist es müßig zu betonen, dass auch nach Beendigung der Suchaktion niemand unbemerkt die Höhle verlassen hat. Die Gesuchten konnten und mussten einfach noch in den Höhlengängen verschollen sein. Trotzdem hat der Such- und Rettungstrupp sie nicht gefunden, obgleich das gesamte zugängliche Gangsystem gründlich und vollständig abgesucht worden war. Fakt ist: Es gab und gibt nach menschlichem Ermessen keine Möglichkeit, dass sich die Vermissten noch in der Höhle befinden! Aber herausgekommen sind sie auch nicht!

Das ist der Tatbestand, der mir bereits am ersten Tag meiner Ermittlungen klar war. Und ich habe seither keine natürliche Erklärung mehr für das Verschwinden von Leng Phei Siang und Fred Hoppe gefunden.

Natürlich wurde im Zuge der Ermittlungsarbeit auch der persönliche Hintergrund der Vermissten untersucht, aber auch hier ergaben sich erwartungsgemäß keinerlei relevante Anhaltspunkte. Nach Aussage beider Eltern waren die beiden eng befreundet, ja im Jargon der heutigen Jugend könnte man auch sagen, „sie gingen miteinander". Objektive Gründe, dass einer der beiden Elternteile diese Beziehung der beiden zueinander missbilligte, liegen nicht vor, damit entfällt auch die Möglichkeit, dass die beiden absichtlich von der Bildfläche verschwunden wären. Zeugen unter den Teilnehmern der Führung haben zudem ausgesagt, dass die beiden sich nicht auffällig verhalten hätten. Der Höhlenführer, der selbstverständlich einer besonderen Vernehmung zu unterziehen war, will zwar bemerkt haben, dass die beiden jungen Leute ein wenig hinter den anderen zurückblieben, als die Gruppe die Höhlenhalle namens „Kirche“ verließ, doch die beiden hätten absolut keine Möglichkeit gehabt, in einem der früher vorhandenen Seitengänge zu verschwinden, da diese seit längerer Zeit wegen der in der Halle sich üblicherweise aufhaltenden Kinder unter den Patienten abgesperrt worden war. Im Augenblick ihres Veschwindens seien sie sicher die letzten der Gruppe gewesen, doch dieses Verschwinden habe sich von einem Moment zum anderen zugetragen, und zwar exakt zu dem Zeitpunkt, als der Höhlenführer, wie er mehrfach versicherte, die Gruppe zum Aufschließen ermahnt hatte. Dem Mann konnte nichts Gegenteiliges nachgewiesen werden, zumal alle anderen Teilnehmer an der Führung diese Aussage bestätigten. Wenn also nicht alle aus dieser Gruppe die beiden vermissten Personen gemeinschaftlich ermordet und in der Höhle verscharrt haben, was natürlich nach Abwägung aller Fakten völlig absurd ist, gibt es, ich wiederhole es noch einmal, keinen natürlichen Grund für das Verschwinden der beiden Studenten. Damit schließt sich der Kreis, und das wahrscheinlich endgültig.

Man kann sich bestimmt denken, was für ein Aufsehen und Presserummel ein solches Ermittlungsergebnis verursacht hat. Über meine bitteren Erfahrungen in dieser Hinsicht möchte ich aber lieber schweigen.

Horst Hoppe, Winter 1972/73

Seit einigen Wochen haben wir es nun amtlich, was Zeitungen und Fernsehen schon wenige Tage danach verkündet hatten: Es gibt keine Erklärung für das Verschwinden unseres Sohnes Fred und seiner chinesischen Freundin.

Es ist, als ob er nie existiert hätte, und das kann ich nicht begreifen. Auf unsere inständigen Bitten hin haben die

Höhlenretter vom Forschungskreis Kluterthöhle noch einmal alle begehbaren und irgendwie zugänglichen Hohlräume eingehend untersucht, doch sie haben keine Spur von den beiden gefunden. Gesucht wurde nach ihnen ja schon, als wir noch dachten, sie wären sonst wohin verschwunden. Als wir endlich am Abend dieses fürchterlichen Tages vor Allerheiligen gemeinsam mit den Lengs unsere beiden Kinder als vermisst meldeten, waren die Rettungstrupps schon pausenlos im Einsatz.

Wie uns auch von der Kriminalpolizei später versichert wurde, hätten die beiden gar keine Möglichkeit gehabt, unbemerkt aus der Höhle zu kommen.

Doch das hilft uns alles nicht weiter. Unser Fred bleibt verschwunden. Und uns bleibt die Ungewissheit, so lange wir leben.

Dabei hatten wir doch so viel Hoffnung in ihn gesetzt. Er hätte sein eigenes Leben nach seinem Studium gestalten können, der Hof hätte ihn nicht belastet. Er hätte mit der hübschen kleinen Chinesin von uns aus liebend gern glücklich werden können, die beiden passten so gut zueinander, wie Mutter nicht müde wird, zu betonen.

Ich kann mir einfach nicht vorstellen, dass Fred das alles freiwillig hat sausen lassen. Nein, er ist bestimmt nicht von sich aus von uns weggegangen.

Das Leben geht weiter, sagen die Leute, doch uns fällt das ganz gehörig schwer. Wenn nur diese verdammte Ungewissheit nicht wäre. Manchmal denke ich auch, es wäre mir lieber, ich wüsste, er wäre tot. Damit zu leben kann man lernen. Nur in Mutters Gegenwart darf ich das nicht laut sagen. Für sie steht fest, dass unser Fred eines Tages plötzlich wieder zur Tür hereinkommt, als ob nie etwas gewesen wäre.

Kang, Lu Tsi, Winter 1972/73

Für meinen Mann, Leng Kao, ist eine Welt zusammengebrochen, als wir erfahren mussten, dass unsere Tochter Phei Siang verschwunden ist. Als sie an diesem letzten Abend im vergangenen Oktober nicht nach

Hause kam, hat er zunächst getobt. Doch dann haben wir bei den Eltern ihres deutschen Freundes angerufen und von ihnen gehört, dass ihr Sohn ebenfalls nicht da sei. Wir haben uns mit ihnen auf der Polizeiwache verabredet, um unsere Kinder als vermisst zu melden. Dort wollte erst gar niemand tätig werden, weil die beiden doch erwachsen seien. Mein Mann ist dabei ausfallend geworden und hat die Polizisten beschimpft. Für ihn ist nun mal unsere Tochter immer noch ein kleines Mädchen, und das wird sie wohl in seinem Gedächtnis auch immer bleiben.

Doch als wir dann hörten, dass nach den beiden schon den ganzen Nachmittag lang in der Kluterthöhle gesucht wurde, hat das meinen Mann ein wenig beruhigt. Es war trotzdem alles vergebens. Unsere Kinder blieben verschwunden, und niemand kann sagen, was mit ihnen passiert ist.

Kao wollte diese amtliche Mitteilung einfach nicht zur Kenntnis nehmen. Er hat dann Phei Siangs deutschen Freund für das Unglück verantwortlich gemacht. Er sagt, er hätte nie zulassen dürfen, dass sie sich mit diesem deutschen Jungen anfreundete. Lange hätte das seiner Meinung nach sowieso nicht mehr gehen dürfen. Kao ist immer noch davon überzeugt, dass die beiden nicht zueinander passten. Es schicke sich nicht für eine chinesische Dissidententocher, dass sie jemanden aus dem Westen heirate, hat er immer gesagt. Phei Siang selbst hat er sich das aber nicht zu sagen getraut, aus Angst sie könne ihm den Gehorsam verweigern. Denn irgendwo hat er schon gemerkt, dass unsere kleine blühende Rose dabei war, sich ernsthaft in den jungen Mann zu verlieben. Er hat es nicht wahr haben wollen, genauso, wie er nicht wahr haben wollte, dass Phei Siang sehr traurig war, bis sie ihren Fred kennenlernte. Irgendwo in seinem Kopf hat er sich eingebildet, er könne eines Tages wieder zurück nach Quangdung und seine Lehrtätigkeit dort wieder aufnehmen, als ob nie etwas gewesen wäre, als ob es den „Großen Vorsitzenden“ und seine Machenschaften nie gegeben hätte. Unsere Tochter werde eines Tages einen guten Mann heiraten, hat er mir immer versichert. Dabei hat er sich heimlich unter den anderen chinesischen Kollegen an der Universität umgesehen, als ob ich das nicht gemerkt hätte. Wäre es nach seinem Willen gegangen, hätte Phei Siang bald irgendeinen der alten Knöpfe heiraten müssen, die er seine guten Kollegen schimpft, einen Mann, der sicher genauso alt gewesen wäre, wie ihr eigener Vater.

Wenn ich allein bin, und Kao nicht in der Nähe ist, bete ich heimlich vor unseren Ahnen, zünde ihre Räucherstäbchen an und bitte sie darum, Phei Siang zu helfen. Sie soll mit dem Menschen glücklich werden, den sie liebt, und das ist höchstwahrscheinlich der deutsche Junge namens Fred, der mit ihr verschwunden ist. Ich habe in seine Augen gesehen, und daher weiß ich es auch genau, dass er meine kleine Rose nicht nur unsterblich liebt, sondern sie auch vor allem Bösen beschützen wird.

Kao ist kein schlechter Mensch, aber er hat es nie verwunden, dass wir unsere geliebte Heimat verlassen mussten. Er kann nicht einsehen, dass er im dortigen System nicht mehr gebraucht wird. Und jetzt, nachdem unsere Tochter nicht mehr da ist, hat er gar keinen Halt. Er findet auch seitdem bei mir keinen Trost mehr, und seine Seite in unserem Bett bleibt leer. Ich sehe, dass ich ihm nicht helfen kann, und so wird er den Verlust unseres Kindes nie verwinden. Stets aber wird er andere dafür verantwortlich machen, doch das ist alles nur vordergründig. In Wirklichkeit wirft er sich selbst immer wieder vor, dass er nicht in der Lage war, uns vor der Kulturrevolution zu schützen. Er glaubt, dass er hier nicht am richtigen Platz seines Lebens ist, und ich denke, er wird mich verlassen und irgendwann reuevoll ins Reich der Mitte zurückgehen. Seine eigene Mitte wird er aber so nie wiederfinden und seine Tochter auch nicht.

Ich aber weiß, dass sie lebt und dass sie mich liebt. Unser Band ist nicht zerrissen, denn ich kann sie noch immer fühlen. Das haben mir auch unsere Ahnen in meinen Träumen bestätigt. Ich hoffe nur, dass Siang und Fred genug Kraft, Liebe und Hoffnung für einander haben, damit die beiden die Barriere, die sie von uns hier trennt, einst überwinden können. Daran glaube ich, denn ich bin überzeugt, dass meine Tochter und dieser deutsche Junge verwandte Seelen besitzen. Nur gemeinsam können sie die Aufgaben meistern, die ihr die Mächte der Erde gestellt haben. Deshalb werde ich hier bleiben und auf Siang warten, auch wenn ich dabei alt werde.

Kapitel 5 - Das Turnier

Fred Hoppe, Anfang April 1225

Wenn man sie genauer unter die Lupe nahm, dann zeigte unsere ach so perfekt ausgedachte Geschichte doch einige gefährliche Lücken. Gut, damals, als es darum ging, den Winter in einer Burg zu überleben, war sie sicher durchaus nicht schlecht, aber jetzt hatte sie uns schließlich doch noch in eine bedrohliche Situation gebracht. Wenn all das eintreffen würde, was Graf Friedrich befürchtete, dann hatten wir uns ganz schön reingeritten. Andererseits muss man auch zugeben, dass wir die Lage gar nicht richtig einschätzen konnten. Das Wenige, was wir wirklich über die historischen Personen wussten, auf die wir trafen, war eben völlig anders als die Wirklichkeit, die wir hier erlebten. Dass Graf Friedrich nicht der hitzköpfige Meuchelmörder war, für den er im Volksmund bis ins 20. Jahrhundert hinein gehalten wurde, hatten wir längst erfahren. Aber wenn dann im Umkehrschluss Erzbischof Engelbert sich auch nicht als der unschuldige großmütige Heilige aus der Überlieferung, sondern als machtbesessener Tyrann entpuppte, dann hatten wir ein ernstes Problem. Wir mussten uns auf die Freundschaft und den Mut Graf Friedrichs verlassen und konnten nur hoffen, dass er uns nicht ausliefern würde. Das Ganze kam uns wie eine absurde Gratwanderung vor, und wir überlegten fieberhaft, ob wir nicht auch noch eigene Sicherheitsmaßnahmen ergreifen konnten. Doch so sehr wir auch unsere Gehirne zermarterten, es gab keinen anderen Ausweg, als sich den Dingen zu stellen, die da auf uns zukommen würden. Mit Fug und Recht kann ich jedenfalls behaupten, dass wir in dieser letzten Nacht vor dem Beginn des Turniers nicht schlafen konnten.

Warum stellten sich jetzt bloß auf einmal die Dinge gegen uns? Das fragten wir uns immer wieder. Vielleicht hatte das ja auch etwas mit unserem Eindringen in diese Zeitebene zu tun. Denn wenn man es nüchtern betrachtete, gehörten wir nun wirklich nicht hierher. Die zwangsläufige Folge war, dass wir Identitäten für uns erfinden mussten, die es nie gegeben hatte. Dadurch stieg natürlicherweise die Gefahr einer Entlarvung, weil das eine oder andere Element unserer erfundenen Wahrheit nicht stimmen oder nicht passen konnte. Vielleicht war es ja einfach auch so, dass das Gefüge dieser Zeitebene sich gegen uns wehrte, weil wir eine ständige Gefahr darstellten, die geschichtlich bereits geschehenen Ereignisse zu verändern. Damit waren wir praktisch wieder am gleichen Punkt angelangt, wie schon einmal bei unseren nächtlichen Diskussionen. Wir drehten uns im Kreise, aber wir tanzten nicht dabei. Bei diesem Gedanken musste ich lachen.

„Was ist so lustig daran?“ fragte Phei Siang gleich.

„Eigentlich gar nichts,“ antwortete ich, „aber ich versuche mir vorzustellen, was unsere gräflichen Freunde wohl denken würden, wenn sie wüssten, wie philosophisch wir unsere Nächte verbringen.“

„Nun, es gab ja wohl auch andere, oder hast du die schon vergessen?“ neckte Phei Siang.

„Wie könnte ich. Aber mit denen haben wir unsere Probleme nicht verkleinert.“

„Immerhin haben wir damit unser Leben hier erträglicher gestaltet.“

Am nächsten Morgen wurden die Zelte der Turnierteilnehmer aufgestellt und der Tjost-Platz hergerichtet, nicht in der Burg, wie ich bisher angenommen hatte, sondern unten auf dem oberen Teil innerhalb der großen Ruhrschleife beim späteren Unter-Winz. Auch die hölzerne Ehrentribüne war bereits aufgebaut, und entlang der durch eine Barriere getrennten Turnierstrecke hatte sich schon viel Volk versammelt.

Phei Siang half mir, die neue Rüstung anzulegen, denn einen Knappen hatte ich für solche Aufgaben natürlich nicht. Als wir alle bereit waren, ritten wir in einem langen bunten Zug den Burgberg hinab. Wenn ich heute Abend noch in der Lage bin, selbst auf meinem Pferd sitzend wieder hier hinauf zu reiten, dann ist schon viel gewonnen, dachte ich ironisch. Eigentlich wäre es wirklich schön, auch morgen noch das lang wallende Haar meiner vor mir reitenden

Prinzessin bewundern zu dürfen. Zum Glück konnte Phei Siang wenigstens nicht meine Gedanken lesen. Sie wäre imstande gewesen und hätte mich nicht mitmachen lassen, aber das konnten wir uns nun wirklich nicht leisten. Als die gräfliche Familie, die unseren Zug anführte, auf dem Turnierplatz ankam, brausten Jubelrufe aus dem Volk auf. Wie als Bestätigung unserer bisherigen Einschätzung registrierten wir, dass Graf Friedrich und Comtess Sophia offensichtlich bei ihren Untertanen recht beliebt waren.

Vor dem Kopf der Tribüne stand ein hochaufgerichteter Reiter mit einem langen weißen Gewand über dem Kettenhemd, auf dem ein großes längliches Kreuz abgebildet war. Das musste Erzbischof und Reichskanzler Engelbert II, der Graf von Berg, sein, Friedrichs Großvetter und Oberlehnsherr als Herzog von Westfalen. Angestrengt versuchte ich während der Begrüßung der beiden, Engelberts Gesicht zu sehen. Ich konnte kein freundliches Lächeln entdecken.

Auch als Friedrich Phei Siang als mongolische Prinzessin und danach mich und seine Ritter vorstellte, verzog der Erzbischof keine Mine. Er hätte zumindest erstaunt über den exotischen Besuch sein können, dachte ich. Nicht einmal den üblichen bewundernden Seitenblick hatte er meiner asiatischen Schönheit gegönnt. Vielleicht mag Engelbert keine Frauen, oder er mag sie nicht mehr, sonst könnte er wohl schlecht Erzbischof sein, durchfuhr es mich unwillkürlich. Wie nahe ich der Wahrheit damit kam, konnte ich allerdings zu diesem Zeitpunkt noch nicht ahnen.

Bevor sich Graf Friedrich und die anderen hohen Herrschaften auf der Tribüne niederließen, erhaschte ich einen Seitenblick auf unsere holde Sophia, wie sie an Engelbert vorbeiging. War da etwa das Aufflackern von purem Hass in ihren schönen Augen? Aber im nächsten Moment war die Erscheinung auch schon vorbei, und sie blickte wieder freundlich in die Runde. Ich schüttelte den Kopf, warum sollte Sophia Engelbert hassen? Er hat ihr doch als Brautwerber erst den Mann gebracht, auf den sie sonst so stolz zu sein schien.

Fanfaren erklangen. Aha, das war also das Zeichen für uns Turnierteilnehmer, in einer langen Reihe an der Tribüne und an den Zuschauern vorbei zu reiten. Da saßen sie nun alle beieinander zuerst Phei Siang, dann Engelbert, dann Friedrich mit Sophia zu seiner Linken, und ganz außen hatte der greise Sänger Heinrich von Veldeke einen Ehrenplatz bekommen.

Graf Friedrich begrüßte nun noch einmal alle Turnierteilnehmer und seine hohen Gäste. Bevor er sich wieder setzte, erklärte er das Turnier für eröffnet.

Schon machten sich die ersten beiden Ritter aus unserer Reihe auf und gaben ihren Pferden die Sporen. Beide lenkten ihre Tiere noch einmal vor die Tribüne, und Graf Friedrich stellte die Kontrahenten vor. Jeder verneigte sich vor einer der beiden Damen, und dann stoben sie wieder auseinander, jeder seinem Ende des Turnierplatzes zu. Sie stellten sich auf, schlossen ihre Visiere und hoben ihre Lanzen an. Als der Herold vor der Tribüne das Fahnenzeichen gab, ritten sie in vollem Galopp mit gesenkter Lanze auf einander zu, jeder auf seiner Seite der Barriere. Und schon krachte es. Einer der beiden Streiter wurde von der Lanze seines Gegners voll in der Körpermitte getroffen und aus dem Sattel gehoben. Er hatte seinen Schild nicht rechtzeitig hochreißen können. Mit einem lauten Scheppern landete der Ritter im Gras – und blieb regungslos liegen.

Knappen kamen und kümmerten sich um den böse Gestürzten, nahmen ihm vorsichtig den Helm ab und untersuchten seine Verletzungen. Ich hörte ein leises Klagen, und mir wurde ganz mulmig im Magen. Dann trugen die Helfer den angeschlagenen Ritter davon. Der Sieger hingegen ritt nun mit erhobener Lanze wieder vor die Tribüne und verneigte sich vor den beiden Frauen. Er hatte die erste Runde überstanden, ich aber hatte sie noch vor mir. Da das Ganze in einer Art K.O.-System ablief, konnte ich mir lebhaft vorstellen, wie diejenigen hinterher aussahen, die eine zweite und eine dritte Runde im Sattel blieben. Demnach würde wohl der Turniersieger auf seinem eigenen Ehrenbankett bestimmt nicht tanzen können.

Wie sollte ich aus dieser Misere heil herauskommen? Mit einem simplen Fallenlassen war es hier nicht getan. Mein Sturz musste unvermeidbar aussehen, aber so, dass er nicht feige wirkte. Da kam mir eine Idee.

Ich führte mein Pferd etwas zur Seite zwischen die Zelte der Teilnehmer. Gerade war die zweite Gruppe vor die Tribüne geritten. Als sie ihre Pferde zu ihrem jeweiligen Platz hin dirigierten, waren die Blicke aller auf sie gerichtet. Jetzt oder nie, dachte ich, zog mein Messer aus der Scheide und schnitt mit einem Ruck meinen eigenen Sattelgurt fast durch. Langsam führte ich mein Streitross zurück zu den anderen Wartenden.

Die Ritter auf dem Turnierplatz waren nach ihrem ersten Gang beide im Sattel geblieben, aber ihre jeweiligen Lanzen zersplitterten an den gegnerischen Schilden. Jeder von ihnen bekam eine neue Lanze von einem Knappen gereicht, und schon ging es weiter. Diesmal erwischte es einen der beiden aber voll. Unter dem Gejohle der Zuschauer glitt die Lanze des einen am Schild des Gegners nach oben und erfasste mit einem ohrenbetäubenden Krachen dessen Visier. Der Getroffene wurde praktisch durch die Lanze, die an seinem Kopfteil hängen blieb, nach hinten aus dem Sattel geschleudert und landete im Gras. Auch er blieb dort liegen und rührte sich nicht mehr. Vorsichtig trugen ihn die Helfer von der Turnierstätte.

Nun war ich an der Reihe. Mein Gegner wurde als Ritter Rydenkasten, Edelherr von Schwerte, vorgestellt. Es war, so weit ich trotz seiner glänzenden Rüstung erkennen konnte, ein ziemlich grobschlächtiger Mann mit einem dichten schwarzen Vollbart. Er ritt ganz ungeniert vor Phei Siang hin und verneigte sich. Dabei hätte er wissen müssen, dass ich immerhin der Gemahl der Prinzessin war. Aber Phei Siang meisterte die Situation einfach, in dem sie ihm freundlich zulächelte und ihr Ehrentüchlein an Engelbert und Friedrich vorbei zu Sophia reichte. Diese nahm es ebenfalls lächelnd an und band es mir auf die hingehaltene Lanzenspitze. Ritter Rydenkasten machte ein wütendes Gesicht und riss sein Pferd herum. Bevor ich das Gleiche tun konnte, sah ich noch Engelberts brüskierten Blick. Friedrich aber, da bin ich mir ganz sicher, zwinkerte mir unauffällig zu.

Natürlich riss mein Sattelgurt nicht beim ersten Aufeinandertreffen. Ich verspürte einen mörderischen Schlag gegen die Brust, wo mein Schild den Aufschlag von Rydenkastens Lanze milderte, die dabei in zwei Teile zerbrach, aber ich blieb, wenn auch wankend, im Sattel. Als ich wieder einigermaßen klar sehen konnte, merkte ich erst, dass mein Gegner im Gras lag und nun krampfhaft versuchte, aufzustehen. Irgendwie schien aber wohl beim Sturz ein Gelenkteil Schaden genommen zu haben, denn er kam nicht hoch, was ihm auch noch zusätzlich das Gelächter der Zuschauer eintrug. Knappen mussten ihm aufhelfen und vom Platz geleiten.

Während der nächsten Stunden versuchte ich, mich von dem grausamen Schlag gegen meine Brust zu erholen. Ich bekam kaum Luft und verspürte dauernd einen dumpfen Schmerz in der Herzgegend. Phei Siang hielt die ganze Zeit über immer wieder nach mir Ausschau, aber sie konnte mir nicht helfen.

Bald wurde die zweite Runde angesagt, und diesmal sah ich zu, dass ich zu den ersten gehörte. Die Prozedur vor der Tribüne wiederholte sich, aber mein Gegenüber war nun scheinbar ein weitaus freundlicherer Geselle. Er wurde als Ritter und Edelherr Bernhard von Horstmar vorgestellt, und er war sicherlich um die 60 Jahre alt. Trotzdem schien er der bekannteste Krieger weit und breit zu sein, denn die Nennung seines Namens rief unbeschreiblichen Jubel hervor. Er schaute mich etwas mitleidig an.

„Ihr seid ziemlich angeschlagen, Sir Winfred,“ sprach er mich an, „und es wäre für Euch keine Schande gegen mich zurückzuziehen.“

„Danke, Herr, aber lasst uns gegeneinander reiten“, hörte ich mich überraschend sagen. Ich muss völlig verrückt sein, dachte ich sofort danach, aber nun war es zu spät.

Zum Glück riss der Sattelgurt jetzt endgültig, und zwar noch bevor wir aufeinander treffen konnten. Ritter Bernhards Lanze ging ins Leere, weil ich schon samt Sattel und Lanze vom Pferd gerutscht war. Und ich war froh darum, denn sein Stoß hätte mich bestimmt aufgespießt, so heftig wurde er geführt.

Der Sturz selbst hatte meiner Brust nicht gerade gut getan, aber dass ich noch am Boden blieb, hatte wohl auch etwas mit dem Schrecken zu tun, der mich erfasste, als ich sah, wie heftig Ritter Bernhards Stoß wohl gewesen wäre. Phei Siang war aufgesprungen, und mit einem wahnwitzigen Satz hechtete sie über die Balustrade, ihr langes Haar und ihr weiter Mantel ließen sie dabei beinahe wie eine Fledermaus aussehen. Jetzt ging ein Raunen durch die Zuschauerreihen. Wahrscheinlich geziemte sich ein derartiges Benehmen nicht für eine Dame von ihrem Rang. Aber das kümmerte mich wenig, denn ich hoffte, dass ihr als exotischem Kind der Steppe diese turnerische Glanzleistung nachgesehen würde. Auch Ritter Bernhard war herangekommen und beugte sich über mich.

„Ihr habt Euch doch hoffentlich nicht noch mehr verletzt?" fragte er besorgt. Seltsam von einem solchen Rauhbein und Recken, dachte ich. Doch dann war auch schon Phei Siang heran und nahm mir den Helm ab.

„Was machst du bloß für Sachen", fuhr sie mich an. „Du hättest doch verzichten können!"

In ihrem Eifer hatte sie einfach Hochdeutsch mit mir gesprochen, doch Ritter Bernhard tat so, als hätte er es nicht bemerkt.

Dass er es doch mitbekommen hatte, wurde mir sofort klar, als er mich fragte:

„Ihr seid doch Engländer, nicht wahr? Ich hatte vor vielen Jahren mehrfach die Ehre, an der Seite von König Richard in den Kampf gegen die Sarazenen zu ziehen."

Mich durchfuhr ein eisiger Schrecken. Er kann bestimmt angelsächsisch sprechen!

Auch Phei Siang merkte nun, welchen Fehler sie begangen hatte und wurde sogar unter ihrem dunklen Teint sichtbar blass.

Mit ihrer Hilfe richtete ich mich auf.

„Wir danken Euch für Eure Fürsorglichkeit, Ritter Bernhard, lasst uns später zusammen ein Glas auf Euer Wohl trinken," betonte ich, jedes Wort extra langsam sprechend. Phei Siang hatte verstanden, und Ritter Bernhard schien sich damit auch zufrieden zu geben. Ich wusste aber genau, dass wir ihm einige Erklärungen schuldig sein würden. Trotzdem war ich mir sicher, dass er uns nicht verraten würde.

Der Herold verkündete, dass ich ausgeschieden sei, weil mein Sattelgurt gerissen war. Wenn ich keine Revanche von Ritter Bernhard forderte, sei er der Sieger unserer Begegnung. Erleichtert erklärte ich feierlich meinen Verzicht. Ritter Bernhard nickte nur.

Im Hintergrund fluchte dagegen Ritter Rydenkasten vor sich hin und drohte mir unverhohlen mit seiner gepanzerten Faust.

„So ein Turnier ist doch eine feine Sache," sagte ich lächelnd zu Phei Siang gewandt, „ich denke, wir haben heute einen Freund gewonnen und uns einen Feind gemacht."

Leng Phei Siang, Anfang April 1225

Als ich wieder neben Erzbischof Engelbert Platz genommen hatte, schaute der mich giftig an. Wie hatte ich es wagen können, für meinen angeschlagenen Gemahl einfach so über die Balustrade zu springen. Dabei bin ich hundertprozentig sicher, dass er noch nie eine Frau überhaupt springen gesehen hat. Aber so eisig wie er konnte ich auch in die Weltgeschichte schauen. Prompt sprach er mich zum ersten Mal an.

„Mir scheint, Prinzessin, Ihr seid mit den Sitten des christlichen Abendlandes nicht recht vertraut, nicht wahr?“

„Ich weiß, mein Herr, dass ich in Euren Augen vielleicht ungebildet erscheine, doch seid versichert, es gibt Tausende von Tugenden bei uns Menschen aus der Steppe, von denen Ihr auch nichts wisst, die bestimmt aber genauso viel Ehrbewusstsein von uns verlangen wie Eure eigenen.“

„Verzeiht, aber das kann nicht sein, denn Ihr glaubt nicht an den Allmächtigen Gott, und daher können alle Eure Sitten nur heidnisch sein!“

Das klang ja schon fast drohend. Worauf wollte dieser aufgeblasene Kreuzträger hinaus? Aber er hatte mich gereizt, und entsprechend schoss ich zurück:

„Ich verstehe nicht ganz, Herr, was an diesen kriegerischen Sitten hier christlich sein soll, wo Euer Gott doch den Frieden unter den Menschen predigt.“

Gleichzeitig warf ich mit einer stolzen Bewegung meines Kopfes mein Haar zurück und blickte wieder nach vorn. Engelbert zog nur seine Augenbrauen hoch und erwiderte nichts.

Das Turnier wurde fortgesetzt, aber der weitere Verlauf interessierte mich nicht im Geringsten. Fred hatte es einigermaßen gut überlebt, auch wenn er es mit seinem Mut mal wieder übertrieben hatte. Männer!

Trotzdem dauerte es noch Stunden, bis der Sieger feststand. Ich hatte es beinahe schon erwartet. Der freundliche Ritter Bernhard hatte letztlich klar gewonnen. Er musste ein großer Krieger sein, trotz seines Alters. Gräfin

Sophia überreichte ihm feierlich die ihm zustehende Trophäe.

Endlich konnte ich mich wieder um Fred kümmern. Er saß still an der Seite eines der Turnierzelte und atmete schwer. Hoffentlich hatte er keine inneren Verletzungen davongetragen. Ich bückte mich, öffnete ungeniert sein Kettenhemd und tastete seine Brust ab, und er stöhnte schmerzhaft auf.

„Ich habe mir wohl die Rippen verstaucht," hauchte er mir zu.

„Ich habe dafür schon mit Engelbert das Schwert gekreuzt, du Held."

„Hast du ihn etwa beleidigt?" hustete Fred.

„Nein, er hat mich beleidigt."

Ich erzählte ihm von dem Wortwechsel auf der Tribüne.

„Du wirst jetzt einen schweren Stand haben mit deiner diplomatischen Mission," meinte Fred nur.

„Glaubst du wirklich, er würde anders reagieren, wenn ich vor ihm gekrochen wäre?"

„Nein, eigentlich nicht, Phei Siang. Wir können sowieso nicht mehr zurückrudern. Dafür haben wir vor dem Winter zu dick aufgetragen. Was mir mehr Sorgen macht, ist, dass Ritter Bernhard offenbar Verdacht schöpft oder sogar bereits weiß, dass wir untereinander kein angelsächsisch sprechen. Ich fürchte sogar, er denkt bereits, ich sei gar kein englischer Ritter."

„Wenn das stimmt, dann gibt es nur noch eine einzige Lösung," behauptete ich fest. „Wir müssen uns mit dem Gedanken anfreunden, bestimmten Personen vorsichtig die Wahrheit zu sagen."

„Ich glaube auch, dass dies die beste Lösung wäre," stimmte Fred zu. „Wir müssen nur sicher sein, dass nichts weiter nach außen dringt. Und wir dürfen nicht sagen, was wir über die nahe Zukunft aus unserer Geschichte wissen."

Es war bereits Abend, als wir in einem langen Zug wieder zur Burg hinauf ritten. Der Bergfried der Isenburg glänzte rötlich hell im Licht der untergehenden Sonne. Als ob er brennt, fiel mir unwillkürlich ein. Fred hatte mir ja erzählt, wie die Geschichte dieser stolzen Burg enden würde. In einem Jahr schon würde sie ein großer Trümmerhaufen sein. Wo wir wohl dann sein werden, dachte ich. Vielleicht mit den Verteidigern unter den Trümmern begraben. Oder hatten wir wirklich eine Chance, noch vorher in unsere Zeit zu entkommen? Aber was wäre, wenn? Was würde ich meinem Vater sagen? Ich war jetzt natürlich so weit, dass ich nicht mehr ohne Fred sein konnte. Ich hatte meine Entscheidung nicht nur getroffen, ich hatte auch danach gehandelt. Wir waren nicht mehr nur ein Team, das nach einem bestandenen Abenteuer wieder auseinander gehen konnte. Wir waren Mann und Frau, und wir liebten einander. Wie könnte ich dann überhaupt noch in Erwägung ziehen, dass ich einen anderen akzeptieren sollte, nur weil mein Vater der Überzeugung war, er hätte das Recht, mein Leben zu bestimmen. Nein, das ging natürlich nicht! Aber mein Vater würde es nicht verstehen, nicht verstehen wollen. Doch er war nicht ich! Keine Macht dieser Welt würde mich von Fred trennen können. Ja, ich war nun fest entschlossen, meinem Vater zu trotzen, und ich würde nicht lebenslang dafür die traurige Phei Siang sein. Er hatte kein Recht mehr auf mein Leben.

Um das zu erfahren, musstest du erst 800 Jahre in die Vergangenheit dieses kalten fremden Landes verschlagen werden, dachte ich. Bei diesem Gedanken musste ich nun doch schmunzeln.

Vor dem Bankett hatten wir noch genügend Zeit, uns in unserem nun gemütlich anmutenden kleinen Raum auszuruhen. Wie schnell hatten wir uns doch an dieses zugige Burgzimmer gewöhnt. Einige wenige Räume nur hatten kleine Fenster mit richtigem Glas. Wir Chinesen kannten das Verfahren zur Glasherstellung schon viel länger als die Europäer. Vielleicht könnte ich damit auftrumpfen, wenn uns Engelbert in die Enge treiben sollte. Aber was hätten wir damit gewonnen, höchstens, dass wir etwas wertvollere Geiseln abgeben würden.

Fred hatte sich nun endlich auch sein Wams abstreifen können. Ihm ging es jetzt jedenfalls wesentlich besser als noch unten auf dem Turnierplatz. Bevor er sich ein neues Wams überziehen konnte, hielt ich seine Arme fest.

„Du gefällst mir viel besser ohne dieses Ding," sagte ich einschmeichelnd und fuhr ihm mit meinen Nägeln langsam über den Brustkorb. Ehe wir uns versahen, lagen wir schon auf unserem Holzbett und vergaßen eine ganze kostbare Stunde lang unsere Probleme in dieser mittelalterlichen Welt um uns herum.

Als wir hinunter in den Rittersaal kamen, hatten die meisten schon Platz genommen. Vor dem großen Tisch in der Mitte des Raumes, an dem wir so oft an den Winterabenden zusammen mit Graf Friedrich und Sophia gesessen hatten, war nun eine Art Tribüne aufgebaut worden, auf der neben den Gastgebern natürlich auch Erzbischof Engelbert saß. Graf Friedrich schien mit diesem in eine ernste Unterhaltung verwickelt zu sein. Mir fiel auf, dass beiden dabei die Zornesröte im Gesicht stand.

„Ich habe dich als meinen Verwandten so lange geschont, wie ich nur eben konnte, aber nun ist damit Schluss!" hörte ich Engelbert sagen. „Abermals hat sich die Äbtissin des Essener Stiftes über dich als Vogt bei mir beschwert, und ich kann diese Sache nicht länger dem Heiligen Stuhl verschweigen."

„Die Essener Vogtei ist mir rechtmäßig von dir selbst als erbliches Lehen übertragen worden. Ich kann und will nicht darauf verzichten", erwiderte Graf Friedrich bestimmt.

„Du weißt selbst, dass es eine päpstliche Bulle gibt, die anordnet, dass ich die Vogteiherrschaften des Adels in die Hände der Kirche zurückführen muss," betonte Engelbert erbost. „Außerdem weiß ich genau, dass schon seit vier Jahren Absprachen zwischen euch allen bestehen, die meine Oberlehnsherrschaft als Herzog von Westfalen in Frage stellen."

„Ich kann nicht tatenlos zusehen, wie du Krieg gegen meinen Schwiegervater und das Haus Limburg führst", sagte Graf Friedrich und erntete ein zustimmendes Kopfnicken seiner Frau Sophia. „Ich erinnere dich daran, dass du deiner eigenen Nichte Irmgard die Grafschaft Berg entrissen hast, obwohl sie ihr nach dem Tode deines älteren Bruders zustand. Und ich sage dir, du wirst unsere Isenburger Kinder nicht zu Bettlern machen!"

„Ich muss die Limburger in die Schranken weisen, und ihr alle seid verpflichtet, mir dabei zu helfen."

„Ich bin den Limburgern durch meine Gemahlin Sophia verpflichtet, falls du es vergessen haben solltest!"

„Jedenfalls kannst du die Essener Vogtei nicht behalten. Wir können vielleicht darüber reden, dass du eine angemessene Entschädigung erhältst, aber die letzte Entscheidung fällt auf dem nächsten Adelstag in Soest.

Darauf bestehe ich! Kommst du nicht, wird dir die Vogtei ohne deinen Einspruch aberkannt!“

Engelbert war unterdessen aufgestanden, Friedrich aber blieb mit erzwungener Ruhe sitzen. Beide schienen erst jetzt zu bemerken, dass wir den Raum betreten hatten.

Der Erzbischof deutete gleich auf mich.

„Ach ja, und dann ist da noch die mongolische Prinzessin. Wie du sagst, hat sie den Auftrag ihres Vaters, sich nach Aufnahme von Beziehungen zum Reich bei mir zu erkundigen. Ich könnte dich beschuldigen, sie monatelang vor mir verborgen zu haben.“

„Es war Winter, Engelbert! Prinzessin Phei Siang und ihr Gemahl Sir Winfred konnten nicht zu dir weiterreisen.!“ Auch Friedrich war nun laut geworden.

„Was weißt denn du über die Dinge, die sich draußen in der Welt zutragen? In einer solch langen Zeit können die Mongolen schon Polen niedergeworfen haben, während du eine ihrer hochgestellten Prinzessinnen versteckst!“

„Wenn wir Mongolen für Euch eine solche Bedrohung darstellen, dann verstehe ich nicht, warum Ihr nicht selbst mit mir sprechen wollt“, warf ich ein.

Die Gespräche der Ritter am Tisch waren plötzlich verstummt, und ihre Blicke wandten sich mir zu. Einige schienen nicht damit einverstanden zu sein, dass eine Frau es wagte, so einfach in das Gespräch zwischen ihren Fürsten einzugreifen. Aber ihre Blicke sagten mir auch noch etwas anderes, und zwar, dass die meisten von ihnen mich am liebsten in ihr Bett zerren wollten. Auch Graf Friedrich schien das nicht entgangen zu sein.

„Wenn einer es wagen sollte, Prinzessin Phei Siang auch nur schief anzusehen, dann bekommt er mein Schwert zu spüren!“

Die Stimmung im Saal war nun bis auf das Äußerste gespannt. Erzbischof Engelbert ließ seinen Zügen ein eisiges Lächeln entweichen. Dann trat er vor:

„Prinzessin Phei Siang, ich nehme Euch mit nach Köln und führe Euch später auch König Friedrich vor. Als hochgestellte Geisel des Reiches habt Ihr nichts zu fürchten, aber mit Euch in unseren Händen haben wir vielleicht eine gute Verhandlungsposition, wenn die Mongolen das Reich bedrohen.“

Graf Friedrich kam an unsere Seite und zog sein Schwert. Ganz ruhig, aber bestimmt sagte er:

„Du wirst Prinzessin Phei Siang nicht mitnehmen. Sie und ihr Gemahl, Sir Winfred, sind meine Gäste. Und in meinem Hause nimmt niemand meine Gäste gefangen!“

„Du widersetzt dich deinem Herzog und Kanzler?“ fragte Engelbert leise.

„Ja, und ich bekomme vor jedem Adels- und Königsgericht damit Recht“, sagte Graf Friedrich, „denn Prinzessin Phei Siang ist freiwillig hier und als Unterhändlerin ihres Volkes unterwegs. Sie als Geisel zu nehmen, wäre gegen das Gesetz des Reiches und der Ritterlichkeit, es wäre ein übler Handel, und vor allem wäre es gegen das Gesetz Gottes!“

Die letzten Worte hatte Friedrich mit Bedacht lauter ausgesprochen.

Und sie hatten getroffen. Der Erzbischof schluckte und drehte sich auf dem Absatz um.

„Nun gut, wie du willst. Aber wir sehen uns auf dem Adelstag in Soest!“

Mit diesen Worten verließ er den Rittersaal, und nur kurze Zeit später hörten wir, wie er seinem Pferd die Sporen gab und aus der Isenburg hinausritt. Seine Begleiter erwarteten ihn unten an der Ruhr.

Wir waren wie erstarrt, doch nun kam wieder Bewegung in die Runde.

„Lasst uns feiern, meine Ritter, und vor allem lasst uns unsere Becher zu Ehren des Turniersiegers, Ritter Bernhard, erheben!“ rief der Graf und brach dadurch die Spannung.

„Wir stehen tief in Eurer Schuld, Graf Friedrich“, sagte Fred, der bis jetzt geschwiegen hatte.

„Ich habe euch beiden meinen Schutz versprochen, und Freunde halten ihr Wort.“

„Begebt Ihr Euch damit nicht in Gefahr, wenn Ihr uns schützt?“ wollte ich wissen.

„Nicht mehr, als zuvor“, beteuerte der Graf . „Aber ihr habt ja beide nun gehört, wie es um meine Sache mit Engelbert steht.“

„Ja, und das Ganze tut uns für Euch sehr leid“, meinte Fred. „Was werdet Ihr denn nun auf dem Adelstag zu Soest tun? Müsst Ihr die Vogtei denn wirklich abgeben?“

„Bis Soest ist es noch lang hin. Der Adelstag ist erst Anfang November. Aber ich kann Euch bereits verraten, dass ich nicht klein beigeben werde! Engelbert hatte nicht ganz Unrecht mit seinem Vorwurf der Absprache. Da er nun gedroht hat, Euch, Prinzessin, als Geisel zu nehmen, seid Ihr und Euer Gemahl sowieso meine natürlichen Verbündeten. Deshalb kann ich offen zu Euch sprechen. Sophia und ich sind mit meinem Schwiegervater, dem Herzog Walram von Limburg, mit meinem Vetter, dem Grafen von Altena, und anderen westfälischen Fürsten übereingekommen, dass wir Erzbischof Engelbert auf dem Rückweg von Soest gefangen nehmen werden. Er soll uns selbst als Geisel dienen, und der König muss uns für seine Auslösung unsere verbrieften Rechte garantieren."

„Das geschieht ihm Recht!" warf jetzt auch Comtess Sophia ein. „Er will sich auf unser aller Kosten bereichern und seine Herrschaft über Westfalen festigen. Wenn die Welfen die Krone behalten hätten, wäre Westfalen nie an Köln gekommen."

„Darf ich fragen, warum Ihr Engelbert so hasst?" fragte ich sie rundheraus.

„Ihr habt doch selbst gesehen, meine Schwester, wie er zu uns Frauen steht."

„Und doch hat er um Euch für Graf Friedrich geworben?" bohrte ich weiter. Ich konnte mir einfach nicht vorstellen, dass ein Frauenhasser seinem Vetter einen solchen mühevollen Gefallen tun würde.

„Eben, und danach hat er uns alle seines eigenen Vorteils wegen verraten", sagte sie kurz angebunden.

Ich aber glaubte jetzt, dass weit mehr dahinterstecken musste, doch ich behielt meine Gedanken für mich.

Graf Friedrich führte uns zu seinem Platz, damit wir von der Ehrentribüne aus dem Fortgang des Festes beiwohnen konnten. Es traten nun auch Spielleute auf, deren Weisen ich wunderschön fand. Der greise Sänger Heinrich von Veldeke hingegen hörte nicht mehr zu. Er war bereits am Tisch der Ritter eingeschlafen, aber diese respektierten ihren alten Barden und ließen ihn in Ruhe schlummern. Manchmal erhaschte ich mit einem Seitenblick, wie Ritter Bernhard zu uns herschaute. Seine Mine war jedoch freundlich auf uns gerichtet, und sie schien auch ein bisschen Neugierde auszudrücken. Er würde sich wohl noch ein wenig gedulden müssen. Fred saß stumm neben mir und war in Gedanken versunken. Eigentlich war ich schon gespannt darauf, was er nun wieder ausbrütete, aber dazu musste auch ich mich noch bis weit nach Mitternacht gedulden.

Fred Hoppe, April 1225

Da war sie nun, die Veschwörung, von der auch die Geschichtsbücher berichteten. Ich war nur erstaunt, dass sie offenbar schon so lange vorher bestand. Und auch der Plan, den Erzbischof gefangen zu nehmen, war praktisch zu dieser Zeit, also Monate vor der Tat, die letztlich im Mord an Engelbert gipfeln würde, bereits in allen Einzelheiten ausgearbeitet worden. Die Idee an sich war ja, so weit ich aus dem Studium der Geschichte wusste, weder neu noch außergewöhnlich. Warum nur konnte es dann überhaupt zum Mord kommen? Verständlich wäre es ja, wenn eine Kurzschlusshandlung außer Kontrolle geriete, aber, wenn doch alles so geplant war, dass nur der lebendige Erzbischof als Geisel ein erfolgversprechendes Pfand war, dann musste bei der Gefangennahme irgend etwas schief gegangen sein. Nein, irgend etwas wird schiefgehen, verbesserte ich mich. Also war noch Zeit genug, genau das zu verhindern.

Als ich nach dem Ende des Banketts in unserem Gemach Phei Siang meine Überlegungen offenbarte, hatte sie gleich die Idee, die Sache mit unserem geplanten Geständnis zu verknüpfen.

„So würde man uns auch eher Glauben schenken", meinte sie. „Und außerdem kann er unsere Warnung nicht so einfach in den Wind schreiben."

Trotzdem blieben noch viele Zweifel übrig.

„Nehmen wir an, es gelingt uns, den Grafen auf diese Weise davor zu warnen, den Erzbischof umzubringen", warf ich ein. „Was passiert dann?"

„Dann lebt Engelbert weiter", stellte Phei Siang einfach fest.

„Ja gut, aber wird das nicht erheblich den Lauf der Geschichte verändern?"

Ich kam einfach immer wieder auf unser altes Problem zurück. Die Auswirkungen eines solchen, ja nennen wir es ruhig „Zeitparadoxons", wären unübersehbar. Kriege würden nicht geführt werden, andere vielleicht gerade deshalb. Das

Machtgefüge im Reich würde sich verschieben und möglicherweise ganz anders entwickeln. Im Ergebnis hätten wir wahrscheinlich eine völlig andere Zukunft mit völlig anderen Menschen.

„Gut", meinte Phei Siang, „würdest du aus Angst vor Möglichkeiten diesen wissentlich einen guten Freund, der unser Leben gerettet hat, in sein Verderben rennen lassen, obwohl du es verhindern könntest?"

„Nein, ich glaube nicht", antwortete ich.

„Wenn der Mord nun aber trotzdem geschieht, und die Geschichte so abläuft, wie wir sie aus den Büchern kennen, dann ist es uns nicht gelungen, Graf Friedrich zu warnen", überlegte Phei Siang.

„Dann müsste uns irgend eine Gewalt davon abhalten, unsere Warnung auszusprechen", ergänzte ich.

„Damit ist aber wohl nicht zu rechnen", sagte Phei Siang. „Wir sind zu dem Entschluss gekommen, dass wir uns ihm offenbaren und ihn warnen müssen. Also werden wir es auch tun. Wenn der Mord trotzdem geschieht", nahm Phei Siang den Faden wieder auf, „ich komme extra noch einmal auf unsere Ausgangslage zurück, denn die Geschichte ist ja irgend wie schon passiert. Wenn also der Mord trotzdem geschieht, dann bleibt nur eine einzige Schlussfolgerung übrig."

„Dann kann Graf Friedrich nicht der Mörder sein. Na klar, du hast Recht!"

Vielleicht hätten wir hier an diesem Punkt unserer Überlegungen nicht aufhören sollen, dann hätten wir unter Umständen noch einiges herausgefunden. Aber wir waren viel zu müde, um noch einigermaßen logisch denken zu können. Ich hatte uns jedenfalls gerade noch mit den Fellen zugedeckt, da waren wir auch schon eng umschlungen eingeschlafen.

In der Nacht träumte ich einen seltsamen Traum. Ich war irgendwie in eine alte Geschichte aus meiner Heimat verwickelt, wie ich sie als Kind so gern gelesen und gehört hatte. Dabei war ich mitten auf einer Lichtung im Wald einer Schlange begegnet, die in Wirklichkeit eine Fee war. Ich hatte die wahre Gestalt, die sich hinter dem Äußeren der Schlange verbarg an ihrem wunderschönen Gesang erkannt, dem ich ergriffen lauschte. Als der Gesang endete, waren meine Glieder wie gelähmt, und ich konnte mich nicht von der Stelle bewegen. Die Schlange schlich sich an mich heran und zischte böse mit ihrer langen Zunge.

„Du hast meine wahre Gestalt erkannt, und dafür musst du mich begleiten," sagte sie.

Ich konnte nichts erwidern, mich nicht wehren oder weglaufen. Wie eine Statue musste ich alles hinnehmen, was mit mir geschah. Die Schlange umwand meinen Körper und plötzlich verschwand die Umgebung. Als es wieder hell wurde, befand ich mich im unterirdischen Reich der Feen und der Waldgeister. Ich sah, wie sie lebten und Gold aus dem Berg horteten, das sie den Zwergen abgenommen hatten.

Dann fragte mich die Schlange, die sich nun in eine wunderschöne Fee verwandelt hatte, ob ich es nicht leid sei, ein Leben in Armut zu führen. Als ich das angesichts der aufgetürmten Schätze bejahte, bot mir die Schlange an, ich dürfe meine Hosentaschen mit Gold füllen, so viel, ich gerade tragen könne. Da trat die Gier in meine Augen, und ich griff mit beiden Händen zu. Als mich die Fee danach wieder hinaus in meine Welt führte, glaubte ich, die Begegnung glücklich überstanden zu haben. Doch wie verändert war nun auf einmal meine Umgebung und der Weg, auf dem ich gekommen war. Die Lichtung, auf der ich die Schlange getroffen hatte, war nun von wildem Gestrüpp überwuchert, und der Pfad war kaum mehr als solcher zu erkennen.

Trotzdem fand ich den Weg zurück in mein Dorf. Doch als ich dort ankam und jedem von meinem unverhofften Glück und Reichtum erzählen wollte, da sah ich nur in unbekannte Gesichter. Ich kannte keinen einzigen Menschen mehr in unserem Dorf, und auch unser Haus wurde von Fremden bewohnt. Schließlich brachte man mich zu einer uralten Frau, und ihr erzählte ich meine Geschichte. Und die alte Frau erinnerte sich, dass sie selbst als Kind früher von ihren Großeltern gehört hätte, dass vor langer Zeit ein junger Mann aus diesem Dorf im Wald verschwunden und nie wieder aufgetaucht war. So waren mehr als hundert Jahre vergangen in den wenigen Stunden, die ich im Reich der Fee verbracht hatte. Was sollte ich nun mit all dem Gold, wo doch meine Eltern und alle meine Freunde längst gestorben waren?

Erschrocken wachte ich auf und stellte fest, dass es noch immer Nacht war. Hatte dieser Traum etwas zu bedeuten? Wir hatten doch schon Sorgen genug. Sollte das etwa heißen, wir würden es nie schaffen, in unsere eigene Zeit zurückzukehren?

Ich legte mich zurück auf die weichen Felle, und mein Herz klopfte bis zum Hals. Doch die ruhigen Atemzüge von Phei Siang neben mir ließen langsam meine Aufregung weichen. Ich schmiegte mich an ihren warmen Körper und schlief gleich wieder ein.

Ich hatte meiner Prinzessin nichts von alledem erzählt, als wir am Morgen die Stufen hinunter zum Rittersaal gingen. Unten trafen wir Graf Friedrich und Ritter Bernhard, die in ein wichtiges Gespräch vertieft waren. Als sie uns hereinkommen sahen, blickte Graf Friedrich auf und schlug vor, wir sollten doch gemeinsam in den Burggarten gehen, weil er mit uns sprechen müsse.

Ich blickte Phei Siang an, und sie wusste gleich, was ich dachte: wir sind entlarvt worden!

Schweigend gingen wir vier hintereinander die Stufen zum Burgtor hinunter. Die Wachen grüßten, als wir das Tor zur Unterburg durchschritten. Von da aus wandten wir uns nach rechts und erreichten durch ein kleines Seitentor in der Ringmauer den Burggarten. Von hier aus hatte man einen herrlichen Blick bis nach Hattingen herunter. In meiner Zeit dagegen war vom Burggarten nichts mehr übrig, denn an seiner Stelle klaffte ein riesiger Steinbruch, dem auch bereits Teile der eingestürzten Ringmauer mit ihren Stützpfeilern zum Opfer gefallen waren. Daran musste ich gerade denken, als wir uns gemeinsam auf einen herausragenden Felsen niederließen.

„Ritter Winfred, Ihr seid mein Freund“, begann der Graf, „und ich habe Euch schon lange beobachtet.“ Dann schien er nach weiteren Worten zu suchen.

„Und dabei habt Ihr festgestellt, dass ich kein echter englischer Ritter sein kann“; half ich ihm aus der Verlegenheit.

„Woher wißt Ihr, was ich...“, wollte der Graf fortfahren, doch ich unterbrach ihn abermals:

„Graf Friedrich, wir haben Euch getäuscht, so bitter es klingen mag, aber wir hatten keine andere Möglichkeit. Es konnte Euch natürlich nicht verborgen bleiben, dass ich keine ritterliche Ausbildung genossen habe, dafür habe ich mich sicher bei der Jagd und beim Turnier zu ungeschickt angestellt. Ich habe gemerkt, dass Ihr das wusstet, spätestens, als Ihr mir von der Tribüne her zugezwinkert habt."

Jetzt war es an der Reihe des Grafen, überrascht zu sein.

„Das stimmt," gab er zu. „Und Ritter Bernhard hatte den gleichen Verdacht. Wir alle haben Euch und Eure Prinzessin, die bestimmt auch keine ist, ins Herz geschlossen, deshalb soll niemand erfahren, was wir hier bereden. Nur sagt, warum diese ganze Maskerade?"

„Phei Siang und ich haben schon gestern Abend beschlossen, Euch die Wahrheit zu sagen", betonte ich langsam und deutlich, „doch die Geschichte, die ich Euch jetzt erzählen werde, verlangt noch viel mehr Vertrauen, als Ihr uns schon bisher entgegengebracht habt, denn sie ist eine wahrhaftig unwahrscheinliche Geschichte!"

Dann erzählten wir Graf Friedrich und Ritter Bernhard, dass wir aus einer weit entfernten Zukunft kämen und in diese Zeit verschlagen worden seien. Einander abwechselnd schilderten wir, was uns in der Klutert passiert war, wie wir dem Köhler begegnet sind und erfuhren, in welcher Zeit wir uns plötzlich befanden, wie wir den Häschern entgehen konnten und den toten Ritter benutzt hatten, uns eine angemessene Identität zu verschaffen, damit man uns auf der Isenburg aufnehmen würde. Wir verschwiegen nichts, auch nicht unsere eigenen Ängste und Befürchtungen, nun vielleicht in dieser Zeit gefangen zu sein, ohne eine Chance, jemals wieder nach Hause zu gelangen. Ich erklärte den beiden, warum meine und ihre Sprache einander so ähnlich sein konnten, und dass wir aus der überlieferten Geschichte her wussten, wer Graf Friedrich von Isenberg, wer Engelbert und wer der Graf von Altena war. Nur eines sparten wir uns noch auf, nämlich das traurige Ende von Burg Isenberg und den Mord am Erzbischof.

Graf Friedrich und Ritter Bernhard hatten aufmerksam zugehört, und mir war nicht entgangen, wie sie an manchen Stellen unseres Berichtes zustimmend genickt hatten. Zum Abschluss fiel mir noch etwas ein, was sie mehr als alles andere von der Wahrheit unserer Geschichte überzeugen würde. Daher bat ich sie, kurz einen Beweis aus den Satteltaschen meines Pferdes holen zu dürfen, nämlich die Taschenlampe.

Zuerst waren beide erschrocken zusammengefahren, als ich ihnen die Funktionsweise der Lampe vorführte, aber dann wollten sie wissen, wie so ein Lichtwunder möglich sei. Also versuchte ich, ihnen zu erklären, wie die Batterien den elektrischen Strom speicherten, ähnlich wie die Wolken die Blitze bei einem Gewitter. Nur, dass die Blitze durch Überladung spontan entständen, während man das Licht der Taschenlampe mit einem Schalter ein- und ausknipsen konnte.

Unsere beiden Zuhörer waren nun überzeugt, dass wir die Wahrheit gesprochen hatten, und sie bedankten sich für das Vertrauen, das wir ihnen entgegenbrachten.

„Freunde müssen zusammenhalten", fuhr ich dann fort, „und weil Freunde stets einander helfen, müssen wir Euch nun noch etwas sagen, was Eure eigene Zukunft betrifft."

Und so erzählten wir ihnen auch, was wir über die Geschehnisse der missglückten Gefangennahme des Erzbischofs am 7. November dieses Jahres wussten und vor allem, wie sich die Folgen für Graf Friedrich, die Isenburg und seine Familie auswirken würden. Und wir warnten den Grafen, Erzbischof Engelbert zu töten. Ich schloss mit einem eindringlichen Appell:

„Es liegt nun in Eurer Hand, mein Freund Graf Friedrich, das Schicksal selbst in die Hand zu nehmen und es zu wenden!"

Daraufhin schwiegen Ritter Bernhard und Graf Friedrich eine lange Zeit. Sie waren beide sehr ergriffen von dem, was sie gerade gehört hatten. Endlich gewann Graf Friedrich seine Fassung zurück:

„Ich hatte niemals beabsichtigt, Engelbert zu töten. Ich muss nun genau darauf achten, dass auch niemand meiner Männer von sich aus in meinem Namen so handelt. Die Folgen wären schrecklich! Wie kann ich Euch nur danken?"

„Ganz einfach, indem Ihr auch weiterhin unser Freund seid und zu uns steht," sagte Phei Siang.

„Das werde ich!" bekräftigte Graf Friedrich ganz ernst. „Und das gilt auch sicher für Ritter Bernhard. Darum lasst uns jetzt und hier einander ewig Freundschaft und Treue schwören!"

Dazu legten wir alle vier unsere rechte Hand aufeinander.

„Nicht Titel und Geblüt, sondern nur die Freundschaft und Treue sollen für uns zählen!" sagte der Graf feierlich.

Ich war mir der Ehre wohl bewusst, die uns hier in diesem Augenblick zuteil wurde. Von diesem Moment an galt unter uns Vieren nur noch das vertraute du. Wir waren nun zu einer verschworenen Gemeinschaft geworden, und das im wahrsten Sinne an Zeit und Raum vorbei.

Ritter Bernhard, der bis dahin unseren Ausführungen schweigend gefolgt war, meldete sich nun doch noch zu Wort:

„Ihr beide geht ein hohes Risiko ein, wißt ihr das, Fred und Phei Siang?“

„Du kannst gewiss sein, Bernhard, dass wir es uns gründlich überlegt haben“, antwortete ich.

„Aber wenn sich jetzt der Verlauf der Zukunft ändert, gibt es dann euer Zuhause noch?“ hakte Ritter Bernhard nach.

„Das werden wir hoffentlich noch erfahren, falls es uns überhaupt jemals gelingt, wieder zurückzukommen“, sagte Phei Siang.

„Habt ihr denn jemals daran gedacht, dass ihr vielleicht nur am gleichen Ort wieder zurückversetzt werden könntet?“ fragte Ritter Bernhard.

Wir waren total überrascht. Daran hatten wir wirklich nicht gedacht. Im Gegenteil, wir konnten nicht schnell genug von der Klutert wegkommen. Das gaben wir auch den beiden anderen gegenüber unumwunden zu.

„Ich will keine zu großen Hoffnungen bei euch wecken“, sagte Ritter Bernhard, „aber ich habe den Namen eurer Höhle schon gehört. Die Klutert ist seit alten Zeiten als ein geheimnisvoller Ort bekannt, in dem auch die Altvorderen, die Zwerge, wohnen sollen.“

„Dann ist es das Beste, wenn du, Bernhard, unsere beiden Freunde dorthin begleitest“, schlug Graf Friedrich vor. „Gemeinsam werdet ihr wohl herausfinden, ob die Geheimnisse der Höhle euch wieder nach Hause bringen können.“

Phei Siang und ich sahen uns an. Durften wir wirklich Hoffnung schöpfen?

Kapitel 6 – Die Suche nach Hunbold

Leng Phei Siang, Mai 1225

Natürlich brachen wir nicht gleich am nächsten Tag auf. Wir konnten ja auch nicht wissen, welche Gefahren auf uns lauern würden, denn immerhin standen wir beide jetzt sozusagen auf Engelberts Fahndungsliste. Nur auf dem Herrschaftsgebiet des Grafen von Isenberg waren wir einigermaßen sicher. Deshalb taten wir das, was wir erwiesenermaßen am Besten konnten, nämlich Pläne schmieden. Auch wollten wir gerade jetzt, wo wir unseren Pakt mit Bernhard und Friedrich geschlossen hatten, nicht sang- und klanglos wieder verschwinden, denn es würde ja vielleicht ein Abschied auf immer werden. Also kamen wir darüber ein, dass wir noch eine Weile auf der Isenburg und in Gesellschaft von Friedrich und Sophia verbringen wollten, auch wenn letztere von alledem, was wir mit ihrem Mann und Bernhard besprochen hatten, nichts wissen durfte. Denn eines war uns allen Vieren klar, unser Geheimnis musste strikt unter uns bleiben. Jede weitere eingeweihte Person hätte alles gefährden können. Daher nutzte Bernhard die folgenden Tage und Wochen dazu, Fred im ritterlichen Handwerk zu unterrichten. Das fiel auch nicht besonders auf, denn Bernhard war immerhin seit Jahrzehnten als der beste Krieger weit und breit bekannt, und es konnte einem englischen Ritter sicher nicht schaden, wenn er von diesem Mann noch einiges an Fertigkeiten lernte.

Ich konnte es allerdings nicht lassen, mir dieses Schauspiel anzusehen, hatte mich Fred doch oft genug vor dem Turnier mit seinen Lanzen-Kunststückchen zum Lachen gebracht. Graf Friedrich bereiste unterdessen seine Oberhöfe und Mansen, von denen es fast 2000 gab. Mitte des Monats wollte er in Hattingen Gericht halten, denn als Lehnsherr des Gerichtsstuhls der Grafschaft Bochum gehörte auch dies zu seinen Aufgaben. Und nicht zuletzt war Gräfin Sophia froh über die abendliche Gesellschaft, auch wenn sie Ritter Bernhard stets recht kühl und abweisend behandelte. Ich nahm mir vor, Bernhard bei Gelegenheit einmal nach dem Grund ihres Verhaltens zu fragen.

Die Spannung aber, die während der letzten Monate auf uns gelegen hatte, war fast gänzlich geschwunden. Wir hatten reinen Tisch gemacht und unsere Freundschaft vertieft, und wenn wir bald vielleicht die Chance auf eine echte Heimkehr in unsere Zeit hatten, dann wollten wir die verbleibenden Tage noch genießen. Ich brauche nicht zu betonen, dass die lauen Mainächte mich und Fred fast schwerelos machten, und wir uns jetzt öfter als sonst einfach den Verführungen der Liebe hingaben.

Zwischenspiel

Neben dem Eingang der Höhle packte der Zwergenhafte einige Sachen in ein Tuch und band dieses mit umständlichen Bewegungen zu. Er warf den so entstandenen kleinen Sack auf seinen Rücken und watschelte auf seinen kurzen Beinen davon. Der Berg und die Höhle hatten in der letzten Zeit geschwiegen, aber das konnte nur die Ruhe bedeuten, die vor dem erwarteten Sturm kam.

Es konnte natürlich auch bedeuten, dass die beiden Fremden nicht mehr lebten. Dann wären allerdings seine Bemühungen, ihren möglichen Aufenthaltsort herauszufinden, umsonst gewesen. Nur allzu ungern hatte er sich bei den wenigen ansässigen Großgewachsenen nach dem Verbleib des tolpatschigen Jungen und des schönen dunkelhäutigen Mädchens erkundigt. Viel hatte er dabei nicht in Erfahrung bringen können, und nur der Köhler oben am Hang auf der anderen Seite des Flusses hatte überhaupt etwas gewusst. Er hatte die beiden vor den Häschern des Grafen versteckt, und wenn man dem Schwarzgesichtigen glauben durfte, war wohl die nächste Grafenburg das Ziel der jungen Leute gewesen. Die nächste Steinfestung der Großgewachsenen war die Isenburg, aber der Zwergenhafte konnte sich einfach nicht vorstellen, dass die beiden Fremdlinge dort Aufnahme gefunden hatten. Trotzdem blieb ihm offenbar nichts anderes übrig, als dort nachzusehen. Dass er dafür seine Zuflucht verlassen musste, gefiel ihm ganz und gar nicht.

Wie er mit ihnen Kontakt aufnehmen und sie davon überzeugen sollte, dass sie diese Welt verlassen mussten, wusste er auch noch nicht. Schon allein deshalb fluchte er unaufhörlich vor sich hin. Hinzu kam, dass die heiße Sonne ihn unter seiner braunen Kapuze unsäglich schwitzen ließ. Trotzdem erreichte er nach einiger Zeit die Furt an der Stelle, die die Großgewachsenen Kruin nannten. Er folgte dem Fluss weiter, bis er auf den uralten Handelspfad stieß. Jetzt konnte er jederzeit anderen Menschen begegnen, und allein die Aussicht darauf war ihm so zuwider, dass sich sein lautes Fluchen ständig verstärkte.

Leng Phei Siang, Juni 1225

Wir hatten die Isenburg verlassen und ritten durch das südliche Hügelland dem Dorf Schwelm entgegen. Vorbei an aufgelockerten Waldstücken, Hecken und Büschen sowie über große Felder führte uns Ritter Bernhard geradewegs unserem Ziel zu. Wege brauchten wir nicht, denn wir befanden uns noch eindeutig auf dem Allodial-Besitz des Grafen von Isenberg. Als wir Friedrich und Sophia verließen, war es ein Abschied ins Ungewisse gewesen, denn wir wussten nicht, ob wir uns jemals wiedersehen würden. Mit etwas Glück würden wir die entsprechende Stelle in der Kluterthöhle binnen weniger Tage finden und dann spurlos aus dieser Zeitebene verschwinden, so als hätte es uns hier nie gegeben. Verabredet war, dass Ritter Bernhard uns zur Höhle begleiten würde. Dort angekommen sollte er ein paar Stunden vor dem Eingang warten. Wir wollten nicht, dass er in Gefahr geriet, deshalb sollte er nicht mit hineinkommen. Fred war jedenfalls absolut sicher, dass er die richtige Halle und den richtigen Gang auch in der Dunkelheit wiederfinden würde. Außerdem hatten wir ja noch seine Taschenlampe.

Sollte sich nichts ereignen, würden wir zu Bernhard zurückkehren. Dann würde das Ganze allerdings viel schwieriger werden. Wir müssten nämlich versuchen, alles nur Mögliche über die Wunder in der Höhle in Erfahrung zu bringen. Irgendwo musste einfach die Lösung des Geheimnisses der Zeitversetzung verborgen sein. Bernhard vermutete, dass nur ein Zwerg uns weiterhelfen könne, falls der Ort allein die Versetzung nicht vornehmen würde. Aber daran wollten wir nicht denken. Wir waren regelrecht von Hoffnung erfüllt.

Deshalb sprachen wir auch nicht viel während der Reise. Dabei hätte ich eigentlich gern noch viel mehr von Bernhard erfahren. Der ältere Ritter hatte in seinem langen Leben schon viel von der Welt gesehen. Als Zeitzeuge der großen Kreuzzüge, an denen fast alle Fürsten Europas teilgenommen hatten, wusste er viele Dinge, von denen andere ihr Leben lang nur träumen konnten, uns eingeschlossen. Deshalb glaubten wir ihm diese Geschichte mit den Zwergen auch unbesehen. Fred war davon sogar richtig fasziniert gewesen, kannte er doch diese Wesen sonst nur aus den Sagen und Märchen seiner Heimat. Mehr als einmal sagte er mir, es wäre für ihn das Größte, wenn er wirklich einmal mit ihnen zusammentreffen könnte, doch das würde wohl nur geschehen, wenn wir mit der Zeitversetzung keinen Erfolg hätten.

Die Schergen und Gehilfen des Erzbischofs fürchteten wir kaum noch, einmal, weil wir den kampferfahrenen Ritter Bernhard bei uns hatten, aber auch, weil Fred von Bernhard unterdessen soviel gelernt hatte, dass er sich durchaus zutraute, uns erfolgreich allein verteidigen zu können.

Am Abend erreichten wir unbehelligt die Ennepe-Furt, und von dort aus war es nicht mehr allzu weit bis zum Eingang der Klutert. Wir führten unsere Pferde am Zügel, weil ein Reiten im Dickicht des Auenwaldes nicht mehr möglich war.

Nun war die Zeit gekommen, um uns auch von Bernhard zu verabschieden. Wir banden die Tiere vor dem Höhleneingang fest und umarmten uns ein letztes Mal. Als Fred und ich gebückt in die Höhle gingen, winkte uns der alte Ritter noch einmal zu. Dann waren wir allein in der vollkommenen Finsternis. Fred nahm mich an der Hand und schaltete die Taschenlampe ein. Mühelos fanden wir die nächste Abzweigung, wo wir nach rechts in den niedrigen Gang krochen. Eine Viertelstunde später standen wir in der „Kirche“. Fred ließ die Taschenlampe kreisen.

„Verdammt, wo ist der Seitengang geblieben?" fragte er mich erstaunt.

Ich schaute mich suchend um. Nach rechts führte der Gang hinunte, in dem die Gruppe damals weitergegangen war. Rechts von der Stelle, an der die Menschen in einigen Jahrhunderten eine Art Altar aufbauen sollten, um hier in der Reformationszeit heimlich ihre protestantischen Gottesdienste abzuhalten, zweigte damals eindeutig ein dunkler Gang ab. Nun war davon nichts mehr zu sehen. Dort gab es nur Fels und Tropfstein.

Verzweifelt klopften wir die Steine ab, warfen uns gegen die Höhlenwand, aber nichts geschah. Der Gang, in dem Fred und ich damals verschwunden und in dieser Zeit wieder aufgetaucht waren, blieb wie vom Erdboden verschluckt.

„Er kann doch nicht bei dem Erdbeben verschüttet worden sein", sagte Fred mit belegter Stimme.

„Das war kein Erdbeben", murmelte ich vor mich hin. Aber mir war zum Heulen zumute. „Fred, ich glaube, der Gang ist auch da, nur ist er jetzt für uns nicht zugänglich. Frag mich nicht, woher ich das weiß, es ist nur so ein Scheißgefühl."

Fast schämte ich mich, denn in meiner Sprache gibt es solche Ausdrücke nicht. Aber ich war nun total verzweifelt.

„Wir haben uns eben zuviel Hoffnungen gemacht", meinte Fred leise. „Komm, mein Herz, lass uns gehen. Wir richten heute hier nichts mehr aus."

„Es ist der richtige Ort, aber nicht die richtige Zeit", kam mir plötzlich in den Sinn.

„Das möchtest du gern glauben und ich auch, aber Tatsache ist doch, das Ganze ist in dem verdammten Gang geschehen, der jetzt nicht mehr da ist."

„Irgend jemand muss etwas darüber wissen", behauptete ich. „Wir werden wohl doch auf Zwergensuche gehen."

Wir klopften und suchten trotzdem noch über eine halbe Stunde lang alle möglichen Nischen ab, doch ohne Erfolg. Etwas sagte uns, dass wir schon an der richtigen Stelle waren, doch ohne den jetzt fehlenden Gang würden wir nichts ausrichten können.

Endlich machten wir uns auf den Rückweg. Ritter Bernhard sah uns erstaunt an, als wir aus dem Höhleneingang krochen. Nachdem wir ihm alles berichtet hatten, was in der Höhle geschehen war, meinte Fred:

„Es hat keinen Zweck, tatenlos darauf zu warten, ob der geheimnisvolle Gang jemals wieder erscheinen wird. Wir müssen wirklich mit jemandem sprechen, der etwas über die Vorgänge in der Klutert weiß."

Ritter Bernhard tröstete uns so gut er konnte, aber er sah auch, dass wir völlig verzweifelt waren. Deshalb machte er den Vorschlag, wir sollten uns eine Art Schutz aus Zweigen und Gras für die Nacht herrichten, während er versuchen wollte, etwas über die Höhle oder hier lebende Menschen zu erfahren.

„Bis Mittag bin ich wieder da", beruhigte er uns. „Und vielleicht sieht dann die Welt schon wieder ganz anders aus."

Er hatte wahrscheinlich Recht. Wenn einer jetzt hier im Wald zurechtkam, dann war er es. Wir wären für ihn im augenblicklichen Zustand nur eine Belastung gewesen. Daher stimmten wir seiner Idee schnell zu.

Bernhard band sein Pferd los und machte sich auf den Weg.

„So weit ich weiß, ist nach Osten den Berg hinauf ein Kirchspiel, Voerde genannt. Dort fange ich mit meiner Suche an", rief er uns noch zu, bevor er im einsetzenden Dämmerlicht verschwand.

Bernhard von Horstmar, Juni 1225

Ich habe in meinem langen Leben schon viele verzweifelte Menschen gesehen, Fürsten und Ritter, die nach einer verlorenen Schlacht mit müden oder zerschlagenen Gliedern ihre Träume von Macht und Herrlichkeit verloren hatten, Bauern und Bettler, denen feindliche Söldner Haus und Hof über dem Kopf angezündet hatten und frierende Kinder, die sich aus den Abfallhäufen auf Jahrmärkten ernährten. Meine beiden Freunde, Fred und Phei Siang, boten ein sehr ähnliches Bild, als sie unverrichteter Dinge aus dem Eingang der Klutert krochen. Für sie musste eine ganze Welt zusammengebrochen sein, denn sie waren nun wirklich abgeschnitten von ihrer eigenen Zeit und ihren Angehörigen. Ein gutes halbes Jahr war inzwischen vergangen, seitdem geheimnisvolle Mächte sie unvermittelt in unsere Welt geschleudert hatten, und bisher haben sie wohl immer gehofft, es gebe einen Weg zurück. Nun aber mussten sie erkennen, dass ihnen allein schon der Zutritt zu der Stelle im Berg, an der es geschah, verwehrt wurde.

Ja, dieser Berg. Er wahrt seine Geheimnisse gut, dafür ist er bestens bekannt. Schon seit uralten Zeiten gilt die Klutert als Heimstätte der Geister und der Bewahrer ihres Wissens, den Zwergen. Es heißt, diese kleinen Kapuzenträger hätten schon lange vor den Menschen hier gelebt, und ich wusste, dass es sie wirklich gab, auch wenn sie scheuer waren als das Wild und sich im Allgemeinen vor den Menschen verbargen.

Natürlich hätte ich mit meiner Suche noch bis zum nächsten Tag warten können, und wir wären gemeinsam losgezogen, denn es war sehr gefährlich, allein durch den Wald zu ziehen, aber ich hatte gesehen, dass meine Freunde nun dringend Zeit für einander benötigten, um sich wieder zu fangen und neue Zuversicht aufzubauen. So konnte ich mich in der Zwischenzeit etwas nützlich machen.

Ich führte mein Pferd weiter zwischen Berghang und Fluss entlang, bis ich im hellen Mondschein die Furt von Altenvoerde erkannte. Hierher brachte man das aus den Bergen weiter oben im Tal gebrochene Erz, um es zu Eisen zu schmelzen. Von hier aus führte ein Pfad das Seitental hinauf zum neuen Kirchspiel Voerde. Früher soll es dort nur wenige Mansen des Oberhofs Schöpplenberg gegeben haben, doch so lange ich von dem Ort wusste, gab es auch eine kleine hölzerne Kirche.

Allerdings wollte mir offenbar niemand helfen, denn als ich auf die Straße zwischen den Häusern einbog, flüchteten die wenigen Menschen aus Angst nach allen Seiten. Vielleicht hatten sie noch nie einen Ritter auf seinem Streitross gesehen. Zum Glück konnte ich einen der ängstlichen Bauern am Arm festhalten. Diesen fragte ich, ob er die Klutert kenne. Der Kerl zitterte wie Espenlaub im Wind, aber er beteuerte, der Berg sei nicht geheuer, so wenig, wie sein geheimnisvoller Bewohner, der Zwerg „Hunbold".

Na, das war doch schon etwas. Doch wo ich diesen „Hüter der Klutert", wie man ihn auch nannte, finden könnte, das wisse natürlich niemand. Gewöhnlich verlasse dieser Hunbold nie sein unterirdisches Reich, hieß es. Aber, wenn er es doch getan habe, dann hätten wohl die unheimlichen

Mächte ihm dazu den Auftrag erteilt. Vor nicht allzu langer Zeit im Vorfrühling hätten die Bauern über der Klutert eine riesige Schar Krähen aufsteigen sehen und sich vor den heraufziehenden Unheilsboten in ihre Hütten verkrochen, damit niemand mit dem Bösen, das sie auf die Menschen fallen ließen, in Berührung käme. Der nun redselig gewordene Mann, den ich noch immer an seinem Arm gepackt hielt, berichtete weiter, dass an diesem Tage auch die Erde gebebt hätte. Vielleicht war dieser Zwerg Hunbold ja in seiner Höhle verschüttet worden.

Wenn das alles stimmte, dann waren die Aussichten meiner Freunde noch schlechter geworden, etwas über das Geheimnis ihrer zeitlichen Versetzung zu erfahren. Ich musste nachdenken, und zwar in Ruhe und allein. Also fragte ich den Bauern, ob er mir für die Nacht Unterkunft gewähren könne, es sollte nicht zu seinem Schaden sein. Zur Bekräftigung meines Ansinnens hielt ich ihm ein paar Münzen mit Engelberts Prägesiegel unter die Nase, und es dauerte nicht lange, dann waren wir uns handelseinig.

Ich bezog mein spartanisches Quartier im Stall der Bauernkate neben meinem Pferd. Es würde mich warnen, falls die anderen Bewohner irgend etwas im Schilde führen sollten.

Fieberhaft überlegte ich, ob ich an der Höhle vielleicht etwas übersehen hatte. Als meine Freunde im Eingang verschwunden waren, hatte ich mich aus alter Routine umgesehen, aber keine Spuren gefunden. Hatte der Zwerg das Beben in der Höhle wirklich nicht überlebt? Er musste sich doch mit solchen Dingen auskennen, wenn er schon in einer so gefährlichen Umgebung wohnte. Was würde er getan haben, als es begann, fragte ich mich. Natürlich, er hätte sich schleunigst aus dem Höhlenstaub gemacht und wäre nach draußen gelaufen. Immerhin musste er so kleinwüchsig sein, dass er sich wesentlich schneller als unsereins in den unterirdischen Gängen bewegen konnte. Er würde natürlich versucht haben, für ihn wertvolle Teile seines Hausrates zu retten, denn diese Dinge konnte er nur schwer ersetzen. Angenommen, einige Teile, die er vor seiner Flucht noch schnell zusammengerafft hatte, wären zu Bruch gegangen, dann hätte er das erst überprüft, wenn er draußen in Sicherheit gewesen wäre. Wenn wir also bei Tageslicht die Umgebung des Höhleneingangs noch einmal genau absuchten, müssten wir nur solche Bruchstücke finden, um zu wissen, dass der Zwerg noch lebte. Doch was sollte das meinen Freunden wirklich bringen? Zumindest ein Stück Hoffnung. Mit diesem Gedanken schlief ich ein.

Leng Phei Siang, Juni 1225

So völlig niedergeschlagen waren wir noch nie gewesen, seitdem wir uns in dieser Zeit aufhielten. Am Schlimmsten war für mich der Anblick von Fred, der nur noch ein Schatten seiner selbst war.

„Auch wenn wir uns damit abfinden müssen, nun für immer hier zu bleiben, so haben wir doch uns“, versuchte ich ihn aufzumuntern. Doch meine Stimme strafte mich wohl gleich der Lüge.

„Ich verstehe das immer noch nicht“, sagte er. „Der Gang war doch da, als wir hier ankamen. Wie kann er dann jetzt weg sein?“

„Vielleicht war er ja in der Zukunft auch nicht wirklich da“, fiel mir plötzlich ein. „Es kann doch sein, dass nur wir ihn sehen und hineingehen konnten, die anderen aber nicht.“

„Worauf willst du hinaus, Siang?“

„Ich weiß nicht, aber vielleicht gehört der Gang zu einer Art Zwischenwelt, die sich nur zu bestimmten Zeiten für empfängliche Wesen öffnet,“ sinnierte ich vor mich hin. „Wir sind verwandte Seelen, denk doch mal an unseren gemeinsamen Albtraum.“

Ich weiß nicht, was ich so komisches gesagt hatte, aber Fred lächelte mich plötzlich an. Für mich war es wie warme Sonnenstrahlen auf meiner Haut, und ich lächelte zurück.

„Ich liebe dich, Siang!“ sagte er leise.

Mir stiegen die Tränen in die Augen. Fred sah, wie meine Wangen nass wurden und er nahm mich in seine Arme.

„Es ist nur, weil mein Herz überläuft“, schluchzte ich.

„Dann trinke ich eben die silbernen Perlen deines Herzens“, flüsterte Fred mir ins Ohr, und er begann, mein Gesicht zu küssen.

Im Licht des fahlen Mondes, der durch die Äste schien, sah ich, wie seine Augen wieder an Glanz gewannen, als meine Lippen die seinen suchten und fanden. Langsam, wie in

Zeitlupe, sanken wir engumschlungen auf das nächtliche, vom Tau glitzernde Moos des Waldbodens. Ich spürte seine warmen Hände auf meiner kühlen Haut, und ein wohliges Gefühl schoss durch meinen ganzen Körper. Längst hatten wir uns gegenseitig den Stoff der kärglichen Zivilisation dieser Zeit abgestreift, und wir streichelten und liebkosten uns auf dem weichen Gras. Vor dem Angesicht der Mächte der Erde verinigten wir uns in ihrem ureigenen Schoß, und bis zu einem rasenden Höhepunkt pulsierte ihre Kraft in unseren Adern.

Stunden später weckten uns die ersten Sonnenstrahlen, die wie ein durchscheinender gelblicher Schleier auf unsere Gesichter fielen. Eine Biene summte und verfing sich in meinen Haaren, die wie ein ausgebreiteter Teppich um mich herum lagen. Ich schüttelte automatisch meinen Kopf, und die Biene summte jetzt bösartig. Fred verjagte sie endgültig mit dem Wedeln seiner Arme.

Wir standen auf und gingen vorsichtig hinunter zum Fluss, um uns zu waschen. Das Wasser war angenehm kühl und klar. Dann suchten wir die Kleider zusammen und zogen uns an. Zuletzt legte sich Fred das unvermeidliche Kettenhemd an. Schweigend verzehrten wir etwas von dem Brot aus den mitgebrachten Vorräten. Dabei saßen wir im Gras und blickten uns verliebt an.

„Es war wie ein Zauber heute Nacht“, sagte Fred unvermittelt.

„Ja, es war, als ob uns die Erde einen Teil ihrer Kraft gegeben hätte“, bestätigte ich nachdenklich.

„Wir werden sie brauchen können.“

Ich nickte nur.

Aus dem Unterholz hörten wir näher kommende Schritte. Wir hatten kaum Zeit, aufzustehen, da stand Ritter Bernhard auch schon vor uns. Er führte sein Pferd am Zügel. Seine listigen Augen wanderten zwischen uns hin und her.

„Mir scheint, euch beiden hat die Nacht hier draußen richtig gut getan“, sagte er schmunzelnd, „aber ich habe auch gute Nachrichten mitgebracht.“

Erstaunt und gespannt sahen wir Bernhard an.

„Der ‚Hüter der Klutert‘ heißt Hunbold, und er wird ziemlich genau wissen, was hier vorgeht“, eröffnete er uns. „Wir haben nur ein kleines Problem: Wir müssen ihn finden, denn er scheint wohl ausgewandert zu sein.“

Dann erzählte uns Ritter Bernhard von dem Erdbeben, das sich im Vorfrühling in der Klutert zugetragen haben musste, und dass davon die Krähenvögel massenhaft aufgeschreckt worden seien. Anschließend teilte er uns seine Gedanken mit, die er sich über das Überleben des Zwergen gemacht hatte.

Aufgeregt machten wir uns sofort daran, die nähere Umgebung des Höhleneinganges genauestens abzusuchen. Nach einer halben Stunde fanden wir in der Nähe eines Baumstumpfes die Scherben von Töpfen und Krügen.

„Damit steht fest, dass Hunbold nicht in der Höhle verschüttet worden ist", schloss Ritter Bernhard.

„Bleibt nur die Frage, warum er wegegangen ist, und wohin?" sagte Fred.

„Vielleicht hat er sich nicht mehr sicher gefühlt", meinte Ritter Bernhard.

„Nachdem er sein ganzes Leben hier verbracht hat, und obwohl er der Hüter des Berges ist?" fragte ich zweifelnd. „Vielleicht hat er sich aufgemacht, um uns zu suchen."

„Woher sollte er von euch wissen?" fragte Bernhard zurück.

„Eben, weil er die Geheimnisse des Berges kennt, weiß er von uns", antwortete ich. „Es könnte sogar sein, dass das Beben mit uns zusammenhängt. Wir sind immerhin ein Fremdkörper in diesem Zeitgefüge."

„Das stimmt", bestätigte Fred. „Vielleicht muss er uns sogar finden und zurückschicken, weil sonst alles hier gefährdet ist."

„Davon verstehe ich zu wenig", gab Ritter Bernhard zu, „aber auch wenn es stimmt, wissen wir immer noch nicht, wohin er gegangen ist."

Da hatte er nun mal Recht. Daran war nicht zu rütteln.

„Ich will euch ja nicht erschrecken, aber es könnte eine langwierige Suche werden", sagte Bernhard, „doch ich bin überzeugt, wir werden ihn irgendwann finden."

Dann erläuterte uns Bernhard seinen Plan. Wir müssten zunächst die großen Handelswege abkämmen und überall nach ihm fragen. Wenn wir nicht weiterkämen, müssten wir annehmen, er habe sich weiter ins Gebirge zurückgezogen, aber um dort nach ihm zu forschen, benötigten wir die Erlaubnis der Grafen von Altena, damit es uns nicht so ergehen würde, wie dem armen verirrten Ritter, den wir gefunden hatten. Bei Bernhards letzter Bemerkung blickten wir verschämt zu Boden.

„Ihr hattet keine andere Wahl“, beruhigte er uns.
Bernhard war wirklich ein guter Freund, dessen waren wir sicher. Wenn jemand eine Chance hatte, Hunbold zu finden, dann er mit seiner Hartnäckigkeit.
Schon bald darauf machten wir uns auf den Weg.

Fred Hoppe, Ende Juli 1225

Wir ritten täglich viele Stunden auf den Handelswegen am Rande des Sauerlandes, aber wir fanden keine Spur des Zwerges. Niemand hatte ihn gesehen, und niemand wollte auch nur etwas von ihm gehört haben. Auf diese Weise hatten wir wochenlang die kleineren Städte an der Ruhr abgesucht und sogar im Grafenhof der Reichsstadt Dortmund nachgeforscht. Auch durch die vielen Dörfer, die an unseren Wegen lagen, war er nicht gekommen, und nach mehr als einem Monat waren Phei Siang und ich schon sehr verzweifelt. Nur Ritter Bernhard ließ sich durch nichts aus der Ruhe bringen.
„Wenn wir ihn hier nicht finden, gehen wir zum Grafen von Altena,“ sagte er nur, als wir wieder einmal kurz vor dem Aufgeben waren. „Gräfin Mathilde, die Mutter von unserem Friedrich und die Tante von Adolf, dem jetzigen Grafen von Altena, wird uns sicher gern für eine Weile aufnehmen.
Da das Wetter weiterhin warm und beständig blieb, verbrachten wir die meisten Nächte im Freien in der Nähe der Straßen. Abends saßen wir häufig an unserem Lagerfeuer und erzählten uns Geschichten.
Eines Tages, nicht weit von Iserlohn, war Bernhard besonders aufgekratzt.
„Bernhard, du kennst doch Sophia und Friedrich recht gut“, fragte Phei Siang rundheraus. „Kannst du uns erklären, warum Sophia Engelbert so sehr hasst?“
Bernhard schien überrascht über Phei Siangs Wissen.
„Das hast du also schon gemerkt?“ fragte er zurück.
„Sie hat es nicht gerade verborgen“, antwortete Phei Siang bereitwillig. „Ich wundere mich nur, dass ausgerechnet ein Mensch, wie Engelbert, der selbst von Frauen anscheinend gar nichts hält, Sophia für Graf Friedrich geworben hat.“

Bernhard schwieg eine Weile vor sich hin, dann schien er sich einen Ruck zu geben und sah uns offen an:
„Könnt ihr ein großes Geheimnis bewahren?“ fragte er uns urplötzlich.
Wir bejahten es.
„Da ihr gute Freunde von Friedrich und Gräfin Sophia seid, solltet ihr auch wissen, was damals bei der Brautwerbung wirklich geschah“, meinte Bernhard geheimnisvoll. „Ich war nämlich auch dabei.“

Und dann erzählte uns Ritter Bernhard die ganze traurige Wahrheit.
Er selbst war damals, als Engelbert Graf Friedrich besuchte, um ihn auf die staufische Seite zu ziehen, auch auf der Isenburg eingetroffen, um für die welfische Seite zu werben. Beim Zusammentreffen der beiden wurde herzhaft gelacht. Als Friedrich dann Engelbert bat, sein Brautwerber zu sein, schloss sich Ritter Bernhard spontan an. Zusammen begaben sie sich an den Limburger Hof. Doch die Sache entwickelte sich anders als geplant. Die Tage gingen dahin, ohne dass bislang ein Wort von der Brautwerbung gefallen war, doch Engelbert war stets in der Nähe der jungen Sophia zu finden.
Einmal, an einem besonders heißen und schwülen Tag begab sich Ritter Bernhard in den Garten des Schlosses und ließ sich im Schatten einiger Büsche nieder. In der drückenden Hitze dauerte es nicht lang, bis er eingeschlafen war. Erst das Donnern eines einsetzenden Gewitters und der plötzlich rauschende Regen weckten ihn auf. Gerade wollte er sich erheben, um zur Burg zurückzugehen, da tauchten plötzlich Engelbert und Sophia auf, beide nass bis auf die Haut. Bernhard wollte sich nicht zeigen, denn es wäre ihnen sicher so erschienen, als hätte er den beiden aufgelauert. Er blieb unter seinen Büschen verborgen und sah mit seinen eigenen Augen, wie sie sich küssten und sich ihrer Kleider entledigten. Engelbert und Sophia waren bald so sehr mit sich selbst beschäftigt, dass Bernhard davon schleichen konnte, ohne bemerkt zu werden.
Am Abend, als beide mit Rosen im Haar innig miteinander tanzten, wurde dem alten Ritter das Herz schwer, als er an die Verpflichtung gegenüber Friedrich dachte, die er so leichtfertig mit eingegangen war.

Engelbert weckte Bernhard am nächsten Morgen sehr früh und bedeutete ihm, er müsse ihn nach Hause begleiten. Engelbert hatte sich einige Tage Urlaub erbeten, um mit seiner Mutter und seiner Familie zu reden. Er sei nun willens, selbst Sophia zu heiraten und seinen Vetter Friedrich um Verzeihung zu bitten. Er hätte dann zwar nicht mehr Erbischof werden können, aber Engelbert stellte sich vor, stattdessen das Grafenamt zu Berg mit seinem älteren Bruder zu teilen.

Und so ritten sie beide so schnell sie konnten zur alten Burg im Tale der Dhünn, wo seine Mutter ihm einen kühlen Empfang bereitete. Die Familie machte ihm unmissverständlich klar, wie wichtig es sei, auf sein persönliches Glück zu verzichten und dafür Ruhm und Ansehen des Hauses Berg zu mehren. Besonders redete ihm sein Vetter Adolf, der damalige Erzbischof von Köln, ins Gewissen. Sein ganzes Streben sei es bisher gewesen, dass Engelbert nun bald der fünfte Erzbischof aus dem Hause Berg sein werde und damit auch Herzog von Westfalen und Niederlothringen, der wichtigste und größte Fürst des Reiches. Obwohl Bernhard selbst ihm noch gut zuredete, auf die Stimme seines Herzens zu hören, gab Engelbert schließlich dem Verlangen seiner Familie nach und verzichtete auf Sophia. So kam es, dass Bernhard allein nach Limburg zurückkehrte, um die Brautwerbung für Friedrich fortzusetzen.

Mit versteinertem Gesicht hatte Sophia die Werbung entgegengenommen, und schon einen Tag später wurde Bernhard von ihren Eltern informiert, dass Sophia bereit und einverstanden sei, Graf Friedrich von Isenburg zu heiraten. Allerding, so forderten Sophias Eltern, müsse die Hochzeit möglichst sofort und auf der Isenburg stattfinden.

Graf Friedrich war unbeschreiblich glücklich über die Nachricht, und schon drei Wochen später fand die Hochzeit statt. Wiederum acht Monate danach wurde Dietrich, der erste Sohn der Grafenfamilie, geboren.

Als Bernhard seinen Bericht beendet hatte, schwiegen wir alle betreten. Phei Siang und ich mussten das Gehörte erst einmal verarbeiten. Jetzt verstanden wir vieles.

„Weiß Graf Friedrich eigentlich von diesen Vorgängen?“ unterbrach Phei Siang die Stille.

„Nein“, antwortete Bernhard, „ich musste damals schwören, es ihm niemals zu sagen. Ich hoffe nur, dass er es nicht inzwischen auf anderen Wegen herausgefunden hat, denn...“

Bernhard ließ den Satz unvollendet, aber Phei Siang führte ihn fort:

„Denn dann würde er wissen, dass Dietrich nicht sein, sondern Engelberts Sohn ist!“

„Um Gottes Willen“, fuhr Bernhard auf, „so etwas darfst du nicht einmal denken.“

„Aber es ist so, nicht wahr?“ bestand Phei Siang.

Bernhard wand sich wie ein Aal. Ihm war die Sache sehr unangenehm, das war nicht zu übersehen.

„Ich habe später am Limburger Hof davon gehört.“, gab er letztlich zu. „Es hieß, Sophias Mutter soll sie deshalb zu der schnellen Heirat gedrängt haben.“

Leng Phei Siang, August bis Oktober 1225

In der folgenden Nacht schlief ich schlecht. Wieder und wieder wieder kam in mir das Bild von Sophia hoch, als sie mit hasserfülltem Blick den Erzbischof anstarrte. Immerhin war Sophia selbst an dem geplanten Komplott gegen Engelbert beteiligt. Aber Friedrich hat uns versichert, er werde vorsichtig sein, und seine Männer extra anweisen, dem Erzbischof bei seiner Gefangennahme im November nichts anzutun, beruhigte ich mich. Trotzdem schwirrten die wüstesten Szenen durch meinen Kopf, und als ich am Morgen aufwachte, hatte ich Fieber.

Wir waren auf unserem Weg zur Burg Altena, weil wir bislang erfolglos nach dem Zwerg Hunbold gesucht hatten. Im Dorf Nachrodt an der Lenne schwanden mir plötzlich die Sinne, und ich sank in meinem Sattel zusammen.

Sofort eilten Bernhard und Fred herbei und hoben mich gemeinsam vom Pferd. Sie legten mich an die Seite des Pfades ins Gras. Fred hockte sich vor mich hin und nahm meinen Kopf in die Hände.

„Was ist mit dir, Siang?“

„Ich weiß nicht“, antwortete ich schwach.
Bernhard fühlte meine Stirn.
„Sie hat hohes Fieber! Wir müssen schnellstens zur Burg gelangen.“
„Aber sie kann jetzt nicht reiten“, warf Fred ein.
„Egal, nimm sie vor dich auf dein Pferd und halte sie gut fest“, befahl Bernhard.
Fred stieg auf sein Pferd, und Bernhard hob mich auf. Mit vereinten Kräften gelang es ihnen, mich auf das Pferd zu hieven. Ich selbst konnte zu alledem nichts beitragen, meine Glieder gehorchten mir nicht mehr.

Wie wir nach Altena gelangten, weiß ich nicht. Auf dem steilen Weg zur Burg hinauf, die auf einem langezogenen Bergsporn über der Lenne lag, mussten wir anhalten.
Fred fragte mich irgend etwas, aber ich bekam nichts mit. Ich hörte nur ferne Stimmen. Vor dem unteren Burgtor nahmen mich meine Freunde vom Pferd.
„Blut! Hier ist alles voll Blut“, schrie Fred aufgeregt.
„Es fließt aus ihrem Schoß“, hörte ich Bernhard noch murmeln, dann versank die Welt rings um mich in tiefer Schwärze.

Als ich wieder aufwachte, saß Fred an meinem Bett. Wir befanden uns in einem kahlen kühlen Raum. Demnach mussten wir wohl auf der Burg sein. Ich hatte irrsinnige Kopfschmerzen. Ich konnte die Augen kaum aufhalten. Nur Freds sorgenvolles Gesicht hielt mich wach.
„Siang, Liebes, wie geht es dir?“ fragte er mich, aber seine Stimme schien mir wie in weiter Ferne. Ich versuchte mühsam, meinen Kopf zu bewegen.
„Die Amme sagt, du hättest ein Kind verloren,“ hörte ich Fred wie durch ein Rauschen. „Warum hast du mir denn nichts davon gesagt?“ flüsterte Fred, aber ich konnte ihm schon nicht mehr antworten, denn ich dämmerte hinüber in eine andere Welt.
Dort wurde ich in Ketten vor eine ungnädige Richterin gezerrt. Sie hatte Sophias zornigen, hasserfüllten Blick, mit dem sie Engelbert angesehen hatte. Ich wollte Fred doch von der Neuigkeit berichten, wenn wir wieder durch das Zeittor geschritten waren, verteidigte ich mich in diesem absurden Traum. Ich wollte mein Kind nicht im Mittelalter zur Welt bringen, aber nun war es sowieso zu spät. Ich hatte es

in dieser finsteren Zeit empfangen, und ich hatte es hier auch wieder verloren. Die strenge Richterin mit Sophias Augen wies mit ihrem Zeigefinger auf meinen Unterleib. Da war soviel Blut. Mir wurde übel, und ich wachte wieder auf.

Fred saß noch immer an meinem Bett. Dicke Tränen liefen an seinen Wangen herunter, aber er lächelte. Ich glaube, es war dieses Lächeln, das mich wieder in die Welt zurückbrachte.

„Du hast sehr viel Blut verloren, Siang", sagte er leise. „Und die Amme meint, wir müssten etwas gegen dein Fieber tun. Wahrscheinlich versteht sie es nicht anders, aber ich glaube, du hast dir eine Infektion eingefangen. In unserer Zeit wäre das kein Problem, doch hier bei diesen schlechten hygienischen Zuständen... Du wirst noch einige Zeit das Bett hüten müssen, die Amme meint, wir sollten besser eine Kräuterfrau holen, die sich mit so etwas auskennt, und ich glaube, sie hat Recht."

„Wie lange liege ich schon hier?"

„Zwei Wochen, Liebes", behauptete Fred, aber ich wollte ihm nicht glauben.

„Das kann nicht sein, ich bin doch eben erst eingeschlafen", meinte ich trotzig.

„Ja, vor genau zwei Wochen", betonte Fred. „Du hast die ganze Zeit über im Fieber fantasiert."

„Ich habe völlig wirres Zeug geträumt, das ist wahr, aber zwei Wochen lang? Das kann nicht sein."

„Leider doch", sagte Fred unbarmherzig. „Um ehrlich zu sein, wir hatten große Angst um dich."

„Wer ist wir?"

„Na ich, Bernhard, die alte Gräfin Mathilda und alle hier auf der Burg Altena, die von dir wissen. Gräfin Mathilda hat verfügt, dass wir so lange hier bleiben dürfen, bis du vollkommen gesund bist, und das kann dauern."

„Das geht nicht, wir müssen diesen Hunbold suchen!"

„Bernhard sucht ihn schon seit einer Woche wieder. Er ist unterwegs in den Bergwäldern."

„Was hast du eben von einer Kräuterfrau geredet?"

„Sie muss dich untersuchen, weil dein Fieber nicht gesunken ist. Es ist besser so."

Jetzt, wo Fred es sagte, fühlte ich mich wirklich noch nicht so, als könnte ich bald wieder aufstehen. Wenn das mit der Infektion, die Fred vermutete, stimmte, dann war ich sicherlich noch für längere Zeit außer Gefecht. Dann erinnerte ich mich plötzlich an die Ursache meines Zusammenbruchs.

„Oh Fred, ich wollte es dir noch nicht sagen, weil du dir sonst Sorgen gemacht hättest. Wir mussten doch Hunbold suchen. Wenn es uns gelungen wäre, den Zwerg zu finden und durch das Zeittor wieder nach Hause zu gelangen, dann hätte unser Kind bestimmt eine Chance gehabt."

„Es muss die Nacht vor der Höhle gewesen sein, nicht wahr?" meinte Fred stattdessen.

Ich nickte nur. Dann liefen auch meine Tränen, und ich konnte nicht mehr aufhören zu weinen. Die Nacht vor der Höhle. Die Kräfte der Erde. Wir hatten uns so stark gefühlt danach. Jetzt hatten mich diese Kräfte mit dem verlorenen Kind wieder verlassen. Mit einem Mal fühlte ich mich unglaublich niedergeschlagen.

„Fred, ich glaube die Mächte der Erde wollen nicht, dass wir uns hier in dieser Zeit etablieren. Sie arbeiten gegen uns, weil wir eine Gefahr sind. Ein Kind hätte uns an diese Zeit gebunden, nicht wahr?"

„Ich weiß es nicht, Siang. Und wenn ich ganz ehrlich bin, ich will jetzt auch nicht darüber nachdenken. Ich will nur, dass du wieder gesund wirst, denn ohne dich ist mein Leben nichts mehr wert, egal in welcher Zeitepoche!"

Ich versuchte ihn zu umarmen und zu küssen, doch mir versagten die Kräfte. Der Schwindel kehrte zurück, und ich sank vor Schwäche auf die weichen Felle.

Die Kräuterfrau kam etwa eine Woche später auf die Burg. Graf Adolf hatte nach ihr geschickt, aber sie wohnte offenbar in einem sehr abgelegenen Teil seiner Grafschaft. Als sie mich zum ersten Mal sah, erschrak sie sichtlich. Ich hoffte, es war wegen meines fremdartigen Aussehens und nicht wegen des Eindrucks, den meine Krankheit ihr bot.

Trotzdem fasste sie sich schnell wieder und sprach mich an:

„Ihr seid die mongolische Prinzessin, nicht wahr, Herrin?"

„Ja, aber ich bin ein Mensch wie du, auch wenn meine Haut brauner ist und mein Haar schwarz", entgegnete ich.

„Ich hatte es nicht anders angenommen, Herrin", entgegnete die Kräuterfrau mit einem Lächeln auf den Lippen.

Nachdem sie mich eingehend untersucht hatte, fällte sie ein für mich sehr hartes Urteil: Bis zu meiner endgültigen

Genesung würden noch zwei Monate ins Land ziehen. Ich glaubte, nicht recht gehört zu haben, doch sie erstickte meinen schon gefassten Widerspruch gleich im Keim. Nach dem Verlust meines Kindes hätte ich nicht nur ungewöhnlich viel Blut verloren, sondern sei auch nicht richtig behandelt worden. Dadurch hätte sich eine böse Krankheit in mir eingenistet, die wie pures Gift im Körper wirke. Dieses Gift rufe mein immer noch hohes Fieber hervor, was mich auf Dauer gesehen weiter erschöpfen würde, wenn es nicht behandelt werde. Die Behandlung mit ihren Kräutern würde allerdings eine gewisse Zeit dauern. Die Wirkstoffe müssten nicht nur das Gift in mir töten, sondern sie hätten auch die Aufgabe, mein Blut rein zu waschen. Und das Wichtigste in dier Zwischenzeit sei schließlich, dass ich wieder zu Kräften käme.

Ich überlegte. Jetzt hatten wir den 20. August. In zwei Monaten würde es schon Ende Oktober sein. Und noch immer gab es keine Spur von Hunbold. Wenn es uns nicht bald gelänge, diese Zeitebene zu verlassen, dann liefen wir Gefahr, mitten in die tödliche Auseinandersetzung am 7. November zu geraten. Hoffentlich nahm Friedrich unsere Warnung wirklich ernst.

Die Kräuterfrau hatte Recht behalten. Als ich Anfang September zum ersten Mal wieder aufstehen konnte, brachte ich es nicht fertig, drei Schritte zu gehen. Noch Mitte des Monats musste Fred mich bei allen Gehübungen stützen, aber mittlerweile hatte ich meinen Wanderkreis schon auf den Söller und die angrenzenden Gemächer erweitert. Anfang Oktober sah ich dann zum ersten Mal den Rittersaal und konnte der gräflichen Familie meine Aufwartung machen. Auch hier musste ich wieder als die mongolische Prinzessin auftreten. Die alte Gräfin Mathilde, die Tante des Grafen Adolf von Altena, war eine wirklich liebenswürdige Persönlichkeit, die mir große moralische Unterstützung gewährte.

Natürlich musste ich hernach alles nur Erdenkliche aus dem Leben meines Volkes berichten. Nur gut, dass ich in unserem Geschichtsunterricht in Quangdung so gut aufgepasst hatte. Man bedauerte auch, dass Erzbischof Engelbert uns fast in Geiselhaft genommen hätte. Deshalb glaubte man gern, dass wir so schnell wie möglich aufbrechen wollten, um in Sir Winfreds Heimat England zu leben. Da ich während meiner Krankheit nach dem Verlust unseres Kindes gut 10 Kilo abgenommen hatte und nur noch Haut und Knochen war, versuchte man natürlich, mich noch während unseres restlichen Aufenthaltes mit den besten Speisen aufzupäppeln. Seitdem habe ich eine unerklärliche Abneigung gegen Geflügel aller Art entwickelt.

Eine weitere Etappe meiner Genesung bestand natürlich darin, dass ich versuchen musste, mich wieder auf einem Pferd zu halten. In den letzten Oktobertagen hatte ich auch diese Hürde genommen, und die Zeit des Abschieds rückte endlich in greifbare Nähe.

Fred Hoppe, November 1225

Am 2. November war es endlich soweit, dass wir die gastliche Burg Altena verlassen konnten. Graf Adolf begleitete uns ein Stück des Weges, um dann im unteren Lennetal in Richtung Soest zur Adelstagung weiterzuziehen. Wir hatten mit keinem Wort erwähnt, dass wir in die geplante Verschwörung gegen Engelbert eingeweiht waren. Daran hatten wir gut getan, denn wenn man bedenkt, was später geschah, hätte er uns sicher nicht so ohne weiteres ziehen lassen. Aber davon wussten wir ja damals noch nichts.

Unser Ziel war zunächst die Klutert. Obwohl es schon wieder bald Winter werden musste, waren wir diesmal wesentlich besser ausgerüstet, als noch vor einem Jahr. Dicke Decken und Proviant in Hülle und Fülle ließen unsere Satteltaschen überquellen. Diesmal hatten wir keine Angst, von Schnee und Kälte überrascht zu werden, aber das Wetter sah auch nicht danach aus. Und noch etwas war anders als in unseren ersten Tagen in dieser mittelalterlichen Welt: Wir hatten die Erlaubnis des Grafen, uns frei in seinem Machtbereich zu bewegen.

Wir wollten einen letzten Versuch starten, noch vor dem schicksalhaften 7. November aus dieser Zeitebene zu verschwinden. Etwas beunruhigte uns allerdings. Wir hatten seit Monaten nichts mehr von Ritter Bernhard gehört. Offenbar war es ihm einfach nicht gelungen, Hunbold zu finden. Aber auch Bernhard wurde auf dem Adelstag erwartet. Wahrscheinlich hatte er seine Suche dafür unterbrochen und war nach Horstmar heimgekehrt. Wenn uns der Durchgang in der Höhle gelang, dann würden wir auch ihn nicht mehr wiedersehen. Darüber waren wir schon traurig.

Nach dem Abschied von Graf Adolf gelangten wir unbehelligt von Iserlohn nach Hagen. Aber im Wald des Selbecker Tales wurden wir dann doch noch von Straßenräubern überrascht. Diese finsteren Gesellen hatten es wohl auf Handelsreisende abgesehen, die von Norden her nach Breckerfeld wollten, um Eisen einzukaufen. Ein englischer Ritter mit weiblicher Begleitung schien ihnen gerade recht zu kommen.

Es war das erste Mal, dass ich meine von Bernhard so mühevoll erlernten Fähigkeiten unter Beweis stellen musste. Getreu seinem Rat folgend, hatte ich extra keine Rüstung angelegt, um nicht zu schwerfällig zu sein. Als die Räuber vor uns aus dem Gebüsch auftauchten, hatte ich mein Schwert schon gezogen und hielt mein Pferd auf die ersten zu. Phei Siang gab sogleich dem ihren die Sporen, duckte sich im Sattel und stob davon.

Die Räuber wichen vor Schreck nach allen Seiten aus, aber ich war nicht so dumm, ihnen zu folgen, um mich in eine Falle locken zu lassen. Vielmehr galoppierte ich einfach hinter Phei Siang her, die schon hinter der nächsten Biegung verschwunden war. Auf der Höhe des Breckerfelder Berges bei Schöpplenberg angekommen, ließen wir unsere Pferde in Trab fallen. Bald hatte wir die Anhöhe vor der Siedlung Breckerfeld erreicht, die man zu unserer Zeit Königsheide nennen würde. Dort oben schlugen wir den Weg nach Voerde ein.

Unsere Pferde hatten gerade die ersten Schritte auf diesem Pfad gemacht, als uns ein Reiter entgegenkam. Die Spangen seines Kettenhemdes glitzerten in der herbstlichen Sonne.

„Ein Ritter“, raunte ich Phei Siang zu. „Es wird das Beste sein, wenn wir vorsichtig sind und ihn hier erwarten.“

Wir hielten unsere Pferde an, und ich fasste den Griff meines Schwertes fester. Ich konnte nicht verhindern, dass meine Hand schweißnass wurde. Es war schon etwas anderes, sich gegen schlechtbewaffnete und hungrige Straßenräuber zu wehren als sich mit einem gut ausgebildeten Ritter zu messen, falls er keine friedlichen Absichten hatte.

Ich fragte mich noch, was ein einzelner Ritter hier oben und so weit abseits der großen Straßen machte, da erkannten wir ihn.

„Es ist Bernhard, Siang! Es ist Bernhard!"

Erleichtert und ungemein froh darüber, unseren alten Freund doch noch einmal wiederzusehen, gaben wir unseren Tieren die Sporen. Bernhard brauchte etwas länger, bis er uns erkannte. Es waren die Augen, die langsam nachließen, wie er uns immer wieder gesagt hatte. Wir sprangen beide von den Pferden und liefen auf ihn zu. Auch Bernhard war vom Pferd gestiegen und erwartete uns mit offenen Armen. Phei Siang und ich hätten ihn beinahe erdrückt, so freuten wir uns, ihn hier zu treffen.

Nach dieser stürmischen Begrüßung setzten wir uns ins Gras und berichteten. Bernhard hatte endlich Hunbold gefunden, und zwar an seiner Höhle. Der Zwerg hatte sich damals, als wir mit Bernhard zur Klutert kamen, gerade aufgemacht, um uns zu suchen. Wahrscheinlich hatten wir uns nur um wenige Stunden verpasst. In Hattingen hatte er dann von dem englischen Ritter und seiner mongolischen Prinzessin gehört und sofort gewusst, dass es sich nur um die Personen handeln konnte, die er suchte. Also war er zur Burg aufgebrochen. Die Wachen hatten sich seine Geschichte ruhig angehört. Er müsse den englischen Ritter und seine mongolische Prinzessin dringend sprechen und vor einem großen Unglück warnen, das ihnen bevorstehe, wenn sie nicht rechtzeitig mit ihm zu seiner Höhle in den Bergen zurückkehrten. Dann war er tatsächlich zum Grafen von Isenberg vorgelassen worden. Dort hatte der Zwerg noch einmal seine Geschichte vorgetragen. Aber anstatt ihn mit dem englischen Ritter und seiner mongolischen Prinzessin zusammenzubringen, hatte der Graf nur gelacht und seinen Wachen befohlen, ihn in den Kerker zu werfen. Der arme Kerl wusste lange Zeit überhaupt nicht, was ihm eigentlich vorgeworfen wurde. Endlich, einige Wochen später, hielt Graf Friedrich in Hattingen Gericht. So wurde auch der Zwerg aus dem Bergfried geholt und in die kleine Stadt zu Füßen der Burg gebracht. Doch seine Geschichte durfte er gar nicht noch einmal erzählen. Vielmehr erhob der Graf von Anfang an die Stimme, und was er sagte, klang für den Zwerg überhaupt nicht gut. Man wisse ganz genau, dass der Erzbischof und Reichskanzler Engelbert II die Gäste und Freunde des Grafen in seine Hände bringen wollte. Der Erzbischof hätte das schließlich selbst gesagt. Aber damals wie heute würde Graf Friedrich seine Freunde nicht preisgeben. Daher sei es niederträchtig, dass der Kölner Herr sich eines Spions bedient habe, um sein Ziel doch noch zu erreichen. Der Zwerg könne ruhig gestehen, dass er von Auftraggebern des Erzbischofs zur Isenburg geschickt worden sei, um den englischen Ritter und seine mongolische Prinzessin dort aus der Sicherheit der Burg herauszulocken, damit die Häscher des Erzbischofs sie gefangen nehmen konnten. Natürlich nützte es dem Zwerg nichts, dass er beteuerte, er sei kein Spion und habe niemals die beiden edlen Herrschaften aus der Burg locken wollen. Graf Friedrich ließ gnadenlos seinen Richterhammer fallen und verfügte, dass der Zwerg den Rest des Jahres im Kerker verbringen müsse. Dann wurde der Zwerg abgeführt und bekam keine Chance für eine weitere Verteidigung.

Erst vor wenigen Tagen hatte man ihn aus der Kerkerhaft entlassen, weil er zum Beginn des Adelstages in Soest als gute Geste begnadigt worden war. Mit Schimpf und Schande hatte man ihn danach aus der Burg gejagt, und er war so schnell wie möglich wieder zu seiner Höhle zurückgekehrt. Das alles war geschehen, während wir fast das ganze Herzogtum nach ihm abgesucht hatten. Bernhard hatte erst vor wenigen Tagen seine Suche abgebrochen und war eigentlich auf dem Weg nach Soest zur Adelstagung gewesen, als ihm einfiel, er könnte doch noch einmal bei der Höhle vorbeischauen. Dort hatte er den Zwerg vor dem Eingang angetroffen. Jetzt war er auf dem schnellsten Wege nach Altena, und um die Strecke abzukürzen, wollte er von Breckerfeld aus direkt durch die Wildnis dorthin gelangen.

„Ich habe ihm versprochen, ich bringe euch zu ihm“, sagte er, „und nun kommt ihr mir gesund und munter entgegen.“

„Wir hatten die gleiche Idee, es noch einmal bei der Höhle zu versuchen“, erklärte ich, „aber wir mussten erst Phei Siangs vollständige Genesung abwarten.“

„Ich muss sagen, ich bin froh, dich überhaupt wieder gesund zu sehen, kleine Prinzessin“, gab Bernhard nun zu, „denn wenn ich ganz ehrlich bin, habe ich mir große Sorgen um dich gemacht.“

Wir erzählten ihm von der Behandlung durch die Kräuterfrau, und Phei Siang meinte düster:

„Ohne diese Frau hätte ich langsam weiter dahinsiechen müssen und wäre wahrscheinlich irgendwann vor Schwäche gestorben."

Bernhard schaute bedrückt zu Boden, und dann ließ er die Katze aus dem Sack:

„Ich muss euch allerdings eine sehr traurige Mitteilung machen. Der Zwerg behauptet, ihr würdet zu spät kommen, aber ich werde nicht schlau aus seinen Andeutungen. Natürlich ist er sehr verbittert über die Behandlung, die ihm euretwegen widerfahren ist, aber am besten ist, ihr sprecht selbst mit ihm."

Ich sah Phei Siang an und sie mich. Wir fassten uns beide an den Händen. Bernhard konnte sich wahrscheinlich nicht vorstellen, wie sehr er uns mit dieser Äußerung den Boden unter den Füßen weggezogen hatte.

„Der Zwerg war unsere letzte Hoffnung", erklärte Phei Siang.

Aber Bernhard ließ sich nicht aus der Ruhe bringen.

„Gut, ihr seid jetzt vielleicht zu spät, aber wenn der Zwerg das weiß, dann kann er euch vielleicht auch sagen, welcher Zeitpunkt richtig ist."

Da war was dran, dachte ich, also ist die ganze Suche wenigstens nicht umsonst gewesen. Aber wo sollten wir bleiben, bis die richtige Zeit kam?

Wir fanden den Zwerg vor dem Eingang zur Klutert sitzend, als ob er uns erwartet hätte. Er sah wirklich so aus, wie ich mir die Zwerge aus den alten Sagen und Märchen vorgestellt hatte, nur, dass sein Mäntelchen und seine Kapuze grau und nicht rot waren. Aus seinem graubärtigen Gesicht schauten listige Augen. Er sprach uns gleich in einem spöttischen Ton an:

„Ah, der Tolpatsch und die fremdhäutige Schönheit. Ihr habt lange auf Euch warten lassen, viel zu lang, wenn Ihr mich fragt."

Phei Siang und ich waren total überrascht. Das hatten wir nicht erwartet.

„Woher kennst du uns?" fragte ich.

„Hab' Euch natürlich gesehen, wie Ihr dumm aus der Höhle gefallen seid! Dachte nicht, dass Ihr solange lebt in dieser für Euch fremden Welt. Deshalb müsst Ihr zurück. Müsst weg aus dieser Zeit, sonst werdet Ihr zu unser aller Unglück!"

„Warum hast du uns nicht gleich geholfen, wenn es so wichtig ist, dass wir wieder verschwinden?" fragte Phei Siang jetzt mit einem Anflug von Zorn in der Stimme.

„Ging nicht, fremde Schönheit, „ging nicht, denn das Tor war schon zu."

„Ah, ich verstehe", sagte ich. Ich musste mich zwingen, ruhig zu bleiben, denn mir dämmerte es langsam. „du hast gedacht, was soll's, das Problem erledigt sich von selbst, denn du hast geglaubt, wir wären am nächsten Morgen eh tot, stimmt's?"

„Bist doch nicht so dumm, wie?" antwortete der Zwerg, als ob es das Natürlichste auf der Welt sei, dass er uns wissentlich hätte in den sicheren Tod gehen lassen, damit das Gefüge seiner Welt nicht gestört würde.

Ich war aufgebracht, und selbst Phei Siang kochte. Bernhard versuchte angestrengt, den Sinn dieser Worte zu begreifen. Für ihn war der Zwerg sowieso ein Buch mit sieben Siegeln, das hatte er uns ja praktisch schon gesagt.

„Habe mich aber geirrt", fuhr der Zwerg ungerührt fort. „Musste Euch deshalb suchen, musste mein Reich hier verlassen, hat mir gar nicht gut getan, wurde von eurem Freund, dem Grafen als Spion beschuldigt, Euch an Graf Engelbert verraten zu wollen und in den Kerker geworfen. Ausgerechnet ich, der Euch helfen wollte, wurde beschuldigt, ich hätte euch schaden wollen. Dumm, diese Sachsen, dumm, ganz dumm!"

„Es tut uns leid, dass dir unseretwegen dieses Unrecht geschehen ist, aber wir sind nicht schuld daran, und wir konnten dir nicht helfen, weil wir dich die ganze Zeit anderswo gesucht haben", versuchte Phei Siang ihn milde zu stimmen.

„Ich weiß", antwortete Hunbold, als ob er die Ironie nicht bemerkte, „Ihr wart schlau genug, mich zu suchen und endlich zu finden. Aber es ist zu spät!"

„Warum ist es zu spät?" fragte ich nun rundheraus.

„Es gibt nur einen Tag im Jahr, an dem die unsichtbare Schicht zwischen den Welten und den Mächten der Erde und Zeiten so dünn ist, dass bestimmte Leute sie passieren können", erklärte Hunbold jetzt ganz ernst, „und dieser Tag wird seit ewigen Zeiten von den Altvorderen ‚Samhain' genannt."

„Samhain", wiederholte ich langsam und nachdenklich. „Die alten Kelten nannten so den Tag vor Allerheiligen. An diesem Tag sollen auch die Toten wandern können," erklärte ich Phei Siang und Bernhard.

Die Erkenntnis traf uns gleichzeitig, und sie war vernichtend.

„Das ist der 31. Oktober", stellte Phei Siang voll Schrecken fest, „und das heißt, wir sind nur drei Tage zu spät!"

Ich wusste sofort, was sie dachte und sagte schnell:

„Du kannst nichts dazu! Denke das bitte niemals, denn deine Krankheit hätte es nicht zugelassen, dass wir früher aufgebrochen wären."

Phei Siang nickte langsam, aber sie dachte schon weiter:

„Solche Zufälle gibt es nicht. Wahrscheinlich sollten wir nicht schon in diesem Jahr wieder heimkehren. Etwas will uns daran hindern."

„Das heißt, wir müssen noch ein ganzes Jahr lang auf unsere nächste Chance warten?" nahm ich den Faden wieder auf.

„Du hast es erkannt, Dummkopf, man glaubt es nicht", bestätigte der Zwerg. „Aber verpasst sie nicht wieder, denn das Schlimmste kann geschehen, wenn ihr für immer hierbleibt!"

„Vor allem, wenn wir am Leben bleiben", ergänzte ich bitter.

Der Zwerg schien das nicht gehört zu haben, oder er wollte nicht darauf antworten. Stattdessen gab er uns noch eine Warnung mit auf den Weg:

„Vor allem aber lasst die Dinge, wie sie sind! Wann immer ihr in den Lauf dieser Welt eingreift, wird das ganze Gefüge erschüttert! Und jetzt geht und lasst mich allein. Zu viele Leute und zu viel Reden tut nicht gut!"

„Sag mir nur noch eines", sprach ich ihn noch einmal an. „Warum wirst du von den Menschen hier Hunbold genannt?"

„Ha! Ein Schimpfwort der Sachsenabkömmlinge. Es ist Unfug! Sligachan ist mein Name, ein stolzer Name der Altvorderen. Macht, dass ihr fortkommt! Husch, husch!"

Er wedelte mit den Händen, als könne er uns dadurch vertreiben wie lästige Fliegen. Und genau als solche kamen Phei Siang und ich uns wirklich vor.

„Und noch ein allerletztes Mal muss ich dich etwas fragen", wandte ich mich nochmals an den Zwerg, der sich bereits zum Eingang der Höhle aufgemacht hatte.

„Gut, aber mach schnell!"

„Sag uns bitte, Sligachan, warum musste das alles gerade mir und Phei Siang passieren?“

„Das weißt du auch nicht, Dummkopf?“ Der Zwerg schüttelte sich vor Lachen, beruhigte sich aber schnell wieder und warf uns seine letzten Worte wie eine Anklage vor:

„Ihr seid verwandte Seelen! Das ist der Grund.“

Danach drehte er sich wieder um und verschwand endgültig in der Klutert.

Kapitel 7

Das Verhängnis nimmt seinen Lauf

Leng Phei Siang, 3. Bis 7. November 1225

Noch lange, nachdem wir niedergeschlagen die Klutert hinter uns gelassen hatten, blieb uns das keckernde Gelächter des Zwerges Sligachan-Hunbold in den Ohren. Es war, als ob das Schicksal selbst uns hämisch ausgelacht hätte.

Wir waren zu spät gekommen, drei lächerliche Tage zu spät. Natürlich quälte ich mich mit Schuldvorwürfen, egal, auch wenn Fred gesagt hatte, ich dürfe das nicht tun. Immerhin waren wir wegen dreier dummer Tage, die ich mich zu lange ausgeruht hatte, nun für ein weiteres ganzes Jahr in dieser Zeit gefangen. Das wäre ja an sich noch nicht das Schlimmste gewesen, doch die Zeit, die uns jetzt bevorstand, würde sicher viel schwerer sein, als das gesamte vergangene Jahr. Selbst wenn Friedrich tatsächlich unsere Warnung beherzigte, würden wir Probleme bekommen. Er hatte vor, den Erzbischof von Köln, Herzog von Westfalen, seinen Lehnsherrn, als Geisel zu nehmen. Wie würden die Vasallen Engelberts reagieren, die nicht in die Verschwörung mit eingebunden waren? Das konnte niemand voraussehen, denn die Geschichte würde vielleicht neu geschrieben werden müssen.

Auch Bernhard schien von unserer gedrückten Stimmung angesteckt worden zu sein. Vielleicht waren es auch böse Vorahnungen, die ihn belasteten. Der alte Ritter hatte sicher nicht alles verstanden, was wir mit dem Zwerg besprochen hatten, doch eines hatte sich bestimmt auch in seinem Hirn eingegraben, die Warnung des Zwerges war unmissverständlich gewesen: Wann immer ihr in den Lauf dieser Welt eingreift, wird das ganze Gefüge erschüttert! Wir hätten es unserem alten Freund nicht verübeln können, wenn er uns nun als Aussätzige behandelte und einen weiten Bogen um uns machte, aber da kannten wir Ritter Bernhard schlecht. Er würde uns nie verraten oder Schlechtes von uns denken.

Trotzdem mussten wir uns bald von ihm verabschieden, denn der Adelstag in Soest hatte bereits begonnen, und auch Bernhard wurde dort erwartet.

Bevor wir uns bis auf weiteres von unserem Freund trennten, riet er uns noch dringend, zur Isenburg zu reiten, denn nur dort wären wir seiner Meinung nach in den nächsten Tagen sicher. Engelbert hätte bestimmt nicht vergessen, dass er uns am liebsten als Geiseln genommen hätte, und man könne nicht wissen, wie viele seiner Vasallen ihm gern zum Adelstag dieses Geschenk gemacht hätten. Die großen Straßen in der Gegend seien in diesen Tagen voll von solchen Leuten, und man könne nie sicher sein, ob man Freund oder Feind vor sich habe. Also trennten sich unsere Wege an der Ruhr-Furt bei Wetter.

Nach einer halben Stunde schüttelte Fred plötzlich auflachend den Kopf.

„Unsere tolle erfundene Geschichte vom englischen Ritter und der mongolischen Prinzessin hat bereits soviel Staub aufgewirbelt, dass wir aufpassen müssen, wem wir begegnen, findest du nicht Siang?"

„Fred, wir hatten die Geschichte erfunden, um eine Bleibe für den Winter zu bekommen, nicht, um unser Leben darauf aufzubauen. Niemand konnte vor einem Jahr ahnen, dass wir jetzt noch hier sind."

„Nein, Siang, ich bin nicht sauer auf das, was unsere Geschichte bei Engelbert bewegt hat. Ich will damit nur ausdrücken, dass wir mit ihr schon in den Ablauf dieser Zeit eingegriffen haben. Mit einer einfachen erfundenen Geschichte haben wir bereits einen Einfluss auf die hiesige Realität genommen, und die hat sofort zurückgeschlagen."

„Ich glaube, ich verstehe, was du meinst. Was immer wir in dieser Zeit tun, das tun wir als Fremdkörper, und wir erreichen eine Abwehrreaktion."

„Genau, und deshalb sollten wir sehr vorsichtig sein mit allem, was wir hier unternehmen."

„Du weißt aber auch, dass dies sehr schwierig beizubehalten ist, wenn Gefühle ins Spiel kommen. Wenn zum Beispiel der Lauf der Geschichte unserem Freund übel mitspielt, und wir es verhindern könnten, dann würden wir es tun", erinnerte ich ihn an unsere Vereinbarung.

„Klar", gab Fred zu, „wir müssen nur damit rechnen, dass wahrscheinlich dann alles noch viel schlimmer wird."

Darüber musste ich erst nachdenken. Wie war das mit meiner kurzen Schwangerschaft? Gut, ich musste mich einfach verzählt haben, es war ja keine Absicht gewesen. Aber hatten wir wirklich durch die Zeugung etwas bewirkt, was sich auf Dauer in dieser Zeit hätte auswirken können? Dann wäre es auch natürlich gewesen, wenn das Gefüge dieser Zeit sich dagegen gewehrt hätte. Aber im Ergebnis hatten sich diese Kräfte selbst ein Bein gestellt, denn sie bewirkten durch ihre Abwehrmaßnahme nicht nur meine Krankheit, sondern im Endeffekt auch, dass wir diese Welt nicht rechtzeitig verlassen konnten.

Als wir auf der Isenburg eintrafen, war man ziemlich überrascht, uns wiederzusehen. Gräfin Sophia begrüßte uns mit ausgesprochener Herzlichkeit und wies uns unser kleines Gemach im Turmzimmer des Palas wieder zu. Wir sprachen sie nicht auf die bevorstehende Geiselnahme des Erzbischofs an, und auch Sophia erwähnte nichts davon. Das wunderte uns schon ein wenig, aber wir schoben es auf die allgemeine Nervosität, die verständlicherweise vorhanden war. Sie fragte aber auch nicht, wie es uns in der Zwischenzeit ergangen war, und das erstaunte uns weit mehr. Sie musste doch denken, wir seien im Juni weitergezogen, um mit Ritter Bernhards Hilfe in Freds vermeintliche englische Heimat zu gelangen. Warum fragte sie uns dann nicht, warum wir noch immer im Lande waren? Davon, dass wir versuchen wollten, in unsere eigene Zeit zurückzukehren, konnte sie nichts wissen.

So befanden wir uns schon in einer seltsamen Situation, wir waren einerseits gespannt, wie die Dinge in Soest liefen und die Sache mit der Geiselnahme nun ausgehen würde, aber uns waren andererseits auch die Hände gebunden. Man könnte auch sagen, wir fühlten uns regelrecht den kommenden Ereignissen ausgeliefert.

Am Nachmittag des 6. November kam Graf Friedrich unerwartet zur Isenburg zurück, und wir suchten verständlicherweise nach einer Gelegenheit, ihn allein zu sprechen. Diese ergab sich schnell von selbst, denn nur kurze Zeit nach seiner Ankunft, die wir durch unser schmales Fenster beobachtet hatten, klopfte es an unserer Eichentür und Graf Friedrich trat ein. Er zeigte sich überrascht, uns hier anzutreffen, und fragte uns gleich, wie es uns ergangen sei. Wir erzählten ihm von dem vergeblichen Versuch, durch die Höhle diese Zeitebene zu verlassen, und von unserer langen Suche nach dem Zwerg als den „Hüter des Berges“. Wir verschwiegen ihm auch nicht meine Fehlgeburt und unseren monatelangen Aufenthalt auf der Burg seines Vetters Adolf. Unser Bericht endete mit der Begegnung mit dem Zwerg und der niederschlagenden Nachricht, dass wir noch ein ganzes Jahr hier in dieser Welt gefangen sein würden.

„Das muss schlimm für euch sein, aber ich will gern mein Möglichstes tun, um euch diese lange Zeit so angenehm zu gestalten, wie es eben geht“, bot er uns sofort an.

„Warum bist du schon heute zurück?“ wollte Fred danach gleich wissen.

„Die Dinge in Soest sind aus dem Ruder gelaufen“, antwortete Friedrich bereitwillig. „Am Besten wird es sein, ich erzähle euch alles von Anfang an.“

Schon im Vorfeld der Adelstagung war die von langer Hand geplante Verschwörung unter Führung der Limburger und des Grafen Friedrich ins Stocken geraten. Die meisten Beteiligten, darunter auch Friedrichs Vetter Adolf von Altena, wollten an der Entführung und der Geiselnahme des Erzbischofs nicht mehr festhalten, das Unternehmen war ihnen zu gefährlich. Als nun vor einigen Tagen in Soest die Zusammenkunft begann, riet sogar Friedrichs Schwager, Herzog Heinrich von Limburg, von der Geiselnahme ab, obwohl Engelbert gerade ihm kürzlich noch einmal übel mitgespielt hatte. Er hatte nämlich die seit Urzeiten zur Grafschaft Berg gehörige Vogtei über das reiche Stift Siegen für sich selbst und seine Nachfolger als Erbischöfe der Kölner Kirche übertragen. Zuvor hatte Engelbert bereits seiner Nichte Irmgard, der eigentlich die Grafschaft Berg nach dem Tode ihres Vaters, Engelberts Bruder Adolf, zugestanden hätte, nach deren Hochzeit mit Heinrich von Limburg entrissen, und sich seitdem selbst Graf von Berg genannt. Da Engelbert wohl nicht verhindern konnte, dass Irmgard und Heinrich aber die Grafschaft Berg nach seinem Tod doch noch erben würden, hatte er auf diese Weise wenigstens erreicht, dass Heinrich und Irmgard niemals über die Vogtei Siegen verfügen konnten.

Da sich alle seine Mitverschwörer verweigerten, stand Graf Friedrich von Isenberg nun plötzlich allein da. Trotzdem wollte er aber nicht aufgeben. Also lehnte er es auch in Soest rundherum ab, seine Essener Vogtei herauszugeben. Selbst als Engelbert ihm als Entschädigung eine Jahresrente anbot, wies Friedrich sein Ansinnen brüsk zurück. Engelbert hielt sich daraufhin schadlos am Grafen Gottfried von Arnsberg, der ihm nach entsprechendem Druck unter Protest seine Klostervogtei überließ. Nun konnte der Erzbischof seinen Großneffen Friedrich aber erst recht an den Pranger stellen, weil der sich als einziger immer noch weigerte, dem Dekret des Papstes nachzukommen. Auf Friedrichs Seite standen letztlich nur noch seine beiden Brüder, die Bischöfe von Münster und Osnabrück.

Friedrich hatte sich dazu hinreißen lassen, Erzbischof Engelbert wüst zu beschimpfen, ja sogar zu bedrohen. Danach hatte Friedrich die Adelstagung einfach verlassen.

Friedrichs Bericht beunruhigte mich und Fred sehr. Jetzt waren die Fronten nach außen ganz klar und für alle Beteiligten öffentlich deutlich geworden. Wenn jetzt der Erzbischof zu Tode kommen würde, dann würde Friedrich als einziger dafür büßen müssen. Hätte er doch sein Temperament gezügelt, aber er hatte Engelbert sogar für alle sichtbar und hörbar bedroht.

„Meinst du nicht, es wäre besser, jetzt auf die Geiselnahme zu verzichten?" fragte ich ihn.

„Ich habe gerade noch mit Sophia darüber gesprochen, und sie hat mich in meiner Ansicht bestärkt, die Sache allein durchzuziehen. Ich werde also Engelbert auf eigene Faust wie geplant morgen Nachmittag im Hohlweg des Gevelsberges gefangen nehmen!"

„Du denkst aber an unsere Warnung, ja?" erinnerte ihn Fred eindringlich.

„Wie könnte ich das vergessen", entgegnete Friedrich. „ich habe meine Ritter genauestens angewiesen, ihm kein Leid zuzufügen."

„Wo willst du den Erzbischof unterbringen, bis du deine Forderungen an König Friedrich gestellt hast?" wollte ich resignierend wissen.

„Wir werden ihn hier auf der Isenburg im Verlies des Bergfrieds anketten. Sophia will nämlich nicht, dass er ihr im Palas begegnet."

Er schien mit sich zu ringen, aber dann sagte er uns noch:

„Es fällt mir schwer, meine Freunde, aber ihr seid die einzigen, die mir geblieben sind, auf die ich mich noch verlassen kann. Der Sohn des Königs heiratet am 18. November in der Nürnberger Reichsburg die Tochter des Herzogs von Österreich. Das Fest wird mehrere Tage dauern. Würdet ihr bitte meine Boten sein und meine Bedingungen an Prinz Heinrich überbringen? Als englischer Ritter und mongolische Prinzessin geltet ihr als neutral, so wird man euch nicht der Parteinahme für einen unbeugsamen Grafen verdächtigen. Seht, Prinz Heinrich ist Engelberts Zögling gewesen, deshalb wird er sicher schnell meine Rechte bestätigen, um seinen geliebten Ziehvater frei zu bekommen. Er wird kein Heer schicken und ihn in Gefahr bringen."

Da hatten wir uns ja was Schönes eingebrockt mit unserer tollen, ach so wasserdichten Geschichte. Sie sollte doch dazu dienen, uns aus allem herauszuhalten, und nun waren wir erst recht mittendrin. Trotz meines sehr flauen Gefühls in der Magengegend mussten Fred und ich laut lachen, bevor wir unserem Freund diesen Dienst zusagten. Friedrich wollte natürlich wissen, was so lustig an dieser ernsten Angelegenheit sei, und wir sagten es ihm.

„Das kommt davon, weil ihr beide so gerissen sein wolltet, euren einzigen Freund zu betrügen", meinte er lachend noch zu uns.

„Komm, das war schon nötig", verteidigte uns Fred. „Du hättest uns als einfache frierende Bettler doch niemals in deine Burg gelassen."

„Bei Frieren fällt mir ein, was machen wir eigentlich, wenn uns unterwegs der Winter überrascht?" fragte ich.

„Ich gebe euch natürlich alles Wichtige an Ausrüstung mit und genügend Geld, dass ihr in jeder Herberge bleiben könnt, wenn es zu widrig wird. Nur müsst ihr dann Boten vorausschicken, dass man auf euch wartet."

In dieser Nacht lagen Fred und ich lange wach, Arm in Arm in unserem alten Holzbett. Seine vier behäbigen Pfosten knarrten dann und wann, aber ihre leisen Geräusche wurden bei weitem vom furiosen Heulen des Windes übertönt, der mit ungewöhnlicher Gewalt um die steinernen Pfeiler des Palas pfiff. Hier in diesem Zimmer hatten wir uns zum ersten Mal geliebt, es war nun schon fast ein ganzes Jahr her.

Würden wir wirklich in wenigen Tagen aufbrechen, um dem Prinzen die Botschaft von der Geiselnahme des Erzbischofs von Köln zu bringen? Oder würde die Isenburg in ein oder zwei Wochen das Ziel von Wurfsteinen, Kriegspfeilen und brennendem Öl sein, belagert von den Vasallen der Kölner Kirche, so wie es die Geschichtsbücher schrieben?

Friedrich hatte die Burg wieder verlassen, er wollte den Rest der Nacht bei seinen Rittern und Gefolgsleuten verbringen, die sich am Gevelsberg versteckt hatten.

Als er aus dem Tor ritt, verstärkte sich plötzlich das Toben des kalten Windes noch, und er pfiff jetzt eine geradezu unirdische Melodie durch die Fensterritzen und Türen.

Mein letzter klarer Gedanke beschäftigte sich mit dem rauschenden Tosen der entfesselten Gewalten: Es ist ein Totenlied, fuhr es mir durch den Kopf, bevor ich in einen kurzen, unruhigen Schlaf fiel.

Am Morgen war alles still. Ich stand leise auf, um Fred nicht zu stören, der noch fest schlief. Schnell kleidete ich mich an und stieg die Treppen zum oberen Burghof hinunter, um noch einmal in den nun kahlen Burggarten zu gehen. Ich wollte einfach ein wenig allein mit meinen Gedanken sein. Die Wache am Kammertor ließ mich wortlos passieren, und am Tor zum Garten stand überhaupt niemand. Ich wunderte mich darüber, denn wenn Engelbert heute Abend in die Burg gebracht würde, dürfte eine solche Nachlässigkeit nicht mehr vorkommen, oder die Isenburg wäre eine leichte Beute für alle, die den Erzbischof befreien wollten.

Als ich in die Nähe unseres alten Felsens kam, an dem wir uns früher so gern aufgehalten hatten, hörte ich plötzlich Stimmen. Einer inneren Eingebung gehorchend, versteckte ich mich hinter dem ersten Busch, der in meiner Wegrichtung lag. Die Stimmen wurden lauter, und ich konnte bald einzelne Worte verstehen. Sie kamen aus der Richtung, in der unser Felsbrocken lag. Jetzt konnte ich die beiden Sprechenden sehen. Sie standen direkt an unserem Felsen, und es waren Sophia und dieser zwielichtige Ritter Rydenkasten, der Fred noch böse gedroht hatte, weil er ihn beim Turnier aus dem Sattel gehoben hatte.

Was hatte Sophia mit diesem schlechten Verlierer zu schaffen? Angestrengt versuchte ich zu verstehen, was die beiden miteinander zu reden hatten. Ein leichter Wind kam aus dem Tal auf, und er trug mir die Worte zu. Sie waren jetzt auf einmal deutlich und klar.

„Es ist mir egal, was der Graf befohlen hat, Engelbert muss sterben, ich will meine Rache!" Ich war wie gelähmt, denn es waren Sophias Worte. Mein Herz klopfte auf einmal bis zum Hals, und ich musste mich zwingen, ruhig weiter zuzuhören.

„Gebt mir das Geld, und der Handel gilt!" sagte Rydenkasten mit rauer Stimme.

Sophia holte aus ihrem Umhang einen dicken Beutel hervor und gab ihn dem Ritter.

Rydenkasten nahm ihr mit einer schnellen Bewegung das Geld aus der Hand und machte eine groteske Verbeugung. Dann lächelte er gehässig und sprach sie noch einmal an:

„Gräfin, was mache ich, wenn Euer Gemahl mir in den Arm fallen will? Soll ich ihn gleich auch töten?"

Sophia war bleich geworden.

„Nein, nicht den Vater meiner Kinder! Haltet ihn fest, oder schlagt ihn von mir aus nieder, aber nehmt ihm nicht das Leben! Ihr könnt ihm sowieso danach nicht mehr zu Diensten sein und müsst auf jeden Fall verschwinden.!"

Rydenkasten lächelte sie noch einmal kalt an, dann ging er zu seinem Pferd, das an einem Strauch angebunden war. Er stieg in den Sattel und rief ihr noch zu:

„Ihr könnt Euch auf mich verlassen, Gräfin! Heute Abend wird mein Schwert rot vom Blute Engelberts sein!"

Dann ritt er den gewundenen Pfad ins Tal der Ruhr hinab.

Sophia schluchzte nun laut auf und sackte auf dem Fels zusammen.

Ich musste mich erst einmal fassen. Dann fiel es mir wie Schuppen von den Augen. Sophia war die ganze Zeit die Gefahrenquelle gewesen, und wir hätten es wissen können! Spätestens nachdem uns Ritter Bernhard erzählte hatte, was bei der Brautwerbung wirklich geschehen war, hätten wir ahnen müssen, dass sie diejenige sein würde, die das Unglück auf ihre Familie brachte. Der einmal festgelegte Ablauf der Zeit ließ sich nicht ändern. Alles würde so geschehen, wie es geschehen musste, ja wie es aus unserer Sicht der Zukunft bereits geschehen war, und wir würden keinen Einfluss darauf haben. Wie vermessen waren wir gewesen! Dabei lief nun alles so ab wie in einer griechischen Tragödie. Mir tat die Frau dort auf dem Felsen jetzt sogar leid. Sie hatte die Mächte des Schicksals herausgefordert, und diese würden sie und ihre gesamte Familie nun zerstören.

Eigentlich wollte ich sie schütteln und zur Rede stellen, aber jetzt spürte ich nur eine unendliche Traurigkeit über die ganze tragische Verstrickung. Daher ging ich auf sie zu und umfasste sie mit meinen Armen.

„Sophia, was hast du getan?“ fragte ich sie, während mir selbst die Tränen in die Augen stiegen.

Sie schaute mich an, schluchzte auf und legte ihren Kopf schutzsuchend an meine Brust.

„Er hat mich so gedemütigt, er hat meine Liebe gestohlen, mich missbraucht und betrogen.“

Ich wusste, dass sie von Engelbert sprach. Dann fuhr sie mit tonloser Stimme fort:

„Ich habe nur um der Rache Willen gelebt, und dafür sogar Friedrich hintergangen, aber ich konnte nicht anders.“

Weinend und eng umschlungen standen wir noch am Felsen, als plötzlich Fred erschien, ausgestattet mit Kettenhemd und umgegürtetem Schwert.

„Was ist passiert Siang? Ich habe von der Wache gehört, ihr beide wäret mit diesem Schuft Rydenkasten im Garten. Ich habe das Schlimmste befürchtet!“

„Ach, Fred, wir waren dumm, ja so dumm! Wir haben nicht gemerkt, was passieren würde, obwohl wir es wissen konnten. Sophia hat diesem Verräter Geld gegeben, damit er Engelbert tötet.“

Fred stand starr vor Schreck. Aber dann fing er sich wieder und reagierte sofort. Er fasste mich am Arm und zog mich dem Gartentor zu.

„Komm Siang, wir müssen sofort zum Hohlweg am Gevelsberg. Ich kenne die Stelle genau. Wir müssen wenigstens versuchen, das Unheil aufzuhalten, das sind wir Friedrich als Freunde schuldig!“

Nur fünf Minuten später ritten wir gemeinsam den Burgweg zur Ruhr hinunter. Wenn wir uns nur die Zeit genommen hätten, ein paar Minuten ruhig zu überlegen, dann wären wir wahrscheinlich nicht losgestürmt. Jetzt aber ritten wir wie der Wind freiwillig genau in die Situation hinein, die wir seit dem ersten Tag in dieser Zeit eigentlich meiden wollten wie die Pest.

Ich bin überzeugt, Fred wusste genausogut wie ich, dass wir auch rein gar nichts mehr am vorgegebenen Ablauf der Ereignisse ändern würden, und trotzdem hielten wir beide es für unsere Pflicht, genau dies unter allen Umständen zu versuchen. Wir hätten es uns nie verziehen, wenn wir nicht geritten wären.

Allerdings war es völlig hoffnungslos, einen erfahrenen Reiter und Kämpfer wie Rydenkasten einzuholen, geschweige denn, ihm im entscheidenden Moment in den Arm zu fallen. So sollten wir letztlich Zeugen werden bei einem Mord, für den ein Unschuldiger so grausam bestraft werden würde. Vielleicht war es genau das, wozu das Schicksal uns letztlich wirklich ausgesucht hatte. Vielleicht hatte der Geist des unschuldig Gequälten uns durch die Zeit gerufen, um späteren Generationen die Wahrheit zu berichten. Diese Gedanken gingen mir schon damals durch den Kopf, während wir gegen die Zeit ankämpfend dahinstoben, ohne eine reelle Chance zu haben.

Doch gegen uns hatte sich alles verschworen, auch die Elemente. Was wie ein leichter Regen begann, entwickelte sich bis auf die Haßlinghauser Höhe zu einem sintflutartigen Unwetter, das uns nur noch schrittweise vorankommen ließ.

Nass bis auf die Haut und vollkommen erschöpft erreichten wir endlich den Pfad, der sich langsam, aber stetig den Gevelsberg hinaufzog. Engelbert hatte ihn genommen, weil er über Schwelm führte, wo er am Abend zur Weihung einer Kirche erwartet wurde. Als der Weg zum Buschpfad und schließlich zum Hohlweg wurde, sahen wir bereits die Überreste des Trosses, den der Erzbischof mit sich geführt haben musste. Kochgeräte und Ausrüstungsgegenstände lagen überall weit verstreut, wo seine Begleiter sie verlassen und nach allen Richtungen geflohen waren. Weit vorn war lautes Kampfgetümmel zu hören. Wir trieben unsere Pferde zur Eile und sahen gerade noch, wie jemand Engelberts Pferd am Zügel nahm, und versuchte, mit diesem durchzubrechen, doch Rydenkasten stoppte den Mann mit einem einfachen Schwerthieb, so dass er von seinem Ross stürzte. Gleich darauf ging Engelberts Pferd durch, und der Erzbischof klammerte sich mit schreckensbleichem Gesicht an dessen Mähne fest. Rydenkasten folgte ihm dicht auf und streckte seine gierige Hand nach dem wehenden weißen

Mantel aus. Dann war er auch schon heran und riß Engelbert vom Pferd. Mit einem Seitenblick sah ich noch, dass Graf Friedrich plötzlich von seinen eigenen Leuten an den Armen gepackt und ebenfalls zu Boden geworfen wurde.

„Flieh, Engelbert, flieh!“ konnte Graf Friedrich gerade noch rufen, dann setzte ihn ein Hieb mit einem Schwertknauf außer Gefecht. Ich zügelte mein Pferd und wollte Friedrich zu Hilfe eilen, als Fred plötzlich von seinem Ross sprang, und laut aufschreiend auf Rydenkasten und den am Boden liegenden Erzbischof zurannte.

Als er im Laufen sein Schwert zog, geriet ich in Panik. Ich lief nun selbst in die gleiche Richtung und versuchte verzweifelt, Fred festzuhalten, erwischte ihn jedoch nicht mehr. Rydenkasten, der sich inzwischen wieder aufgerichtet hatte, hieb nun wie ein Berserker mit seiner Waffe auf Engelbert ein. Blut spritzte überall. Dann war Fred heran, aber Rydenkasten schlug ihn mit einem einzigen Fausthieb nieder. Fred fiel auf der Stelle mit dem Gesicht voran in den dunklen Morast und rührte sich nicht mehr. Als ich endlich herankam, wandte sich Rydenkasten gerade von Engelbert ab und hob sein Schwert, um es nun auf Fred niedersausen zu lassen. In diesem Augenblick warf ich mich mit aller Kraft nach vorn und stieß mit voller Wucht gegen den grausamen Ritter. Beide landeten wir auf dem triefnassen Boden, doch Rydenkasten warf mich beiseite wie ein lästiges Insekt. Schwerfällig stand er auf und wischte sich Blut und Speichel von den Mundwinkeln, er musste sich bei meinem Stoß hart auf die Zunge gebissen haben. Einen kurzen Moment lang starrte er abwechselnd auf mich, Fred und Engelbert, dann machte er noch eine lässig abwinkende Bewegung mit einer Hand, steckte sein blutbeflecktes Schwert in die Scheide und bestieg sein Pferd. Nach einem kurzen Kommando stoben die Mordritter davon.

Ich zitterte an allen Gliedern, wischte mir so gut es ging den Morast aus den Augen und packte Fred an den Schultern, um ihn umzudrehen. Glücklicherweise öffnete er bald seine Augen und fasste sich stöhnend an die Schläfe, wo ihn die Schwertfaust Rydenkastens getroffen hatte. Mit meiner Hilfe stand er mühsam auf. Ich selbst schaute mich mit einem gehetzten Blick um, als ich in einiger Entfernung ein gequältes Stöhnen hörte. Das musste der Ritter sein, der noch versucht hatte, Engelberts Pferd an den Zügeln zu greifen, um mit ihm und seiner kostbaren Last durchzubrechen. Fred wollte offenbar wankenden Schrittes zu ihm gehen.

„Wir müssen hier weg“, raunte ich ihm zu, „und zwar schnell!“

„Aber der Mann...“, begann Fred und brach ab. Erst jetzt hatte er den blutüberströmten Körper Engelberts gesehen.

„Ist er tot?“ fragte Fred mich stockend.

„Ich glaube ja“, antwortete ich mit erstickter Stimme.

Langsam schien Fred zu dämmern, was geschehen war.

„Und warum leben wir noch?“

Ich erzählte es ihm, und Fred sah mich mit ungläubigen Augen an.

„Du hast dich auf ihn geworfen, und er hat nicht mehr zugeschlagen? Oder bist du etwa verletzt?“

Ich konnte seine Besorgnis gut heraushören.

„Mir geht es gut“, beruhigte ich ihn, „ich bin nur fürchterlich dreckig und durchnässt. Aber wir müssen wirklich hier weg. Schau doch mal nach Friedrich. Er ist auch niedergeschlagen worden und liegt dort drüben.“

Ich zeigte in die entsprechende Richtung, und Fred eilte sofort zu ihm. Friedrich kam langsam wieder zu sich. Er blickte auf und erkannte uns, aber das Erstaunen in seinem Blick verschwand schnell, als seine Augen zu Engelberts Körper wanderten.

„Oh Gott!“ rief er aus. „Das habe ich nicht gewollt! Wo ist Rydenkasten, dieser Hund?“

„Weg“, antwortete ich einfach. „Er und seine gedungenen Spießgesellen sind weiter in Richtung Schwelm geritten.“

„Es waren meine Ritter, und Rydenkasten gehörte auch zu ihnen. Sie haben meinen Befehl verweigert und ein Blutbad angerichtet. Aber warum?“

Friedrich konnte es nicht begreifen, dass sie ihm nicht gehorcht hatten.

„Aber warum seid ihr hier? Ich sehe, dass sie euch auch niedergeschlagen haben. Habt ihr geahnt, dass es so kommen würde?“

„Wir werden dir alles erklären, aber jetzt müssen wir hier weg“, ermahnte ich meine beiden Freunde, „jeden Augenblick können die versprengten Begleiter von Engelberts Tross wieder hier auftauchen!“

Endlich schienen Fred und Friedrich vernünftig zu werden. Wir holten unsere Pferde, saßen auf und machten, dass wir davon kamen. Ein Stück weit folgten wir dem Pfad noch in Richtung Schwelm, dann bogen wir nach rechts ab und ritten schnell in den Wald hinein. Nach einigen Kilometern machten wir kurz Halt und lauschten. Es war nichts zu hören. Der Regen hatte mittlerweile nachgelassen, als wir uns so schnell wie möglich auf die Isenburg zubewegten.

Jetzt war es an der Zeit, Friedrich über die Dinge aufzuklären, die er nicht wusste. Als ich ihm die Begebenheit mit Rydenkasten und seiner Gemahlin Sophia erzählte, war er vollkommen erschüttert.

„Warum hat sie das getan?“ fragte er immer wieder.

Ich sah Fred an, und er schaute verlegen zurück.

„Wir müssen ihm die Wahrheit sagen, Fred“, erklärte ich. „Besser er erfährt es von uns, als von ihr!“

„Was gibt es da noch zu erklären?“ sagte Friedrich verzweifelt. „Sophia hat mich verraten, und wird damit unsere Familie ins Unglück stürzen.“

„Sophia wollte dich nicht vernichten, Friedrich!“ begann ich mit nun fester Stimme. „Aber sie glaubte, nicht anders handeln zu können, und ich kann sie verstehen.“

Fred Hoppe, 7. November 1225

Schonungslos berichtete ihm Phei Siang nun, was wir durch Bernhard über den wirklichen Verlauf der Brautwerbung wussten. Nur die letzte grausame Schlussfolgerung, dass nämlich sein erster Sohn und Erbe, Dietrich, höchstwahrscheinlich Engelberts Kind und nicht sein eigen Fleisch und Blut war, die überließ sie ihm selbst. Phei Siang brachte es offensichtlich nicht übers Herz, dieses entscheidende Detail auch noch ausdrücklich zu erwähnen.

Es reichte auch so schon. Friedrich wurde aschfahl im Gesicht und musste sich am Sattelknauf festhalten, um nicht vor Schmerz und Gram zusammenzusinken. Eine Weile lang schwiegen wir alle. Friedrich blickte auf und meinte mit gleichmütiger Stimme:

„Dann kann ich mich auch sofort der Kölner Kirche stellen, denn alle Anstrengungen waren von Anfang an vergeblich gewesen. Mein Schicksal ist besiegelt."

Entgegen meiner eigenen Überzeugung versuchte ich, ihm etwas Mut zu machen.

„Es gibt immer einen Ausweg. Wir müssen jetzt schnell zurück zur Isenburg und die Verteidigung organisieren."

Tatsächlich schien Friedrich nun etwas gefasster.

„Ich habe alles verloren. In einem habe ich allerdings Recht behalten, ihr beide seid wirklich die einzigen Freunde, die mir geblieben sind."

„Und wir werden dich nicht im Stich lassen", bestätigte ihm auch Phei Siang, obwohl sie sicherlich genau wusste, dass alles wie vorgesehen seinen unerbittlichen Lauf nehmen würde. Auch wir waren eben nur Spielbälle des Schicksals in dieser Tragödie.

Als wir die Isenburg erreichten, war es bereits dunkel geworden. Es würde das letzte Mal sein, dass wir die Umrisse des mächtigen Bergfrieds und des Palas über den Ringmauern thronen sahen. Versuche das alles in Erinnerung zu behalten, sagte ich mir, denn so würde es nie wieder sein. Wann immer wir wieder hierher kämen, würde die mächtige Burg in Trümmern liegen. Und vielleicht würden dann die Schatten von Friedrich und Sophia unsere traurigen Begleiter in den Ruinen sein. Bei diesem Gedanken fühlte ich einen Kloß im Hals, und ich musste mich gegen meine Tränen wehren. Friedrich hatte nach unserem letzten Halt kein einziges Wort mehr gesprochen, und auch jetzt blieb er still und in sich gekehrt.

Gleich nachdem wir die Burg betreten hatten, rief er seine Leute zusammen und teilte ihnen mit, was geschehen war. Er schilderte, wie Ritter Rydenkasten seine Befehle mißachtet und ihn verraten hatte. Von dem Blutgeld, das Rydenkasten von Gräfin Sophia erhalten hatte, sagte Friedrich aber nichts. Er überließ es jedem einzelnen seiner Männer, ob sie bei ihm bleiben wollten, und versicherte, dass er es niemandem übel nehmen würde, wenn er jetzt seine Dienste verlassen wolle. Aber seine Burgleute standen zu ihm. Dann übertrug er dem Burgvogt seine Anweisungen für die Verteidigung.

Inzwischen hatte sich auch Sophia mit den Kindern auf dem Platz vor dem Palas eingefunden. Friedrich ging zu ihr und legte stumm seine Arme um ihre Schultern.

Sophia wollte ansetzen, ihm etwas zu sagen, doch Friedrich schüttelte nur den Kopf.

„Sag nichts, Sophia, es ist besser so. Phei Siang hat mir bereits alles erzählt. Unsere beiden Freunde haben ihr Leben eingesetzt, um zu verhindern, dass Engelbert getötet werde, aber es hat alles nichts genützt. Du hast deine Rache gehabt, nun müssen wir beide den Preis dafür bezahlen."

Sophia senkte den Kopf und schwieg.

Dann wandte sich Friedrich noch einmal an sie:

„Lass bitte schnell das Nötigste zusammenpacken, nimm die Kinder und gehe heim zu deinem Vater nach Limburg! Hier seid ihr nicht mehr sicher, wenn es zum Kampf kommt."

Danach ließ er sie stehen und überwachte die weiteren Vorbereitungen zur Verteidigung der Isenburg.

Phei Siang und ich standen noch eine Weile stumm neben der unglücklichen Gräfin.

„Friedrich hat Recht, Sophia", sagte Phei Siang zu ihr mit sanfter Stimme, „hier bist du mit den Kindern nicht sicher!"

Dann nahm mich Phei Siang beiseite und fragte:

„Was sagen die Geschichtsbücher, Fred?. Wieviel Zeit bleibt uns noch?"

„Ich weiß es nicht genau, aber ich glaube nicht mehr als drei Tage", antwortete ich.

„Dann laß uns überlegen, wo wir Friedrich hinbringen können, und wo er den Winter über bleiben kann, ohne dass er Gefahr läuft, ausgeliefert zu werden."

„Denkst du wirklich, wir könnten ihn noch retten?" fragte ich sie ungläubig.

„Ich weiß es nicht, Fred, aber Soldaten im Krieg sind alle gleich! Was meinst du wohl, was die blutdürstigen Krieger der Kölner Kirche mit uns und besonders mit mir alles anstellen werden, falls wir noch hier sind, wenn sie die Burg einnehmen?"

Das brauchte mir wirklich niemand auszumalen. Also überlegte ich fieberhaft, was wohl wann geschehen würde, aber ich konnte mich beim besten Willen nicht erinnern, ob ich jemals etwas darüber gehört oder gelesen hatte. In der Überlieferung, die man uns immer wieder erzählt hatte, war Friedrich sowieso der Bösewicht, und er wurde für seine

Missetat grausam bestraft. Das war alles, was ich wusste. Nun gut, dann würden wir noch ein letztes Mal versuchen, der Geschichte eine andere Wendung zu geben, aber unser bisheriges Erfolgskonto diesbezüglich sah nicht besonders gut aus. Doch es ging auch um unser Überleben. Irgendwie mussten wir es schaffen, uns fast noch ein ganzes Jahr hier durchzuschlagen. Also sollten wir unsere Vorgehensweise sorgfältig planen.

Daher nahm ich Phei Siang an die Hand, und wir gingen erst einmal auf unser gemeinsames Zimmer, um in Ruhe und fern der Hektik, die nun die ganze Burg ergriffen hatte, unsere Aussichten und Chancen zu erörtern.

„In Frage kommen auf jeden Fall nur Aufenthaltsorte, die außerhalb der Reichweite des Herzogtums Westfalen liegen“, stellte ich zuerst klar.

„Zeitgleich sollte aber auch versucht werden, Friedrichs Position zu verbessern“, schlug Phei Siang vor.

„Wie stellst du dir das vor?“ fragte ich.

„Naja, bei höheren Dienststellen oder was ihr Europäer dazu sagt, wie zum Beispiel vor dem König und dem Königsgericht und beim Papst wegen der zu erwartenden Exkommunizierung.“

„Das hieße aber auch, jemand müsste für ihn reisen“, gab ich zu bedenken.

„Der englische Ritter und seine mongolische Prinzessin?“ fragte Phei Siang schnippisch.

„Hm, es könnte gefährlich sein, sich für jemanden einzusetzen, dem die Reichsacht droht,“ stellte ich nüchtern fest.

„Was redet ihr da?“ fragte Graf Friedrich überrascht, der plötzlich ins Zimmer getreten war.

„Wir planen deine Flucht und deine spätere Rehabilitation“; sagte Phei Siang nüchtern.

„Das geht nicht, ich muss hier bleiben und meine Burg verteidigen!“ betonte der Graf.

„Du hast auch Rechte, wenn du erst mal außerhalb des Machtbereichs der Kölner Kirche und des Herzogtums bist“, unterstützte ich Phei Siangs Ideen. „Wenn du aber hier bleibst, erreichst du nichts und wirst in Köln auf dem Rad enden.“

„Ich weiß nicht, ob das alles richtig ist, was ihr meint“, zweifelte Friedrich, „es geht auch um meine Ehre.“

„Kannst du mir sagen, was du von deiner Ehre hast, wenn du tot bist?“ sagte Phei Siang.

Friedrich wurde einer Antwort enthoben, denn es wurde ein einzelner Ritter gemeldet, der sich dem Burgtor näherte. Ich fragte mich, wer es in dieser Situation wagte, ohne Schutz und Begleitung so einfach zur Isenburg zu kommen. Das konnte nur einer sein, und er war es auch.

„Ritter Bernhard, Edelherr von Horstmar, wünscht Euch zu sprechen, Herr!“ teilte der Wachhabende mit.

Schnell liefen wir alle drei die Treppe hinab. Bernhard kam uns bereits in der Unterburg entgegen. Er führte sein Pferd, auf dem seine Rüstung aufgepackt war, am Zügel.

„Friedrich, die ganze Umgebung befindet sich im Aufruhr. Was ist mit Engelbert passiert?“

Wir erzählten ihm von Sophias Rache, Rydenkastens Verrat und schließlich auch vom Mord an dem Erzbischof.

„Dann hat sich meine schlimmste Befürchtung also bewahrheitet“, sagte Bernhard, nachdem er alles gehört hatte. „Friedrich, es tut mir leid, dass ich dir nie sagen konnte, was damals bei der Brautwerbung geschah. Ich hoffe, du kannst mir vergeben.“

„Im Augenblick geschieht es wohl eher mir, dem nicht vergeben wird“, antwortete der Graf düster. „Ich weiß deine Freundschaft und deine Ehre zu schätzen, Bernhard. Wenn ich das alles gewusst hätte, dann hätte ich Engelbert bestimmt schon vor langer Zeit getötet.“

„Wie stehst du nun zu deiner Frau?“ wollte Bernhard wissen, der sich Sorgen um ihr Wohlergehen machte.

„Ich habe ihr gesagt, sie solle mit den Kindern nach Limburg gehen“, erklärte Friedrich. „wir erwarten in wenigen Tagen den Angriff der Rächer von Köln, und dann wären sie hier nicht mehr sicher.“

„Es ist gut, dass du dich um sie sorgst, aber das beantwortet nicht meine Frage“, beharrte Bernhard.

„Ich kann Sophia verstehen, wenn du das meinst, aber sie hat auch unsere Familie damit vernichtet“, sagte Friedrich zögernd.

„Es tut mir alles so wahnsinnig leid, Friedrich“, wiederholte Bernhard, der sich die ganze Tragödie sehr zu Herzen nahm.

„Bernhard, ich weiß nicht, ob es richtig ist, aber wenn du Sophia und die Kinder nach Limburg begleiten könntest, dann wüssten wir alle, dass sie in guten Händen sind“, meinte Phei Siang.

„Das werde ich tun, und es ist wenig genug“, erklärte sich Bernhard bereit. „Wenn ich kann, kehre ich zurück!“

Und so geschah es auch. Noch am gleichen Abend verließen Gräfin Sophia und die isenburgischen Kinder unter dem Schutz Ritter Bernhards die Burg. Friedrich hatte sich nicht mehr von seiner Frau verabschiedet, nach allem, was vorgefallen war, brachte er es offenbar nicht fertig. Vielleicht hätte er anders gehandelt, wenn er gewusst hätte, dass sie sich niemals wiedersehen würden.

Kapitel 8 – Die Flucht

Leng Phei Siang, November 1225

Schon am frühen Vormittag konnten wir sie durch unser kleines Fenster kommen sehen. In der ganzen Ruhrebene glänzten und glitzerten ihre Rüstungen in der kühlen Herbstsonne. Sie führten auch hölzerne Belagerungsgeräte und Steinschleudern mit sich. Das Meer von Fahnen, Bannern und Flaggen verhieß nichts Gutes. Vorneweg waren die Ritter in hellen Rüstungen, und es waren viele. Ich wusste gar nicht, dass der Graf von Isenberg eine solche Menge an Feinden hatte, dachte ich ironisch.

Fred kam jetzt auch ans Fenster und stützte sich auf meiner Schulter ab. Er trug das Wams und das Kettenhemd des „enterbten Ritters".

„Sei vorsichtig, Liebes", mahnte er, „man kann nie wissen, ob nicht schon versteckte Bogen- oder Armbrustschützen irgendwo lauern."

Ich zog mich etwas zurück. Unten im oberen Burghof wurden Stimmen laut. Graf Friedrich gab seine Befehle weiter.

„Auch von der Bergseite her sind die Kölner Vasallen aufgezogen"; informierte mich Fred. „Sie stehen vor dem Halsgraben und beschießen den Bergfried mit ihren Armbrüsten. Schwereres Gerät konnten sie von dieser Seite nicht heranfahren. Im Gegenzug haben unsere Leute hier besonders wagemutige Belagerer vom Turm aus mit Pech begossen. Besser du ersparst dir den Anblick der brennenden und verkohlten Leichen."

In der Nacht hatte es urplötzlich am Gartentor geklopft. Die Wache auf den Söllern hatte schließlich Ritter Bernhard erkannt, der sich von der Seite her an den feindlichen Truppen vorbei den Hang hinauf geschlichen hatte. Bernhard war mit Sophia und den Kindern der Grafenfamilie noch in der Nacht nach dem Mord an Engelbert in Richtung Schwelm aufgebrochen. Eigentlich war ihr Ziel Limburg an der Maas gewesen, aber unterwegs hatten sie gehört, dass man dem Tross mit dem toten Erzbischof den Eintritt zu seiner eigenen Stammburg an der Wupper verwehrt hatte. So schnell hatte sich also die Nachricht von Engelberts Ermordung verbreitet, dass sie Schloss Burg an der Wupper noch vor dem Toten selbst erreicht hatte. Der Burgvogt hatte die Situation sofort erkannt und aus seiner Sicht die richtige Entscheidung getroffen. Er ließ seinen toten Herrn und Grafen nicht mehr in die Burg hinein, denn nach Engelberts Ableben war nun Sophias Schwägerin Irmgard zur Gräfin von Berg geworden. Diese war immerhin mit Sophias Bruder Heinrich, dem Herzog von Limburg, verheiratet. Für Bernhard und seine Schützlinge war dies die beste Nachricht, die sie zu hören bekamen, denn nun konnten sie ohne Gefahr nach Schloss Burg an der Wupper gehen, ein Ort, der noch ein Tag zuvor für sie die Höhle des Löwen gewesen wäre. Wahrscheinlich war Irmgard selbst dort auch schon eingetroffen und hatte ihre Herrschaft angetreten.

Wie sich die Zeiten ändern, hatte Bernhard gesagt, und damit hatte er wohl den Nagel auf den Kopf getroffen. Hatte ich nicht selbst noch vor einigen Wochen fürsorgliche Aufnahme bei Friedrichs Vetter Adolf von Altena gefunden? Nur gut, dass wir damals beim Abschied nicht über die Verschwörung gegen Engelbert gesprochen hatten. Wie wir zu dieser Zeit nicht besser wussten, gehörte Adolf zu der „verschworenen Gemeinschaft". Ha, ich wollte wetten, der gräfliche Vetter hatte schon zu dieser Zeit seine eigenen Pläne verfolgt. Friedrich selbst hatte uns noch erzählt, dass Graf Adolf von Altena bei der Geiselname nicht mehr mitmachen wollte. Wie weit war es wohl von dieser Aussage noch bis zum völligen Seitenwechsel gewesen? Jedenfalls standen uns jetzt die Ritter und Mannen des Grafen Adolf von Altena nicht nur auf der Kölner Seite unten an der Ruhr als Gegner gegenüber, sondern sie hatten bereits auch vor Friedrichs Burg Nienbrügge an der Lippe Stellung bezogen. Wie sich die Zeiten doch ändern.

Wie Bernhard uns weiter berichtete, waren die ersten Nachrichten aus Köln schon gestern Morgen in Schloss Burg angekommen. Dort hatten er und Sophia bereitwillige Aufnahme gefunden. Irmgard selbst hatte sie in Empfang genommen und in ihre Arme geschlossen. Sophia war damit schon in Sicherheit. Sobald sich die Wogen glätteten, wollte Irmgard ihre Schwägerin dann nach Limburg mitnehmen. Für uns hieß das nicht mehr und nicht minder, als dass wir eine Sorge weniger hatten. Gestern Morgen, sozusagen als Frühstücksgabe, hatte Bernhard dann gehört, dass es schon einen neuen Erzbischof gab. Er hieß Heinrich von Molenark. Dieser musste sich offensichtlich erst noch seine Sporen verdienen. Deshalb setzte er sogleich ein Kopfgeld von 2100 Mark in Silber auf Friedrich aus. Gleichzeitig hatte er alle Kölner Ministerialen zur Rache aufgerufen. Dass vielleicht ein Königsgericht zuerst hätte über Friedrichs Schuld oder Unschuld urteilen müssen, störte die beflissenen Kirchenvasallen nicht im Geringsten. Und jetzt waren sie sowohl hier als auch in Nienbrügge. Bestimmt hatten sie schon das Fell des Bären verteilt, bevor sie ihn erlegen konnten.

Die Dunkelheit wurde von den vielen Feuern erhellt, die von den Belagerern rings um uns angezündet worden waren. Vielleicht waren auch Wachfeuer darunter, damit die Posten jeweils erkennen konnten, ob jemand versuchte, aus der Isenburg zu flüchten. Hoffentlich froren sie sich alle den Hintern ab, denn mittlerweile hatte mit dem klaren Herbstwetter auch der Frost wieder seinen Einzug gehalten.

Fred hatte sich im Laufe des Tages mehrere Male gefährlich nahe an den Maueröffnungen des inneren Bergfriedturms aufgehalten, weil die hölzerne Dachhaube durch Brandpfeile Feuer gefangen hatte. Bei seinen Löschversuchen waren Armbrustpfeile um ihn herumgeschwirrt, und er hatte sie so wenig beachtet, wie er es vielleicht bei einem Mückenschwarm im Sumpf getan hätte. Ich dagegen hatte ihm zugesehen und tausend Ängste ausgestanden. Vielleicht vergaß er langsam, dass wir in dieser Zeit nicht unverwundbar waren.

Friedrich war den ganzen Tag von einer Seite der Burg zur anderen gelaufen, hatte die jeweilige Lage erkundet und seine Befehle aktualisiert. Die Isenburg galt bei den Menschen dieser Zeit als „uneinnehmbar", die schriftlichen Aufzeichnungen sprachen von einem „castrum inexpugnabile". Das konnte bedeuten, dass die Belagerung sich gut und gern noch über Monate hinziehen würde. Wenn wir nicht verdursteten oder verhungerten, hätten wir sicherlich noch lange Widerstand leisten können. Doch Fred und ich waren davon überzeugt, dass dies Friedrich letztlich nur die Gefangenschaft und den Tod durch den Kölner Henker einbringen würde. Daher waren wir auf eine andere Lösung verfallen. Wir würden noch einen oder zwei Tage warten und dann mit Friedrich und Bernhard den Ausbruch versuchen. Friedrich kannte sicher eine Menge Verstecke und geheime Wege in dieser Umgebung, wo die Belagerer uns nie vermuten würden. Unser erstes Ziel würde Münster sein, wo Friedrichs Bruder Dietrich Bischof war, falls man ihn nicht schon abgesetzt hatte. Dann wollten wir uns vorsichtig weiter nach Norden begeben. Fred hatte Friedrich konkret auf sichere Freunde angesprochen, doch unser Graf konnte keine vorweisen. Letztlich war ihm aber dann doch noch Graf Otto von Tecklenburg eingefallen. Vielleicht konnten wir bei ihm den Winter verbringen. Um Friedrichs Leute nicht der unbarmherzigen Kölner Gerichtsbarkeit auszuliefern, hatten wir vereinbart, dass sie einige Tage nach unserer Flucht Verhandlungen aufnehmen sollten. Wenn sie die Isenburg übergaben, mussten sie bestimmt nicht um ihr Leben fürchten. Allerdings würde die stolze Festung dann genau das Ende finden, das uns aus unserer Zeit bekannt war. Die Sieger würden an allen Gebäuden der gesamten Anlage Schlitze in das Mauerwerk ritzen und in diese Holzbalken einschlagen. Dann würden sie die Balken in Brand setzen, und der entstehende Druck würde alle Gebäude einschließlich des Bergfriedes nach innen zusammenstürzen lassen. Übrig bliebe nur noch ein riesiger Haufen Schutt. Ich selbst war darüber sehr traurig, denn immerhin hatten wir in dieser Burg ein Zuhause und Freunde gefunden. Falls es mir und Fred wirklich gelingen würde, wieder in unsere Zeit zu kommen, würde ich sicher den Isenberg wiedersehen wollen, um hier zwischen den Trümmern meine Tränen zu vergießen. Seit Sophias Verrat hatten wir keine ruhige Minute mehr gehabt. Die Ereignisse der letzten Tage hatten uns errschöpft und sämtliche Energien aufgebraucht.

Vor allem vermisste ich die Nähe zu Fred und unsere Gespräche. Das grausige Erlebnis am Gevelsberg hatte uns schwer erschüttert. Wir beide, da war ich sicher, hatten gerade jetzt ein großes Bedürfnis nach Ruhe und Zweisamkeit, aber das war seit dem 7. November nicht mehr möglich gewesen. Alles war seitdem auf uns eingestürzt, aber wir mussten stets besonnen bleiben und überlegt handeln, weil jeder Fehler unser letzter sein konnte. Nur Ritter Bernhard stand inmitten von alledem wie ein ruhender Pol, den nichts umwerfen konnte. Dafür bewunderten wir ihn.

Am nächsten Morgen in aller Frühe war es endlich soweit. Wir hatten unsere Sachen auf unsere Pferde gepackt und verließen heimlich die Isenburg durch das Gartentor. Leise schlichen wir den Hang hinunter, eine Hand stets über die Nüstern unserer Pferde haltend, damit sie uns nicht durch ein Schnauben zur falschen Zeit verraten konnten. Als wir den Wald erreichten, hörten wir die Stimmen der Belagerer. Für uns alle war es ein Abschied für immer. Die Isenburg würde schon bald nicht mehr sein, und Graf Friedrich würde seine Wohnstatt bestimmt nicht mehr wiedersehen.

Wir querten den kleinen Bach im Tal und stiegen auf der anderen Seite im Wald wieder hoch. Oben auf dem Kamm wendeten wir uns nach Westen und folgten dem Bergrücken bis hinunter ins Tal von Kupferdreh. Dann erst wagten wir, den Handelspfad zu benutzen, der durch die Ruhrfurt zum Hellweg führte. Als wir diesen bei Essen endlich kreuzten, konnten wir sicher sein, dass uns niemand folgte. Da es kurz vor Morgengrauen war, hielten wir unter einer Gruppe von Büschen an, um uns hier während der hellen Stunden des Tages zu verbergen.

Zum Schutz vor der einsetzenden Kälte hatten wir ein kleines Turnierzelt aufgeschlagen, in dem wir uns abwechselnd zum Schlafen niederlegen konnten. Trotz meines dicken Pelzumhangs fror ich erbärmlich, aber in der innigen Umarmung mit Fred schlief ich vor Erschöpfung sofort ein. Als ich endlich erwachte, war es schon wieder Nacht. Ritter Bernhard schaute mich lächelnd an.

„Wir wollten dich nicht wecken, Prinzessin“, sagte er leise, „aber die Pferde sind schon alle bereit, und wir könnten sofort los, wenn du soweit bist.“

Nur wenige Minuten später ritten wir schweigend hintereinander durch die große westfälische Ebene, die man später das Münsterland nennen würde. Waldgruppen und Felder wechselten einander ab. Ganz vereinzelt sahen wir die Lichter von Behausungen. Die Adelssitze mieden wir natürlich, denn dort hätte man uns erkennen können.

Bis zum Morgengrauen begegneten wir keiner Menschenseele, und als wir zum zweiten Mal während des

Tages rasteten, fing es an zu schneien. Der schneidende Wind aus Nordost fuhr mir durch alle Glieder, und ich drängte mich noch enger an Fred heran.

„Siang, erinnerst du dich noch an die Nacht, bevor wir Friedrich und Bernhard die Wahrheit über unsere Herkunft erzählten?“ flüsterte Fred mir leise zu.

Zur Bestätigung rieb ich meine Stirn an seinem Gesicht.

„In dieser Nacht träumte ich etwas Seltsames. Eigentlich war es nur eine uralte Geschichte, die ich irgendwo gelesen oder gehört hatte. Aber diesmal war ich die Hauptperson, und ich wurde von einer Fee in ihr Reich entführt.“

„War die Fee hübsch?“ murmelte ich schlaftrunken.

„Jedenfalls, als mich die Fee wieder frei ließ, fand ich zu Hause niemanden mehr, den ich kannte, denn inzwischen waren mehr als 100 Jahre vergangen“, fuhr Fred unbeirrt fort.

Jetzt war ich hellwach.

„Meinst du, uns könnte so etwas Ähnliches passieren?“ fragte ich erschrocken.

„Ich hoffe nicht, aber dieser verdammte Traum spukt mir seitdem im Kopf herum.“

„Wir müssen uns später darüber unterhalten, wenn wir in einem warmen kaminbeheizten, zugigen Zimmer in einer Burg sitzen und in Sicherheit sind.“

Fred sagte nichts. Vielleicht wollte er noch weiter darüber sprechen, aber ich war zu erschöpft.

„War sie übrigens nicht!“ flüsterte Fred plötzlich laut in mein Ohr, und ich schrak regelrecht zusammen.

„Was war wer nicht?“

„Sie war nicht hübsch, die Fee meine ich“, murmelte Fred müde.

Ich trat ihn vor sein Schienbein und drehte mich entrüstet um. Hinter mir hörte ich Freds ersticktes Lachen. Aber der Wind fuhr mir nun eiskalt über das Gesicht. Also drehte ich mich wieder um und kuschelte mich noch näher an Fred.

„Mistkerl“, murmelte ich dabei.

„Ich liebe dich unendlich, Siang“, hörte ich Fred noch flüstern. Das ist gut zu wissen, dachte ich noch, dann schlief ich endgültig ein.

Vor der Stadt Münster sprachen wir kurz mit anderen Reisenden. Ich hielt mich dabei im Hintergrund und hüllte mich bis auf die Augen in meinen Pelzumhang, denn man hätte uns sonst allein an meinem fremdartigen Aussehen erkennen können.

So erfuhren wir, dass die Kölner Kurie Bischof Dietrich bereits abgesetzt hatte, ebenso wie Friedrichs anderen Bruder, Bischof Engelbert von Osnabrück. Demnach war die Stadt für uns tabu. Wir durften uns in ihr nicht blicken lassen, auch um Friedrichs Brüder nicht zu gefährden. Sobald wir in Sicherheit waren, würden wir versuchen, heimlich Boten zu ihnen zu schicken, um die beiden mit deren Hilfe zu unserem Versteck zu lotsen.

Auf unserem weiteren Weg nach Norden blies uns der Wind ins Gesicht, und unsere Pferde hatten bereits Eis an ihren Nüstern. Wir ritten jetzt auch tagsüber, weil ein Lagern im Freien unmöglich geworden war. Ich konnte vor Kälte kaum noch atmen, und wir mussten uns nach vorn beugen, um nicht vollkommen vom Schnee eingehüllt zu werden. Unsere Vorräte waren nahezu aufgebraucht, und nur noch die Hoffnung auf unser Ziel, die Burg Tecklenburg, brachte uns weiter voran. Unsere Hände waren blau gefroren, und wir konnten nur noch schwer die Zügel halten. Die Männer waren längst abgestiegen, um ihren Tieren das Laufen leichter zu machen. Ich tat es ihnen jetzt gleich, und nahm mein Pferd am Zügel. Ritter Bernhard führte, und wir anderen hielten uns in seiner Spur. In meinen kalten Ohren sauste es, und je länger ich mich noch aufrecht halten konnte, desto mehr ähnelte das Geräusch einer entfernten mittelalterlichen Melodie. Sie schien mich zu locken und weiter voran zu treiben. Mechanisch setzte ich einen Fuß vor den anderen, Schritt für Schritt. Vor mir wankten die schemenhaften Gestalten meiner drei Begleiter, ansonsten war alles weiß.

Mittlerweile wurde es wieder Nacht. Der Schnee reichte uns jetzt bis an die Knie, und meine Füße schmerzten. Ich hatte nur noch einen Wunsch, ich wollte mich fallen lassen und schlafen, schlafen, schlafen. Fred verlangsamte seinen Schritt, um neben mir her gehen zu können. Er konnte meine Erschöpfung spüren. Ich hakte mich mit der freien Hand bei ihm unter, und er versuchte mich zu stützen. Ich war ihm sehr dankbar dafür, denn es bewahrte mich davor, stehen zu bleiben und zusammenzusacken. Ganz in der Nähe hörten wir den jaulenden Ruf eines Wolfes, dann die Antwort eines ganzen Rudels. Sie waren auf der Jagd und hatten es wahrscheinlich auf unsere Pferde abgesehen.

Endlich fanden wir uns in einem kleinen Waldstück wieder. Ritter Bernhard ließ uns anhalten. Mit Ästen und Tüchern aus unserem Gepäck bauten die Männer eine Art Schutzwall gegen den eisigen Wind auf. Dann trugen sie Holzstücke zusammen, fegten einen kleinen Kreis frei von Schnee und zündeten ein Feuer an. Es dauerte eine Weile, bis die Flammen richtig aufloderten. Bernhard verstärkte unsere Schutzwand noch mit weiteren Ästen, die er in das Gebilde hineinflocht. Wir banden die Pferde vor dem Feuer eng zusammen und setzten uns ihnen gegenüber zwischen Feuer und Schutzwand. So konnten sich sowohl Mensch als auch Tier jeweils untereinander wärmen. Trotzdem ermahnte uns Bernhard eindringlich, nicht einzuschlafen. Die Gefahr zu erfrieren war zu groß.

Endlich ließ gegen Morgen der Wind etwas nach. Die Schneeflocken fielen jetzt zwar dicker, aber dafür senkrecht vom grauen Himmel herunter. Es wurde Zeit aufzubrechen. Einige Stunden später hörte es auf zu schneien, und wir konnten plötzlich blaue Stellen am Himmel ausmachen. Als die Sonne durchkam, sahen wir vor uns einen langgestreckten dunklen Gebirgszug auftauchen.

„Das ist der Osning“, hörte ich Bernhards belegte Stimme, „der Sitz der alten Götter!“

„Ich wusste gar nicht, dass du ein so ketzerischer Bursche bist“, rief Friedrich. „Die Asen sind längst tot.“

„Er meint den Teutoburger Wald“, raunte mir Fred zu, und ich versuchte mich zu erinnern, auf welcher Landkarte ich diesen Namen schon einmal gesehen hatte.

„Da vorn in der Kerbe ist der Pass“, teilte uns Bernhard mit. „Dort müssen wir noch hinauf, dann sind wir bald bei der Tecklenburg. Sie liegt auf dem nordseitigen Hang.“

Ich weiß nicht mehr, wie ich nach dem Marsch durch den Schneesturm auch diesen letzten Aufstieg geschafft habe, aber auf der Passhöhe lag sie schräg vor uns in voller Größe: die Tecklenburg. Und sie erschien mir als der schönste, wärmste und liebenswerteste Ort auf Erden. Es war, als ob die Ansicht der steinernen Mauern uns noch einmal alle beflügelte, denn unsere Schritte durch den hohen Schnee beschleunigten sich automatisch. Keine zehn Minuten später standen wir vor dem großen dunklen Tor der Burg, klopften an den dicken Eichenbalken und riefen ein vielstimmiges „Hallo“ die Mauer hinauf.

Ungläubig starrte der mit dichten Pelzen bekleidete Wachmann auf uns herunter. Das Tor wurde geöffnet, und man ließ uns herein. Aus dem kleinen Palas gegenüber kam eine bärbeißige Gestalt heraus. Es war ein grobschlächtiger Mann mit schwarzem Bart und in dickem Pelz. Das musste Graf Otto von Tecklenburg sein, denn als Friedrich seinen Umhang abwarf und auf ihn zulief, breitete jener seine Arme aus und lachte.

„Friedrich, alter Freund", rief er, umarmte den Graf von Isenberg und schlug ihm heftig auf die Schultern. Dann schaute der große bärtige Mann auf uns, als ob er uns armselige und halberfrorene Gestalten vorher gar nicht bemerkt hätte.

„Und natürlich der Ritter von Horstmar, wie könnte es anders sein. Niemand sonst würde seine Freunde durch ein Unwetter wie das der letzten Tage jagen!"

Bernhard lächelte kurz und erinnerte den Tecklenburger daran, dass wir vielleicht einen trockenen warmen Platz gebrauchen könnten. Sofort breitete Otto seine Arme aus und betonte, seine Burg und Heimstadt gehöre uns. Ohne weitere Verzögerung geleitete er uns alle in seinen Rittersaal, wo wir uns der eisbesetzten Pelze entledigten.

„Was?" entfuhr es dem Tecklenburger plötzlich, „Welch holde fremde Schönheit hetzt du denn durch den Schnee, Bernhard?"

„Das ist Prinzessin Phei Siang, Tochter des Mongolenherrschers Batu, Freund Otto"; erklärte Graf Friedrich. „Sie und ihr englischer Gemahl Sir Winfred sind meine besten Freunde geworden, neben Bernhard und dir, Otto. Sie haben mir beigestanden, als meine größte Not begann."

Und dann erzählte Friedrich seinem Freund Graf Otto von Tecklenburg alles über seinen jahrelangen Konflikt mit Erzbischof Engelbert, und vergaß auch nicht unsere diplomatische Mission zu erwähnen sowie, dass Engelbert uns dafür in Geiselhaft nehmen wollte. Er berichtete ihm über die Adelsverschwörung gegen den Erzbischof und welchen Zweck sie verfolgte, vom Abfall seiner Mitverschwörer und vom Mordkomlott Sophias, seiner eigenen Frau, das dazu führte, dass Engelbert von Friedrichs Ritter Rydenkasten erschlagen wurde. Friedrich ließ nichts aus, auch nicht, dass Fred und ich zum Tatort am Gevelsberg geeilt waren, um den Mord zu verhindern, dass wir niedergeschlagen wurden und er nun als Mörder gebrandmarkt werde. Dann berichtete er vom Racheaufruf der Kölner Kirche, von der Belagerung der Isenburg durch ihre Vasallen, zu denen sich auch sein ehemaliger Mitverschwörer und Vetter Adolf von Altena gesellt hatte. Und zuletzt schilderte er unsere Flucht durch den Schnee, bis wir hier vor Tecklenburgs Toren angelangten. Friedrich schloss:

„Nun stehen wir hier, und außer Bernhard kann niemand von uns zurück. Wir sind heimatlos und rechtlos. Daher bitten wir dich um Schutz und um Herberge über den Winter."

„Natürlich helfe ich euch, und ihr bleibt hier", sagte Graf Otto sofort. „Doch wie ich es sehe, darfst du nicht untätig bleiben, Friedrich. Du musst eine Möglichkeit finden, dich zu verteidigen und für dein Recht zu streiten. Ist nicht der junge König Heinrich gerade jetzt in Nürnberg, um die Österreicherin zu heiraten?"

„Sicher", antwortete Bernhard für uns, „aber erstens kommt durch das Wetter keiner von uns dort hin, und zweitens ist Heinrich Engelberts Zögling gewesen. Er würde nie dem Wort eines Edelmanns glauben, dem man vorwirft, Engelberts Mörder zu sein."

„Dann wird es das Beste sein, ihr versteckt Euch erst einmal bei mir", schlug Graf Otto vor. „Wir sind hier so weit abseits von der Kölner Kurie, dass sie uns nicht behelligen werden, wenn sie nach dir suchen, Friedrich. Ich werde meine Leute darauf einschwören, nichts von eurer Anwesenheit zu verraten, und glaubt mir, Freunde, sie werden mir gehorchen, denn sie wissen, was ihnen blüht, wenn sie mich hintergehen!"

Dann ließ uns Graf Otto von seinen Bediensteten auf unsere Zimmer führen; und ich gebe gern zu, ich konnte es kaum noch erwarten, ganz heiß zu baden und dann sofort auf weiche Felle zu sinken, um mindestens zehn Stunden zu schlafen.

Fred Hoppe, November 1225

Als ich erwachte, war es schon wieder Abend, und das Dämmerlicht des scheidenden Tages konnte unsere Kammer kaum noch erhellen. Das Feuer im Kamin war fast herunter gebrannt, aber es hatte immerhin für eine wohlige Wärme in dem kleinen Raum gesorgt. Ich stand auf, legte noch ein paar Holzscheite über die verkohlten Reste und blies das Feuer wieder an. Dann schlug ich unbarmherzig die Felle zur Seite, die Phei Siang bedeckten. Sie rührte sich nicht. Das einfache Gewand, das sie trug, ließ ihre Füße unbedeckt. Ich betrachtete meine schöne Freundin. Ihre Gestalt, wie sie dort lag, schien mir so grazil und zerbrechlich, aber ihre dichte schwarze Mähne, die jetzt ausgebreitet auf dem Bett lag, erweckte in mir den Eindruck, eine zähe Wildkatze vor mir zu haben. Wie aus einer Laune heraus kniete ich mich vor ihr hin und fuhr mit einer Hand sacht den Rundungen ihres Körpers entlang. Phei Siang schlug die Augen auf und lächelte mich an. Für dieses leichte Öffnen ihrer schön geschwungenen vollen Lippen und diesen sanften Blick aus ihren dunklen unergründlichen Augen würde ich durch jedes Feuer gehen.

„Kannst du mich nicht jeden Tag so wecken?“ fragte sie mich mit einem Seitenblick, der jedes Eis schmelzen würde.

„Es ist schon Abend, Siang“, sagte ich und hielt ihr meine ausgestreckte Hand hin.

Sie ergriff sie, stand aber nicht auf, sondern zog mich heran.

„Werden wir im Saal erwartet?“

„Ich fürchte ja. Aber es bleibt uns hoffentlich danach noch etwas vom Rest der Nacht.“

Mit dieser Aussicht schien sie sich zufrieden zu geben und stand auf.

„Was hältst du von diesem Grafen Tecklenburg?“ fragte sie mich, während sie sich ihre Gewänder zusammensteckte. „Auf mich machte er einen guten Eindruck, auch wenn er sich wohl ganz gern als Grobian gibt.“

„Ich denke schon, dass wir ihm trauen können“, antwortete ich. „Es gibt da eine komische Geschichte über ihn, wenn ich mich recht entsinne. Die habe ich mal in einem Sagenbuch aus Westfalen gelesen. Zeitlich könnte es hinkommen, dass Graf Otto genau die Person ist, die darin vorkommt."

Ich erzählte Phei Siang die Geschichte so, wie ich sie im Gedächtnis behalten hatte.

Demnach gab es zu dieser Zeit offenbar in der nördlichen Stadtmauer von Münster ein Tor, das immer offen stehen musste. Es wurde das „Tecklenburger Tor" genannt, weil die Grafen von Tecklenburg von Bischof Hermann II das Recht verliehen bekommen hatten, durch dieses Tor die Stadt zu betreten, wann immer sie wollten. Natürlich passte das dem Rat der Stadt nicht, aber er musste sich fügen. Eines Tages kam also wieder einmal der Tecklenburger ungefragt durch sein Tor in die Stadt und becherte zusammen mit den Ratsherren. Die baten ihn, doch das normale Stadttor zu benutzen und auf sein Sonderrecht zu verzichten, doch der Graf lehnte ab, es sei denn, man würde ihm einen Scheffel voll ganz spezieller Münzen dafür geben.

Während der Graf mit einigen der Herren weitertrank, sandten der Bürgermeister und einige andere Ratsleute mehr als hundert Knechte aus, um diese speziell geprägten Münzen gegen Goldstücke einzutauschen. Am nächsten Morgen hatten sie es tatsächlich geschafft, und der Bürgermeister konnte dem Tecklenburger den bis an den Rand gefüllten Scheffel unter die Nase halten. Wohl oder übel musste der Graf dem Rat der Stadt den Schlüssel zu seinem Adelstor herausrücken. Dieser hatte nichts Eiligeres zu tun, als das Tecklenburger Tor ein für alle Mal zuzumauern, und seitdem musste auch der Graf von Tecklenburg wie alle anderen durch das öffentliche Tor in die Stadt reiten.

„Wenn dies wirklich mit Graf Otto geschehen ist, dann zeigt die Geschichte doch, dass er ein gemütlicher Mann sein muss, der einen Spaß auf seine Kosten versteht", schloss ich.

„Sprich ihn doch darauf an", meinte Phei Siang direkt.

„Vielleicht müssen wir eines Tages auch ihm beweisen, dass wir aus der Zukunft kommen, da wäre es doch angebracht, ihm die Geschichte dann zu erzählen", schlug ich vor.

In der Zwischenzeit war Phei Siang fertig, und ich fand, sie sah in mittelalterlichen Frauenkleidern einfach umwerfend aus.

Graf Otto mochte ein Rauhbein sein, aber er war auf jeden Fall auch ein vorzüglicher Gastgeber. Zu unseren Ehren hatte er seinem Barden – er hatte wirklich einen talentierten eigenen Barden – den Auftrag gegeben, zum Bankett ein Loblied auf unseren Bernhard zu singen. Während wir uns an den Speisen labten, zupfte der Barde von Tecklenburg ein harfenähnliches Instrument und sang dazu seine Weise:

„Dass Bernhard von Horstmar lebte in hoher Taten Schein,
und nicht im Mund des Volkes – wie kann das sein?
Ja, eines Heinrich von Veldekes Leier, warum klang sie ihm nicht?
Die hätt' des Helden Lorbeer geschmückt mit neuem Licht!
Ein Heinrich von Veldeke hätt' sein Bildnis vor Augen euch gestellt,
der hätt' ihn erst gemalet, den manniglichen Held,
wie er den Riesenkörper so stattlich trug zur Schau,
wie hohe Schönheit zierte den schlanken Gliederbau!
Wie treu und feurig blitzte sein blaues Augenpaar,
wie ihm die Stirn umwallte sein blondes Lockenhaar!
Wie hoher Sinn im Busen dem frommen Recken lebt,
und wie der kühnste Krieger den Zürnenden gebebt!
Er der der „Schwabenstreiche" so trefflich hat gedacht,
der Münsterländer Hiebe hätt' er berühmt gemacht!
Der hätt' euch auch geschildert, wie Bernd vor Beirut stand,
wo er ein Heer von Sarazenen der Hölle zugesandt!
Wie er ein Heer des Kaisers vom Untergang befreit,
als bei Bouvines siegte der Gallier Tapferkeit,
so dass sein Ruhm erglänzte im weiten Sachsenland
und Kaiser Otto selbst vor ihm verdunkelt stand!
Wie Bernhard war zu finden, wo Hiebe es gesetzt,
wie er auf jedem Kampfplatz als Sieger stand zuletzt!"

Der Barde hatte geendet, und wir spendeten ihm eifrig Applaus. Doch mit seinem Loblied hatte er unseren Recken ganz schön in Verlegenheit gebracht. Dabei hatte der Sänger auch einige Dinge angesprochen, die sogar für mich und Phei Siang neu waren. Obwohl wir im Frühjahr eine ganze Zeit mit ihm zusammen geritten waren, hatte Bernhard uns offenbar die spannendsten Episoden aus seinem Leben vorenthalten. Natürlich wollten wir jetzt auch diese Dinge genauer wissen, und nach einigem Zögern entschloss sich Bernhard endlich dazu, sie uns allen zu erzählen.

Auf diese Weise erfuhren wir zum Beispiel, dass er in seiner Jugend ein enger Freund meines eigenen Helden aus der Kinderzeit, Richard Löwenherz, gewesen war. Während ich allerdings nur die Heftchenromane über den ritterlichen englischen König gelesen hatte, war Bernhard ihm wirklich begegnet und hatte sein Vertrauen erworben. Er war sogar mit Richard auf dem Kreuzzug ins Heilige Land gezogen und hatte das ganze Elend dieser Unternehmung mitgemacht. Als die Kreuzritter 1197 die Stadt Beirut in Syrien von der Landseite her angriffen, sprengte plötzlich eine ganze Reiterschar Sarazenen über die Ebene heran. Der Graf von Schaumburg tötete den Anführer, während Bernhard ganz allein gegen die gesamte Schar kämpfte und einen Sarazenen nach dem anderen erschlug.

Dass er im Jahre 1214 zusammen mit unserem Grafen Friedrich auf der Seite des Welfenkaisers Otto an der Entscheidungsschlacht bei Bouvines gegen dessen Rivalen, den Staufer-König Friedrich, teilgenommen hatte, das wussten wir schon. Völlig neu war uns aber, dass Bernhard nach dem verlorenen Kampf gegen das mit König Friedrich verbündete Heer der Franzosen Kaiser Otto die Flucht ermöglicht hatte. Er gab ihm sein eigenes Pferd, und hielt die Feinde so lange auf, bis der Kaiser verschwunden war. Danach geriet Bernhard selbst in Gefangenschaft. Wenn ich es recht betrachtete, verkörperte Bernhard genau das Idealbild des Ritters, das ich als Kind so bewundert hatte. Seltsam war nur, dass ich früher nie irgend etwas über ihn gehört hatte. Dabei musste es doch Aufzeichnungen über sein Leben geben, zumal dieser Mann ja immerhin auch verschiedenen europäischen Herrschern als Ratgeber und Diplomat gedient hatte. Warum er trotzdem ein einfacher Ritter und Edelherr geblieben war und nicht in den Fürstenstand erhoben wurde, blieb mir ebenfalls schleierhaft.

Als ich später mit Phei Siang in unserem kleinen Zimmer darüber sprach, nahmen wir uns ganz fest vor, seine Grabstätte zu suchen, falls es uns gelänge, wieder in unsere Zeit zurückzukehren. Damals konnten wir natürlich noch nicht ahnen, dass Ritter Bernhard selbst nur noch ein einziges weiteres Lebensjahr vergönnt war.

Einige Tage später brach Bernhard auf, um Friedrichs bischöfliche Brüder Engelbert und Dietrich in Osnabrück und Münster aufzusuchen. Wir wussten jetzt, dass sie beide mittlerweile von ihren Ämtern enthoben waren, nicht aber, ob sie auch festgehalten wurden. Vielleicht stand ihre Gefangennahme kurz bevor, weil man sich davon erhoffte, dass Graf Friedrich damit gezwungen werden konnte, sich der Kölner Kirche zu stellen. Auf jeden Fall wurde es höchste Zeit, die beiden heimlich nach Tecklenburg zu bringen.

Uns selbst ging es als Gäste des Grafen Otto derweil sehr gut, und wir erholten uns schnell wieder von den Strapazen der Flucht durch Eis und Schnee. Zu meinem Erstaunen trug auch Phei Siang zu unserer abendlichen Unterhaltung im Rittersaal der Tecklenburg bei, indem sie sich anbot, Lieder aus ihrer vermeintlichen mongolischen Steppenheimat zu singen. In Wirklichkeit waren es wunderschöne, aber auch sehr schwermütige südchinesische Weisen, die Phei Siang da mit ihrer klaren und reinen Stimme sang. Sie schien damit den Grafen Otto sehr zu beeindrucken. Ich nahm mir ganz ernsthaft vor, chinesisch zu lernen, wenn wir wieder daheim waren. Daheim... Wo war das? Oder sollte ich lieber sagen, wann wäre das?

Wir sprachen jetzt, wo wir Ruhe und Zeit genug hatten, wieder öfter über unser im wahrsten Sinne des Wortes „zukünftiges Leben“. Für unsere Eltern und Freunde waren wir nun schon über ein Jahr lang verschwunden. Wie lange mochte man nach uns gesucht haben? In diesem Zusammenhang redeten wir auch ernsthaft über meinen seltsamen Traum von der Fee. Würde die Zeit auf den beiden unterschiedlichen Ebenen wirklich mit gleicher Geschwindigkeit ablaufen? Wenn nicht, wie viele Jahre mochten zu Hause vergangen sein? Würde uns vielleicht tatsächlich niemand mehr kennen, wenn wir zurückkehrten? Ob dieser seltsame Zwerg etwas darüber wusste? Phei Siang hielt mir entgegen, es könnte auch genau anders herum sein, nämlich, dass vielleicht gar keine messbare Zeit auf unserer Ebene vergangen wäre, wenn wir zurück waren. Dann würden wir vielleicht sogar noch die Führung durch die Höhle beenden können, so, als ob gar nichts geschehen wäre. Hätten wir dann am Ende alldies gar nicht erlebt, sondern nur geträumt?

„Ich will doch nur sagen, wir können es gar nicht wissen", betonte Phei Siang. „Denn es hat keinen Zweck, sich jetzt und hier darüber den Kopf zu zerbrechen. Wir müssen zuerst hier überleben, und das fast noch ein ganzes Jahr lang. Danach sehen wir weiter."

In den letzten Novembertagen kam Ritter Bernhard mit Friedrichs Brüdern zurück. Das Wetter hatte sich endgültig beruhigt, und die heftigen Schneefälle waren einer anhaltenden trockenen Kälte gewichen. Das Land lag unter einer dicken weißen Decke begraben, und darüber spannte sich Tag für Tag wieder aufs Neue ein tief blauer Himmel.

Zwischen den Brüdern Engelbert, Dietrich und Friedrich bestand eine große Ähnlichkeit. Die beiden ehemaligen Bischöfe trugen normale mittelalterliche Kleidung, und keine Abzeichen oder sonstige Symbole verrieten, dass es sich eigentlich um hohe geistliche Würdenträger handelte. Bernhard hatte sie aus ihren privaten Gemächern herausschmuggeln müssen, denn beide waren unter Bewachung gestellt worden. Sie waren anfangs nicht besonders gut auf ihren Bruder Friedrich zu sprechen gewesen, denn sie kannten ja nur die Anschuldigungen der Kölner Kurie gegen ihn, die zu ihrer Absetzung geführt hatten. Daher hatte der Edelherr von Horstmar ihnen auf der Reise nach Tecklenburg erst einmal ihren verfemten Bruder Friedrich ins rechte Licht rücken müssen und ihnen erzählt, wie sich die Ermordung des Erzbischofs wirklich zugetragen hatte. Danach waren seine beiden Begleiter zutiefst erschüttert.

Entsprechend bewegend gestaltete sich das Wiedersehen der drei Brüder in der Eingangshalle der Tecklenburg. Sie fielen sich in die Arme, und es flossen auch eine Menge Tränen.

„Soviel zum Mythos der harten Männerwelt des Mittelalters", flüsterte ich Phei Siang leise zu.

Anschließend wurden wir den Ex-Bischöfen vorgestellt, und ich konnte mich des Eindrucks nicht erwehren, dass Phei Siang von der hohen Geistlichkeit wieder einmal bewundernde Blicke auf sich zog. Friedrich berichtete abermals, auf welch üble Weise ihm mitgespielt worden war, und diesmal lag in den Blicken, die uns immer öfter streiften, auch Respekt.

Dann aber erzählten Engelbert und Dietrich, was sie über die weitere Entwicklung der Ereignisse in Erfahrung bringen konnten, und das erstaunte uns wiederum nicht schlecht.

Am dritten Tag der Feierlichkeiten zur Hochzeit des Königssohnes Heinrich in der Nürnberger Reichsburg erschienen die Ministerialen der Kölner Kirche und breiteten die blutbefleckten Kleider des Erzbischofs vor dem jungen Monarchen aus. Der frühere Zögling Graf Engelberts war offensichtlich schockiert über das grausame Ende seines Ziehvaters. Deshalb war er nur allzu schnell bereit, der von den Kölner Ministerialen geforderten Einberufung eines Königsgerichts zuzustimmen, obwohl gegen jegliches Recht der Angeklagte, Graf Friedrich von Isenberg, nicht geladen worden war. Folglich wurde das Urteil schnell gefällt: über Friedrich wurde die Reichsacht verhängt, er war also vogelfrei.

Daraufhin gab es einen schweren Tumult unter den anwesenden Adeligen, da die Gerichtsverhandlung vor dem jungen König nicht nach der gültigen Rechtsordnung erfolgt war, die besagte, dass der Beschuldigte durch einen Königsboten hätte geladen werden müssen. Man hätte Friedrich nämlich das Recht zugestehen müssen, sich selbst durch einen Vorsprecher vor dem Richter und den umstehenden Adeligen zu verteidigen und Zeugen für sich zu benennen.

Deswegen trat nun der Edle von Truhendingen als offizieller sogenannter „Urteilsschelter“ auf und erklärte den Richterspruch aus verfahrensrechtlichen Gründen für ungültig. Damit waren wiederum andere nicht einverstanden und griffen zu ihren Waffen. Schließlich wurde das Königsgericht ohne gültiges Ergebnis abgebrochen, und die Beteiligten verließen tumultartig den Saal. Auf der Ausgangstreppe des Gerichtssaales kam es zu einem fürchterlichen Gedränge und die Treppe brach zusammen. Insgesamt 49 Teilnehmer an der Gerichtsverhandlung, darunter 23 Ritter, wurden dabei erdrückt und starben an den erlittenen Quetschungen.

Trotz ihrer Unrechtmäßigkeit hatte die Verhängung der Reichsacht fatale Folgen für Friedrich. Er verlor sämtliche Vogteien und seinen gesamten Allodial-Besitz, das heißt, alles, was er an persönlichem Besitz an Grund und Boden sein eigen nannte.

Zudem kam es in der Folge in Mainz und Lüttich auch noch zu kirchlichen Gerichtsverhandlungen unter Vorsitz des päpstlichen Legaten. Diese führten übereinstimmend zu Friedrichs Exkommunikation und bestätigten die Absetzung seiner beiden Brüder von ihren Bischofsämtern.

Kaum war in Nürnberg die Reichsacht verhängt worden, begann auch schon der Kampf um die Isenbergischen Güter. Den größten Teil einschließlich der Burg und Stadt Nienbrügge und des Isenbergs selbst hatte sich Friedrichs Ex-Mitverschwörer und Vetter, Graf Adolf von Altena, sofort einverleibt. Selbst falls es Friedrich nun irgendwie gelänge, das Unrechtsurteil erfolgreich anzufechten, würde sein Vetter bestimmt nichts von den Isenbergischen Gütern freiwillig wieder hergeben.

Man konnte es also drehen und wenden, wie man wollte, die Aussichten auf Friedrichs Rehabilitation standen denkbar schlecht. Wir saßen hernach noch lange an diesem Abend zusammen und erörterten Möglichkeiten, wie wir nun vorgehen sollten. Eine Lösung fiel uns allen jedoch nicht ein. Überdies hatten wir keine Chance, jetzt mitten im Winter irgendetwas Entscheidendes zu unternehmen, selbst wenn wir gewusst hätten, was wir tun sollten.

Leng Phei Siang, Januar 1226

Friedrich und seine Brüder Engelbert und Dietrich wurden von Tag zu Tag stiller. Zuerst gab es noch eine Menge zu erzählen, aber nun, da sie schon so lang zur Untätigkeit verdammt waren, wuchs mit jedem weiteren Abend vor dem Kamin im Rittersaal der Tecklenburg ihre Verzweiflung. Manchmal machte sich Friedrich sogar Vorwürfe, dass er nicht bei seinen Burgleuten geblieben war. Doch dann wäre er jetzt sicher nicht mehr am Leben. Wir anderen taten, was wir konnten, um ihn aufzumuntern, aber er schien sich mehr und mehr seiner Schwermut hinzugeben. Die Berichte, die seine Brüder vom Königsgericht in Nürnberg gehört und an uns weitergegeben hatten, kamen immer wieder in den Sinn und raubten ihm noch den letzten Mut.

Graf Otto fühlte sich verantwortlich, irgend etwas zu unternehmen, was der allgemeinen Ablenkung von den Problemen dienen konnte. Daher war er hocherfreut, als eines Tages mitten im Winter eine Gruppe seiner Bauern vor das Burgtor zog und sich darüber beklagte, dass ein Bär aus den Wäldern des Osning gekommen sei und das Vieh gerissen habe. Der Bär sei nachts in die Ställe des kleinen Dorfes eingebrochen und hätte dort ein Blutbad unter den Kühen angerichtet. Da er schnell merkte, dass er auf diese Weise viel leichter an Beute gelangen konnte als durch mühselige Jagd, fiel der Bär nun regelmäßig das Vieh der Bauern an. Dabei beschränkte er sich längst nicht mehr auf ein Dorf, sondern er machte sich bereits auch über den Viehbestand dreier weiterer Weiler her. Die blutige Spur seiner Raubzüge ließen sich durch den tiefen Schnee jedesmal wieder in Richtung des Gebirgszuges verfolgen, auf dessen Passhöhe auch die Tecklenburg stand.

Graf Otto versprach seinen Bauern, sie so bald wie möglich von der Bärenplage zu befreien und erließ ihnen als großzügige Geste den nächsten fälligen Zehnten.

Eine ritterliche Bärenjagd stand bevor, an der wir alle teilnehmen sollten. Natürlich konnten wir Graf Otto diesen Wunsch nicht abschlagen. Im Vorfeld des großen Ereignisses schickte er einige mutige Reisige aus, die in den Wäldern rings um die Burg Bärenfallen aufstellen sollten. Dann wurden die Treiber ausgesucht und eingewiesen. Nicht zuletzt betonte Graf Otto ausdrücklich gegenüber allen Jagdteilnehmern noch einmal, wie gefährlich die Hatz auf einen Bären sei. Es stellte sich heraus, dass außer dem Grafen Otto selbst, bislang noch niemand aus unserer adeligen Runde das damals größte Raubtier Mitteleuropas erlegt hatte. Um so mehr wuchs unser aller Respekt gegenüber unserem grobschlächtigen Freund und Gastgeber.

Längst schon hatten die Treiber mit lautem Getöse die Burg verlassen und waren den Wald hinauf gezogen, als wir zunächst mit vielen Ratschlägen und dann mit langen Spießen ausgerüstet wurden. Dabei konnten wir uns in unseren dicken Pelzen sowieso kaum bewegen. Weil Graf Otto mir ein solches Ungetüm von Spieß nicht zumuten wollte, musste ich mich stets hinter den erfahrenen Rittern halten. Meine Verteidigung im Falle des Falles bestand aus nichts anderem als einem Langbogen, mit dem ich bislang noch nie im Leben geschossen hatte. Dafür versprach Graf Otto auch, sich immer in meiner Nähe aufzuhalten. Fred quittierte dieses Ansinnen eher mit gemischten Gefühlen. Nicht, dass er wirklich glaubte, unser Gastgeber hätte vor, die Situation zu einer unsittlichen Annäherung auszunutzen, Fred zweifelte einfach nur an der Fähigkeit Ottos, mir im Gefahrenfalle richtigen Schutz bieten zu können.

Ich dagegen freute mich einfach auf die Bärenjagd und sah das Ganze mehr als Beschäftigungstherapie. Außerdem hoffte ich heimlich, dass der Bär entkommen würde.

Nach Stunden ergebnisloser Spurensuche durch den tief verschneiten Winterwald des Osnings machten wir auf einer Lichtung Rast. Unsere Bären-Ritter waren ernsthaft bei der Sache und vergaßen auch nicht, ihre Speere mit den Spitzen nach oben um uns aufzubauen. Graf Otto ritt ein Stück voraus, um mit den Treibern Kontakt aufzunehmen.

Friedrich hatte sich zum begeisterten Bärenjäger entwickelt. Auch die beiden bischöflichen Brüder hatte das Jagdfieber gepackt. Trotz ihres hohen geistlichen Amtes, das sie bis vor kurzem noch ausgeübt hatten, waren sie mit dem Umgang von Waffen vertraut, denn in ihrer Jugendzeit waren sie selbstverständlich ritterlich erzogen worden.

Ich ließ mein Pferd bei den anderen in der Lichtung zurück und ging ein kleines Stück seitlich in den Wald hinein, um die frische klare Luft allein mit meinen Gedanken zu genießen. Da hörte ich plötzlich ein leises Brummen. Mich durchfuhr ein eisiger Schreck. Was wäre, wenn der Bär in der Nähe wäre und mich jetzt witterte? Also versuchte ich, mich hinter einigen verschneiten Büschen zu verstecken. Etwa 300 Meter vor mir war der Bär, und er richtete sich gerade auf. Ich wusste, dass Bären so etwas im Allgemeinen nur tun, wenn sie angreifen, deshalb wollte ich vor lauter Panik schon um Hilfe rufen. Plötzlich sah ich Graf Otto, wie er dem brummenden Untier genau gegenüber stand. Keine zwei Meter trennten den Bären noch von dem Mann im Pelzmantel. Graf Otto aber zeigte keinerlei Unruhe. Er sah aus als ob er wiederholt mit einer Hand winken würde. Das machte mich doch stutzig. Ich blieb also still in meinem Versteck hocken und wartete erst einmal ab, was geschah. Dann drehten sich Bär und Graf zur Seite, und ich konnte genau erkennen, was die eben nicht zu verstehende Bewegung mit der Hand wirklich bedeutete. Graf Otto führte den Bären an einer Kette!

So war das also mit der gefährlichen Bärenjagd. Mit gespielter Entrüstung stand ich auf und ging offen auf das seltsame Gespann zu. Der Bär machte keinerlei Anstalten, sich aus der Ruhe bringen zu lassen, trotzdem schauten seine listigen kleinen Augen stets in meine Richtung. Graf Otto war sehr damit beschäftigt, seinen Bären weiterzuziehen, doch der blieb stur stehen, wahrscheinlich war ich viel interessanter. Endlich merkte wohl auch der Graf, dass irgendetwas nicht stimmte und drehte sich um. Ich war nun schon so nah herangekommen, dass ich sehen konnte, wie das sonst stets rote Gesicht des Grafen erblasste.

„Holde Schönheit, bitte", stammelte er, „bitte, holde Schönheit, verratet mich nicht!"

„Was soll das Theater mit der gefährlichen Bärenjagd, wenn Ihr uns hier Euer zahmes Kuscheltier vorführt?" fragte ich gleichzeitig erbost und belustigt.

„Holde Schönheit", begann er erneut, „Prinzessin, lasst Euch erklären!"

„Ich bin ganz Ohr!"

„Ihr wisst doch genauso gut wie ich, dass Graf Friedrich und seine Brüder kurz davor sind, sich selbst aufzugeben," sagte Graf Otto. „Deshalb habe ich gedacht, eine richtige gefährliche Bärenjagd würde sie ablenken und ihre ritterlichen Tugenden wieder erwecken."

„Gut, aber was hat das mit dem zahmen Schoßhündchen zu tun, das Ihr da an der Kette führt?"

Ich musste mich bei dem Anblick, den er mit dem Bären bot, richtig zusammenreißen, um nicht laut loszulachen.

„Nun, das ist so. Unsere Freunde werden erst dann richtig Feuer fangen, wenn sie echte Bärenspuren entdecken. Deshalb führe ich meinen Bären hierher. Er soll sie nur ihr Jagdfieber anheizen. In Wirklichkeit würde ich nie zulassen, dass man ihn erlegt."

„Dann stammt der Ketten-Bär also aus Eurer Burg?" fragte ich ungläubig.

„Ja, er gehört mir schon seit Jahren, seit ich ihn damals von einem Gaukler gekauft habe."

„Und was ist mit den Bauern und dem gerissenen Vieh?" wollte ich wissen.

„Prinzessin, das wisst Ihr doch schon. Ich habe den Bauern für das bisschen Theater den nächsten Zehnten erlassen."

„Und wenn Graf Friedrich und seine Brüder auf die Bauern treffen, um sie nach den Fährten des Bären zu fragen?"
„Dann werden diese ihnen das gleiche Theater noch einmal vorspielen."
Schlau eingefädelt, dachte ich. Graf Friedrich und seine Brüder würden den Bären weiter jagen. Bei diesem Gedanken musste ich doch laut lachen, versuchte aber gleich, es zu unterdrücken.
„Ich sehe Prinzessin, Ihr zeigt Verständnis für einen alten Mann und seine guten Absichten", lachte jetzt auch Graf Otto durch seinen dichten Bart. „Ein paar Tage draußen auf der Jagd durch die Wildnis wird die Brüder bestimmt auf andere Gedanken bringen und sie enger aneinander schmieden."
„Was macht Ihr jetzt mit dem Bären, wenn Ihr die Spuren gelegt habt?" fragte ich noch.
„Na was wohl, Prinzessin", meinte er geheimnisvoll, „ich werde ihn gleich den Treibern wieder übergeben, damit sie ihn zur nächsten Stelle führen. Heute Abend sitzt er aber wieder in seinem Käfig in der Burg."
„Das ist ja eine gelungene Theatervorführung."
„Es ist eben ganz gut, einen eigenen Bären zu haben, wenn man ihn braucht, Prinzessin, denn wild lebende Bären sind im Osning sehr selten geworden!"
Ich schüttelte den Kopf und lachte ihn dabei an. Fred hatte Recht gehabt, der Graf war ein wirklicher Freund.
„Ihr seid ein Schelm, Graf Otto, aber ein ganz besonders liebenswürdiger!" sagte ich noch, dann trat ich zu ihm heran, streckte mich und gab ihm einen dicken Kuss auf die bärtige Wange.
„Oh," meinte Graf Otto nur, und der Bär an der Kette brummte zustimmend.

Als ich auf die Lichtung zurückkehrte, waren meine Freunde schon in heller Aufregung.
„Du darfst dich nicht so weit von uns entfernen", ermahnte mich Friedrich, „das ist bei einer Bärenjagd viel zu gefährlich."
„Seid mir nicht böse, Freunde", entgegnete ich, „mir wäre es jetzt am Liebsten, ich könnte wieder in die Burg zurück. Ich fühle mich auf einmal so müde."
„Aber jemand muss dich begleiten", meinte Friedrich.

„Wenn ihr erlaubt, Freunde, dann würde ich gern meinen Gemahl als Begleiter nach Hause haben.“

Friedrich schaute Fred an.

„Würdest du deine Prinzessin heimführen und auf die Jagd verzichten?“ fragte er ihn.

„Wenn ihr auch ohne mich weiter zurecht kommt, dann würde ich gern dem Wunsch meiner Prinzessin folgen“, meinte Fred halb ernst.

Ich wusste nur zu gut, wie gern er Jagdgesellschaften mochte.

„Dann entschuldigt uns, Freunde“, sagte Friedrich. „Ich werde mit meinen Brüdern dem Bären auf der Spur bleiben, vielleicht erwischen wir ihn. Das könnte nur unter Umständen ein paar Tage dauern.“

„Du bist ein erfahrener Jäger, Friedrich, und ich glaube, deine beiden Brüder können es mit dir aufnehmen. Ich dagegen verstehe nicht allzu viel davon“, gab Fred offen zu, denn vor Friedrich brauchte er sich nicht mehr zu verstellen.

So verließen wir die emsige Jägertruppe, zu der bald wohl auch Graf Otto wieder stoßen würde, nachdem er den Ketten-Bären abgeliefert hatte.

Unterwegs fragte mich Fred, warum ich nicht länger an der Jagd teilnehmen wolle und ob Graf Otto es uns nicht verübeln werde, wenn wir wieder zurück zur Burg ritten.

„Mach dir darüber keine Sorgen“, versicherte ich ihm. „Graf Otto versteht mich, übrigens genauso gut versteht mich auch der Bär!“

Fred zuckte nur mit den Schultern. Ich würde ihm das schon noch erklären müssen, aber zuerst musste sich mein ritterlicher Gemahl vor einem warmen Kamin dieses Wissen verdienen. Ich freute mich schon darauf.

Zwischenspiel

Der kniehohe Schnee knirschte, als der zwergenhafte Sligachan aus der Höhle trat und sich reckte. Als die klirrende Kälte langsam durch die Kapuze seines grauen Wamses schlich, schüttelte sich der klein gewachsene Körper sogleich.

„Brrr, ist das kalt“, stieß er mit rauher Stimme hervor, „ich werde bald zu alt für ein so elendes Leben!" Vier Monate waren jetzt seit dem Zusammentreffen mit dem Tolpatsch und der fremdhäutigen Schönheit nebst ihrem sturen Ritter vergangen, und seitdem hatte sich in der Höhle nichts mehr ereignet, was Sligachans Sicherheit gefährdet hätte. Die beiden hatten offenbar seine Warnungen beherzigt und nicht in den vorgegebenen Ablauf dieser Zeitebene eingegriffen. Es musste wohl alles so geschehen sein, wie es das Schicksal dieser Welt gewollt hatte. Vielleicht hatten sie sich aber unterdessen so gut in das allgemeine Gefüge eingepasst, dass die Kräfte der Erde und der Zeit sie nun als Bestandteil dieser Welt akzeptierten. Dann würden sie es allerdings schwer haben, wieder zu ihrer eigenen Ebene zurückzukehren. Vielleicht würde es ihnen nie mehr gelingen, weil der unsichtbare Faden endgültig gerissen war, der sie noch zu allem verband, was in ihrer Ebene lebte. Dann würden die beiden verwandten Seelen eine böse Überraschung erleben, wenn sie tatsächlich noch einmal versuchen sollten, sich in der Höhle versetzen zu lassen. Oh ja, der zeitlose Gang würde sich schon für Menschen, wie sie es waren, auftun, wenn sie zur rechten Zeit vor Ort wären. Sligachan zweifelte keinen einzigen Augenblick daran. Nur würde er sie dann nicht dort wieder freigeben, wo sie her gekommen waren, sondern an irgend einem anderen fernen und fremden Strand dieses unendlichen Ozeans, wo sie wieder genauso um ihre Existenz würden kämpfen müssen wie damals, als sie in dieser Welt gelandet waren. Sligachan fand diesen Gedanken so amüsant, dass er laut keckernd auflachen musste. Sie hatten es nicht anders verdient. Wie hatten sie ihn noch genannt? Hunbold hatten sie zu ihm gesagt, ihn mit dem gleichen Schimpfnamen angesprochen, den diese verfluchten Sachsenabkömmlinge einem Sohn der Altvorderen zu geben gewagt hatten. Hunbold – Pfui! Das bedeutete „Kelten-Gnom“ in ihrer hässlichen Sprache. Nein, wenn sie sich so sehr den Gepflogenheiten der Sachsenabkömmlinge, dieser Landräuber, angeglichen hatten, dann geschah ihnen Recht, wenn sie den Rest ihres kümmerlichen Daseins mit ihresgleichen verbringen mussten.

Kapitel 9 – Die Reise nach Rom

Fred Hoppe, März 1226

Der Winter wollte nicht weichen. Seit Monaten schon hielt er mit Eis und Kälte das gequälte Land in seinem Würgegriff. Das Leben schien sich von der Oberfläche zurückgezogen zu haben. Kein Mensch hielt sich draußen auf, alle verbargen sich. Uns ging es dabei noch gut, denn wir waren froh darum, eine Bleibe in dieser harten Zeit gefunden zu haben, aber wir gehörten nicht hierher. Sobald die Tage wieder wärmer und das Gras grün sein würde, wollten wir unsere gastliche Heimstatt hier in der Tecklenburg verlassen. Aber wir wussten dennoch nicht, wohin wir uns wenden sollten, denn immerhin galten wir als Verfemte.

Friedrich und seine Brüder waren nun endgültig der düsteren Stimmung verfallen, die sich ihrer schon vor einigen Monaten zu bemächtigen drohte. Sie sahen keine Möglichkeit mehr, ihr einstiges Ansehen und ihre Güter zurück zu erlangen. Während Dietrich und Engelbert sich getreu ihrer Bestimmung als Diener der Kirche in schweigender Demut übten, war der einst so mächtige Graf Friedrich von Isenberg nur noch ein Schatten seiner selbst. Auch unser rühriger Gastgeber, der immerhin Titel und Lehen riskierte, weil er uns bei sich versteckte, hatte es längst aufgegeben, seine Freunde aufzumuntern.

Ritter Bernhard war schon Ende Januar nach Horstmar aufgebrochen, zu einer Zeit also, in der außer ihm niemand zu reisen gewagt hätte. Aber er musste sich als einziger von uns auch nicht verstecken. Sein Ruf war tadellos, und er war als aufrechter Ritter gut bekannt, wo immer er auch hinkam.

Manchmal musste ich noch schmunzelnd an die Bärenjagd denken, mit der uns unser rauhbeiniger Gastgeber so trefflich hereingelegt hatte. Nun ja, Phei Siang hatte er nicht täuschen können, aber die drei Edlen von Isenberg glaubten bis heute, sie hätten wirklich einen wilden und gefährlichen Meister Petz verfolgt und nach drei Tagen aus den Augen verloren.

Von Zeit zu Zeit übten wir uns im Burghof im Schwertkampf, und ich muss sagen, ich machte mich immer besser. Zu den Fertigkeiten, die Bernhard mir beigebracht hatte, durfte ich in den letzten Wochen noch einiges hinzu lernen, und das war auch gut so, denn irgendwann würden Phei Siang und ich auf uns allein gestellt sein in dieser rohen und gefährlichen Welt. Wir beide hatten uns mittlerweile so sehr an das mittelalterliche Leben gewöhnt, dass wir es wohl vermissen würden, wenn wir im Herbst unseren hoffentlich letzten Versuch starten würden, diese Zeitebene zu verlassen. Wenn man es genau betrachtete, waren wir sogar ein wenig traurig darüber. Vielleicht hatte unser Verstand uns aber auch nur deshalb diese Vorstellung eingegeben, damit wir nicht total verzweifelten, falls es uns nicht gelänge, und wir für den Rest unseres gemeinsamen Lebens hier bleiben müssten. In stillen Stunden, wenn wir in unserer kleinen warmen Kammer vor dem Kamin saßen und vor uns hindösten, stellten wir uns manchmal vor, wie wir unser Leben hier gestalten würden. Wir würden versuchen, zu Geld zu kommen, was bestimmt nicht ganz einfach war, uns adelige Abstammungsurkunden fälschen lassen und uns ein Rittergut oder Lehen kaufen.

Nur eine einzige Sache machte uns entsetzliche Angst, nämlich dass Phei Siang noch einmal schwanger werden könnte. Das Erlebnis mit der kaum besiegbaren Infektion nach dem Verlust unseres ersten Kindes hatte sich tief in uns eingegraben. Auch jetzt noch trauten wir der medizinischen Versorgung in dieser Zeit nicht einen Deut weit über den Weg. Daher wunderte ich mich nicht, dass Phei Siang sich oft mit der alten Kräuterfrau der Tecklenburg in der Burgküche traf. Die beiden konnten stundenlang beieinander sitzen und reden.

Es war an einem dieser sonst immer gleich verlaufenden Abende, an denen uns der Barde mit seiner Harfe unterhielt. Rein zufällig wohl sang er uns die Ballade vom unglücklichen Kaiser Heinrich IV vor, der von Papst Gregor VII vor fast einhundertundfünfzig Jahren exkommuniziert und mit dem Kirchenbann belegt worden war. Heinrich hatte Ärger mit den sächsischen Adeligen, die seine Oberherrschaft nicht anerkennen wollten. Über die

Einsetzung der Bischöfe geriet er dann in Streit mit dem Papst, der ihn bannte und so praktisch entmachtete. Die sächsischen Ritter und Bauern fielen über seine Burg her und brannten sie nieder. Da fiel Heinrich ein ganz besonderer Trick ein, er pilgerte barfuß und in Lumpen über die Alpen zum Papst, der in Canossa weilte. So vor den Toren der Burg um Vergebung der Sünden bettelnd, musste ihn Gregor vom Bann befreien. Danach zwang er den Papst, ihn zum Kaiser zu krönen, und mit neuer Machtfülle ausgestattet, konnte er sich auch zu Hause gegen seine Gegner durchsetzen. Warum sollte so etwas Ähnliches nicht auch für Friedrich möglich sein? Vielleicht könnte man beim Papst für ihn ebenso die Loslösung von seinem Bann erreichen.

Ich teilte Phei Siang meine Idee mit, und sie stimmte nach kurzer Überlegung zu. Friedrich war allerdings weniger begeistert, seine Brüder überlegten noch.

„Ich bin kein König oder Kaiser", wandte Friedrich ein, „und selbst wenn ich die Freisprechung erreiche, was ist mit meinen Besitztümern?"

„Dann nehmen wir eben die Urkunden davon mit", ermunterte ihn Phei Siang. „Es wäre immerhin ein Versuch, und der ist besser als untätig herum zu sitzen."

„Ich habe keine Urkunden mehr in meinem Besitz", meinte Friedrich resignierend.

„Hast du uns nicht erzählt, du hättest alles extra in einer Vogteirolle aufzählen lassen?" fiel mir ein.

„Die Abschrift befindet sich bei meinem Notarius, und der liegt sicherlich in Altena oder anderswo in Ketten"; antwortete Friedrich düster.

„Es ist unser letzter Ausweg", mischte sich jetzt auch Engelbert ein.

Nun nickte auch Dietrich von Isenberg.

„Lasst es uns versuchen, gehen wir nach Rom", forderte er.

„Die Idee ist jedenfalls nicht schlecht", steuerte Graf Otto vorsichtig bei. „Nicht, dass ich euch hinauswerfen will, aber eine andere Chance scheint ihr wirklich nicht zu haben."

„Würdet ihr uns denn wirklich dorthin begleiten?" fragte Friedrich zögerlich an mich gewandt.

„Was würdest du wohl ohne deinen englischen Ritter und seine mongolische Prinzessin machen?" lachte ich.

Endlich hatten wir wieder ein Ziel, auch wenn die ganze Sache nicht so einfach war. Aber die Stimmung unter den

Brüdern besserte sich bereits. Natürlich mussten wir dieses Vorhaben gründlich vorbereiten. Darin waren Phei Siang und ich ja schon geübt. Wir brauchten wieder eine Geschichte, die uns half, unerkannt und möglichst sicher nach Rom und wieder zurück zu gelangen.

Schließlich einigten wir uns darauf, dass wir pilgernde Ritter waren, die einander gelobt hatten, die heilige Stadt zu besuchen. Wir waren alle im Dienste des polnischen Königs gegen die Mongolen geritten und hatten deren Grausamkeit und Gottlosigkeit erlebt. Als gute Kämpfer und Diplomaten hatten wir uns ihren Respekt erworben, und der Mongolenführer Batu-Khan hatte mir seine Tochter zur Frau gegeben. Er hatte uns aufgetragen, sie nach Rom zum Papst zu geleiten, damit sie sehen könne, wie großmächtig das Christentum sei. Dann sollte sie ihm berichten, ob es nicht klüger wäre, diesen Glauben anzunehmen und mit dem christlichen Abendland Frieden zu schließen. Ich gebe zu, damit hatten wir ein wenig dick aufgetragen, aber auf diese Weise würden uns sicher einige Tore geöffnet werden, an die wir sonst nie anzuklopfen gewagt hätten. Mittlerweile konnten wir davon ausgehen, dass die Mongolen-Gefahr im Reich ganz gut bekannt war, und jegliche Aussicht, diese wilden Reiterhorden zu stoppen, musste im Sinne des Abendlandes genutzt werden. Unter Umständen würde man uns auf Händen über die Alpen tragen, nur um zu zeigen, wie großmütig die Christen sein konnten.

Ja, die Alpen! Das war ein Problem. Wir konnten nicht allzu früh aufbrechen, weil die begehbaren Pässe noch bis in den Juni hinein verschneit sein würden, andererseits mussten wir für eine Reise nach Rom etwa zwei Monate einplanen, und das war schon knapp gerechnet. Wir mussten bis Ende Oktober wieder zurück sein, denn der Tag vor Allerheiligen war bekanntlich der, an dem wir auf jeden Fall an der Kluterthöhle eintreffen mussten. Doch das war nur Friedrich, Phei Siang und mir bekannt. Die anderen beiden und Graf Otto hielten uns ja wirklich für den englischen Ritter und die Mongolen-Prinzessin.

Blieb also nur noch das kleinere Problem mit dem Isenbergischen Notarius. Wir würden uns daher zunächst noch einmal in die gefährliche Nähe des Gebietes an der Ruhr begeben müssen, das nun von Graf Adolf von Altena, dem Vetter Friedrichs, beansprucht wurde. Dazu brauchten wir dringend die Hilfe eines erfahrenen Kriegers, und dafür kam nur einer in Frage: Bernhard von Horstmar.

Leng Phei Siang, Sommer 1226

Es war in den ersten Maitagen, als Ritter Bernhard wieder auf der Tecklenburg eintraf, und er brachte keine guten Nachrichten mit. Natürlich freuten wir uns alle, dass er wieder da war, denn immerhin ersparte er uns den Abstecher nach Horstmar, um ihn um seine Hilfe mit dem Notarius zu bitten. Doch bevor wir ihm noch von unserem großen Vorhaben berichten konnten, nach Rom zu pilgern, um die Befreihung der Isenberger vom Kirchenbann zu erwirken, erzählte uns Bernhard, was er in der Zwischenzeit gehört hatte. Im Nachhinein denke ich, dass Bernhards traurige Nachricht schon ein böses Omen gewesen sein könnte, aber ich bin nun mal keine Christin, sondern glaube vielmehr, dass es geheimnisvolle Verstrickungen geben kann, denen wir Menschen ausgeliefert sind. Jedenfalls hatte sich Bernhard auf den Weg gemacht, weil er es für seine Pflicht hielt, seinem Freund Graf Friedrich davon zu künden, dass dessen Frau Sophia gestorben sei. Ihre letzten Wochen müssen schrecklich gewesen sein. Zum Zeitpunkt der Flucht von der Isenburg war Sophia schwanger. Nach ihrer Heimkehr nach Limburg hatte sie jede Nahrung verweigert und allen geistlichen Beistand zurückgewiesen. Sie verhungerte, und mit ihr starb das ungeborene Kind.

Ich erläuterte Fred später, was in Sophia vorgegangen sein mochte, denn aus Bernhards nüchternen Bericht konnte man schließen, dass auch er die Beweggründe ihres Verhaltens nicht verstanden hatte. Wahrscheinlich hatte sie sich die alleinige Schuld am Untergang ihrer Familie gegeben und konnte es nicht ertragen, dass ihr Mann sie verstoßen hatte. Nun sollte sie trotzdem sein Kind gebären. Es wäre ein Kind gewesen, das sie immer daran erinnert hätte, welchen Verrat sie begangen hatte. Sophias Tod war in meinen Augen Selbstmord gewesen. Sich aktiv zu töten, verbot ihre ach so christliche Erziehung. Mit ihrem Verrat und ihrer Schande weiterzuleben, vermochte sie jedoch nicht.

Ich selbst war sehr traurig. Sophia war eine schöne Frau und kaum zehn Jahre älter als ich. Sie hätte eine Zukunft haben können, doch ihr Gewissen erlaubte es ihr nicht, noch einmal neu anzufangen.

Friedrich war am Boden zerstört. Er hatte sich vor seiner Flucht nicht einmal von seiner Frau verabschiedet. Er hatte sie verstoßen und musste sich jetzt zurecht die Mitschuld am tragischen Ende Sophias und des ungeborenen Kindes geben. Das Ganze entwickelt sich immer mehr zu einer griechischen Tragödie, dachte ich.. Hoffentlich würden wir nicht gerade jetzt den letzten Akt mit dem Untergang der tragischen Helden erleben.

Es dauerte eine Weile, bis wir unsere Fassung wieder gewonnen hatten. Dann legten wir Bernhard unsere Pläne dar. Man merkte richtig, wie der alte Ritter langsam wieder in bekannte Gewässer kam, denn so unangenehm ihm seine Botschaft auch vorgekommen sein musste, nun konnte er wieder mit Rat und vor allem Tat dienen. Bernhard war von unserem Vorhaben gleich begeistert und bot sich natürlich an, uns zu begleiten. Das hatten wir heimlich gehofft und nahmen dankbar an.

Gut eine Woche später brachen wir endgültig auf. Bestens ausgerüstet ritten wir zunächst nach Hattingen, um dort etwas über den Notarius in Erfahrung zu bringen.

Wie erstaunt waren wir, als wir auf dem langgezogenen Berghang östlich der Stadt eine rege Bautätigkeit bemerkten. Die meisten Bäume waren bereits abgeholzt, und offenbar schickte sich Graf Adolf von Altena an, dort eine neue Burganlage zu errichten. Um keine unnötige Gefahr einzugehen, hatten wir Friedrich und seine Brüder bereits vor Bochum in einer Scheune am Hellweg zurückgelassen, und so blieb ihnen erspart zu sehen, was aus der Isenburg geworden war.

Ich hielt mir vor Schreck die Hand vor den Mund, als ich den riesigen Trümmerhaufen auf dem Isenberg sah. Mir stiegen die Tränen in die Augen. Das war also alles, was von der einst so stolzen Festung übrig geblieben war, in der Fred und ich im vergangenen Jahr so viele glückliche Tage verbracht hatten.

In Hattingen gab man uns bereitwillig Auskunft, denn von fremden Adeligen erwartete man natürlich auch eine Belohnung. So erfuhren wir recht schnell, dass Graf Adolf sich nun Graf von der Mark nannte, wahrscheinlich um zu verdecken, dass er und Friedrich aus demselben Geschlecht der Grafen von Altena-Nienbrügge stammten. Die neue Burg, die er da „auf dem blanken Steine" errichten ließ, wie unser Informant die Stelle bezeichnete, sollte hauptsächlich darüber wachen, dass die Isenburg nie wieder aufgebaut würde. Um dies zu erreichen, wollte Graf Adolf eine ganze Kette von Burganlagen, jeweils in Sichtweite zur nächsten, das ganze Ruhrtal hinauf bauen lassen. Die nächste schon geplante Burg sollte bei Wetter auf Volkmars Stein entstehen. Es hatte sich also bereits viel geändert in dem knappen halben Jahr, seitdem wir auf der Flucht waren, aber der Isenbergische Notarius war noch in der Stadt. Er stand sozusagen unter Hausarrest, ähnlich wie Friedrichs Brüder in Münster und in Osnabrück. Wir hatten uns schon so etwas ähnliches erhofft, denn ein Kundiger der Schrift und des Lateins wurde in dieser Zeit stets gebraucht. Wahrscheinlich würde der „Altenaer" oder besser nun „Märker" ihn über kurz oder lang in seine Dienste übernehmen.

Für uns war klar, dass es eine Aufgabe für Ritter Bernhard war, den Notarius aus der Stadt zu schmuggeln, und tatsächlich traf er schon nach wenigen Stunden mit dem Mann am ausgemachten Treffpunkt ein. Der Notarius war total verängstigt, denn er erkannte uns sofort, obwohl ich mich nur an ein oder zwei kurze Gelegenheiten erinnern konnte, bei denen ich ihn gesehen hatte.

Als wir den Mann, der sich übrigens Tobias nannte, in unsere Pläne einweihten, ihn mit der Abschrift der großen Vogteirolle Friedrichs nach Rom mitzunehmen, brach er uns vor lauter Angst fast zusammen. Doch Bernhard brachte ihn mit ein paar Drohungen und Versprechungen schnell zur Räson. Blieb nur noch die Vogteirolle selbst. Tobias behauptete, er habe die Abschrift unter der Diele seines Hauses versteckt, und tatsächlich fand Bernhard sie dort auch kurze Zeit später. Die Wachen, die er bereits zuvor niedergeschlagen hatte, würden noch einige Stunden lang selig schlafen. Damit blieb uns genug Zeit, um zu verschwinden. Bei der Begegnung mit Graf Friedrich fiel der Notarius bibbernd auf die Knie und beteuerte, er sei den

Isenbergern stets treu geblieben. Wir kauften uns in Bochum noch ein Pferd sowie Mäntel und Ausrüstung für unseren neuen Begleiter und begaben uns auf die lange Reise.

Bis jetzt war alles glatt gegangen, zu glatt für meinen Geschmack. Um unser Glück nicht allzu sehr herauszufordern, lenkten wir unsere Pferde so schnell wie möglich auf Bergisches Gebiet, um nicht den Altenaer Häschern in die Hände zu fallen. Die Grafschaft Berg gehörte ja seit Engelberts Tod den Limburgern, und vor denen brauchten wir uns natürlich nicht zu fürchten. Über Siegburg erreichten wir dann endlich den Rhein.

Nachts schliefen wir meistens draußen etwas abseits der großen Wege. Dazu führten wir auf Packpferden eigens zwei große Turnierzelte mit. Die Begegnungen mit anderen Reisenden oder fahrenden Adeligen verliefen meist ohne Probleme. Wir fragten, wo sie hinwollten, und sie wollten wissen, was unser Ziel sei. In vielen Fällen brauchten wir kaum zu lügen, doch unsere Geschichte von den pilgernden Romfahrern mit der mongolischen Prinzessin mussten wir fast immer wieder erzählen, denn natürlich hatten die anderen mich gesehen, zumal ich mich auch weiterhin weigerte, den abendländischen edlen Frauen gemäß, mein Gesicht mit Tüchern einzurahmen sowie eine Kappe oder Haube mit Schleier zu tragen. Bislang wirkte unsere Geschichte jedes Mal. An eine der vielen Zollstellen eines der Rheinfürsten wollte mich ein Scherge vom Pferd herunter holen, aber das bekam ihm schlecht. Mit einem gezielten festen Tritt vor sein Kinn brachte ich den Mann zu Fall, bevor Bernhard oder jemand anderes aus unserer Gruppe eingreifen konnte. Der Scherge stand wieder auf und schüttelte sich. Doch ließ er die „mongolische Wildkatze“, wie er mich nannte, danach in Ruhe. In einer Schenke, ich glaube es war in der Nähe von Mainz, dachten einige Angetrunkene offenbar, sie könnten mich haben, wahrscheinlich weil ich, wie stets, mein Haar offen und lang trug. Den dezenten Hinweis Bernhards, ich sei eine mongolische Prinzessin, quittierten sie mit einem lauten kollektiven Auflachen. Sie meinten, die Ritter hätten mich auf der Straße gemietet, weil eine adelige Dame blass und halb verschleiert zu sein habe, und sie hielten sich in der Überzahl für weitaus stärker. Bernhard und Friedrich wurden allein mit ihnen fertig, die anderen brauchten sich nicht einmal einzumischen.

Ich weiß nicht, warum uns der Teufel geritten hatte, aber wir hatten uns nach einigen Wochen in den Kopf gesetzt, wir müssten wieder einmal eine Burg von innen sehen, um richtig zu schlafen und um uns einmal richtig waschen zu können. Aber musste es ausgerechnet die Reichsburg Trifels sein?

Der Reichsvogt war ein netter Mann, und er schien uns unsere Geschichte auch zu glauben, so wie sie ihm von unserem Führer, Ritter Bernhard, erzählt wurde. Jedenfalls nahm er uns gern auf, denn außer uns gab es noch eine Reihe anderer adeliger Gäste. Sie alle waren gekommen, um den berühmtesten unter den Sängern des Reiches einmal höchstpersönlich zu sehen. Der nun schon ältliche Walther von der Vogelweide hatte auf der Trifels Quartier bezogen, und er war gern gewillt, den Gästen des Reichsvogtes eine Kostprobe seiner Kunst zu geben.

Fred und ich waren ganz gespannt, den ungekrönten König der Minne- und Reichssänger einmal im Original sehen und hören zu dürfen. Außerdem empfand Fred es geradezu als eine besondere Ehre, einmal in der Trifels zu Gast zu sein, bevor sie eine Ruine sein würde. Mein ritterlicher Gemahl hatte mir erzählt, dass hier vor 30 Jahren sein Idol König Richard Löwenherz von England gefangen gehalten wurde, bis dessen treuer Diener Blondel ihn ausfindig machen konnte. Meine Begeisterung beschränkte sich indessen eher auf solch profane Dinge wie die Wanne mit sauberem heißen Wasser oder das Bett mit den weichen Fellen. Man hatte uns ein Turmzimmer zugewiesen, und wir genossen die herrliche Aussicht über die Oberrheinebene. Dann wurde die Wanne nebst Wasser heraufgeschleppt, und die Bediensteten gaben an, sie könnten leider nur dieses eine Mal kommen, weil so viele edle Leute in der Burg weilten, dass sie bereits in der Minderzahl seien. Ich entließ sie mit einer großzügigen Handbewegung und bedeutete, dass wir gut allein zurecht kämen, immerhin hätten wir das auf unserer Pilgereise ja bisher auch gemusst. Die zwei Frauen und zwei Männer waren richtig froh, dass sie diesmal nicht festgehalten wurden, weil wieder einmal eine adelige Dame meinte, ihre Bedürfnisse seien wichtiger als die aller anderen.

Ich legte also meine Kleider ab und stieg in die Wanne. Fred schaute mir derweil genüsslich zu. Er sei viel zu höflich erzogen, als dass er mir das Wasser streitig machen würde, meinte er noch. Ich glaubte, nicht richtig gehört zu haben und bedeutete ihm, mit hinein zu kommen, was er dankend ablehnte. Stattdessen hob er an, mir einen Vortrag über den Minnegesang im Allgemeinen, über die sogenannte niedere Minne und den Gesang zum Lobe des Reiches zu halten. Direkt neben mir stehend hatte er gerade mit seinen Ausführungen begonnen, als ich ihn einfach an seinem offenen Wams ergriff und in die Wanne zog. Mit einem lauten Aufschrei klatschte mein Gemahl kopfüber ins Nass. Prustend kam er wieder hoch.

„Siang, warum tust du das?"

„Du hast doch gehört, es gibt nur einmal Wasser"; erklärte ich ihm sanftmütig.

„Aber es gibt hier doch so viele Dinge zu sehen und zu lernen", wagte er zu protestieren.

„Dann fang doch damit an, mich einzuseifen", forderte ich ihn auf. „Aber zieh dir bitte vorher dieses stinkende Etwas von Kleidung aus!"

Dabei versuchte ich, ihm das dreckige Wams über den Kopf zu ziehen. Schließlich half er mir halbherzig. Als er es letztlich auch geschafft hatte, sich die Hosenbeine abzustreifen, konnte ich es nicht lassen, ihn mit meinen Füßen zu necken. Endlich kapierte mein sturer Ritter, was ich von ihm wollte.

Was in dem natürlich viel zu kleinen Waschzuber mit soviel Umstand begonnen hatte, setzten wir anschließend ausgiebig auf den weichen Fellen des Bettes fort.

Viel später fuhr mir Fred zärtlich mit seinem Zeigefinger vom Kopf bis zum Bauchnabel.

„Habe ich nicht richtig mitgerechnet?" fragte er mich dabei leise.

„Doch, hast du schon, aber ich habe was für die Verhütung getan", antwortete ich.

Fred blickte mich erstaunt an.

„Wie soll das in dieser Zeit möglich sein?"

„Fred, zu allen Zeiten haben bestimmte Frauen gewusst, was sie da tun können. Sieh mal, bei uns in China besteht zum Beispiel das Verbot, mehr als ein Kind zu bekommen. Ehepaare, die dagegen verstoßen, müssen Strafsteuern zahlen. Trotzdem gibt es bei weitem nicht genügend

Verhütungsmittel, aber der überwiegende Teil des Volkes hält sich an dieses unnatürliche Gesetz. Wie kann das sein?“

„Ihr greift auf uralte Mittel zurück?“ meinte Fed zögerlich.

„Genau, und es gibt auch heute noch Frauen, die darüber Bescheid wissen. Hier in Europa musste es ebenfalls so sein. Und tatsächlich, heilkundige Kräuterfrauen haben noch das alte Wissen, das die Kirche bei euch am liebsten ausrotten würde.“

Jetzt ging ihm offenbar ein Licht auf.

„Daher hast du immer so lange mit der alten Vettel in der Küche geredet.“

„Sag nicht so was, Fred. Die alte Vettel, wie du sie so abfällig nennst, ist eine sehr weise Frau. Nur, wenn die Kirche dahinterkommt, wie sie den Menschen hilft, dann würde man sie als Hexe verbrennen. Den Ahnen sei Dank, dass dies bei euch in eurem alten Sachsenland noch weit verbreitet ist. Deine Vorfahren in dieser Zeit griffen noch häufig auf das alte heidnische Wissen zurück.“

„Es gibt also tatsächlich bestimmte Kräuter, die eine Art von Verhütung bewirken?“

„Genau, sie machen den männlichen Samen unfruchtbar“, teilte ich ihm schonungslos mit.

Unwillkürlich griff er sich in den Schoß und wurde blass.

Ich schüttelte lachend den Kopf.

„Den edlen Teilen der Männer wird dabei kein Leid zugefügt“, beruhigte ich ihn.

Zum Bankett zu Ehren des großen Sängers hatte uns der Reichsvogt die hintere Ecke des großen Tisches in der Mitte des Saales zugewiesen. Wir hatten unsere frischen Kleider aus dem Gepäck angelegt und unterschieden uns so nicht sonderlich von den übrigen Gästen. Der Reichsvogt stellte uns den anderen vor, wobei er ihnen wiederum unsere Geschichte vortrug. Wir ernteten dafür ein vielfaches zustimmendes Kopfnicken aus der edlen Runde. Ich musste öfters bei den anderen nachfragen, was genau gesagt wurde, denn ich hatte die Kultursprache dieser Zeit, das Mittelhochdeutsche, so schnell natürlich nicht lernen können. Daher blieb mir die Bedeutung so mancher Ausdrucksweise noch verborgen. Immerhin befanden wir uns ja nun außerhalb des Bereiches, in dem das spröde westfälische Sächsisch des Nordens gesprochen wurde. Fred hatte es da leichter gehabt, denn er hatte schon einige entscheidende Seminarstunden mit dem Studium dieser Sprache hinter sich. Außerdem interessierte er sich schon in der Schule brennend dafür.

Ich hatte den Eindruck, dass der Meister selbst öfter als gewöhnlich in unsere Richtung schaute. Trotzdem verzog er keine Miene, und nichts aus seinem Gehabe konnte verraten, was er von uns dachte. Anfangs glaubte ich noch, dass er, wie die meisten anderen auch, meine Erscheinung als fremdartig, ja exotisch empfand und dass ihn meine langen schwarzen Haare faszinierten, aber später war ich mir dessen nicht mehr so sicher. Vielmehr spürte ich, dass seine Blicke direkt in unsere Seelen eindrangen und er uns im tiefsten Inneren durchschaute.

Als er dann noch auf der Laute eine unglaublich traurig-schöne Melodie anspielte, war ich überzeugt, dass es die gleiche war, die Fred und ich immer in unseren Albträumen zu hören bekommen hatten. Dazu sang er einen eigentümlichen Text von der Veränderung der Welt:

Owe war sint verswunden alliu miniu jar!
Ist mir min leben getroumet, oder ist ez war?
Daz ich ie wande es waere, was daz alles iht?
Dar nach han ich geslafen und enweiz es niht.
Nu bin ich erwachet, und ist mir unbekant
Daz mir hie vor was kündic als min ander hant.
Liut unde lant, dar inn ich von kinde bin erzogen,
die sint mir worden frömde, reht als ez si gelogen.
Die mine gespilen waren, die sint traege unt alt.

Oh weh, wohin sind verschwunden alle meine Jahre!
Habe ich mein Leben nur geträumt, oder ist es wirklich geschehen?
Das, von dem ich wähnte, es sei geschehen, war das die Wirklichkeit?
Demnach habe ich geschlafen und weiß es nicht.
Nun bin ich erwacht, und alles ist mir unbekannt,
das, was mir vorher vertraut war, wie meine eigene Hand.
Die Leute und das Land, in dem ich von Kind auf erzogen wurde,
die sind mir alle fremd geworden, so als wäre alles nicht wahr,
und diejenigen, die meine Gespielen waren, sind nun träge und alt.

Mir lief es eiskalt den Rücken hinunter, und Fred schien es ebenso zu gehen. Gleichzeitig faszinierte mich die Meldodie und ließ mich nicht mehr los. Es war, als weissagte uns dieser Walther von der Vogelweide unsere eigene Zukunft, als würde er uns in diesem Lied voraussagen, dass wir Jahre später nach Hause zurückkehren würden, wenn alle unsere Freunde schon alt wären. Am liebsten hätte ich mich vor dem durchdringenden Blick des alten Sängers versteckt, und ich wäre aus dem Saal gelaufen, wenn mich nicht sein Blick so auf die Stelle gebannt hätte. Doch dann wandte er sich unseren Begleitern zu, und seine Augen hefteten sich geradezu auf Friedrich fest, und der wurde schreckensbleich, als Walther zur Totenklage für Erzbischof Engelbert anhob:

Swes leben ich lobe, des tot den will ich iemer klagen.
So we im der den werden fürsten habe erslagen
Von Kölne! Owe des daz in diu erde mac getragen!
Ine kann im nach siner schulde keine marter vinden:
Im waere alze senfte ein eichin wit umb sinen kragen.
In will sin ouch niht brennen noch zerliden noch schinden
Noch mit dem rade zerbrechen noch ouch dar uf binden:
Ich warte allez ob diu helle in lebende welle slinden.

Wes‘ Leben ich gepriesen, des‘ Tod will ich beklagen.
Verflucht sei, wer den Kölner Fürsten hat erschlagen.
weh, o weh! Dass ihn die Erde hat getragen!
Für diese Schuld ist keine Strafe schwer genug zu finden.
Zu sanft für ihn ist alles: So der Strick um seinen Kragen,
Verbrennen ist zuwenig, Zerreißen auch und Schinden, auch
seine Knochen brechen oder auf das Rad ihn binden:
Drum wart‘ ich drauf, dass lebend ihn
Die Höll‘ verschlinge für seine Sünden.

Wir wollten nicht mehr länger warten, denn die aufkeimende Panik stand uns allen ins Gesicht geschrieben. Selbst der sonst immer so ruhige Bernhard fürchtete jeden Moment, dass wir von der Bühne her öffentlich entlarvt werden konnten. Trotzdem mussten wir wohl oder übel noch ausharren bis der Sänger eine Pause einlegte, damit wir den Saal einigermaßen unauffällig verlassen konnten. Doch der greise Walther von der Vogelweide ließ sich nicht anmerken, dass er uns erkannt hatte.

„Er muss das Zweite Gesicht haben“, raunte ich Fred zu.

„Aber, wenn er uns bis in die Seelen blicken kann, dann müsste er auch sehen, dass wir unschuldig sind“, gab Fred zurück.

„Immerhin hat er uns bis jetzt nicht auffliegen lassen“, meinte ich.

„Vielleicht hat er uns allen ja nur sagen wollen, was uns erwarten wird“, vermutete Fred.

Ich hoffte es nicht. Ob die anderen die gleichen Schlüsse zogen, haben wir nie erfahren, denn wir sprachen nicht mehr darüber. Jetzt ging es sowieso nur darum, die Trifels so schnell wie möglich zu verlassen.

Endlich legte der Sänger seine Pause ein, aber seine Blicke streiften uns immer wieder. Viele der anderen Gäste gingen zu ihm, um ihn persönlich zu begrüßen, und es bildete sich eine regelrechte Menschentraube um Walther herum. Das war unsere Chance.

Nacheinander verließen wir den Saal. Fred und ich eilten die Treppen zu unserem Turmzimmer hinauf. Kaum war die Tür auf, da legte Fred schon das Kettenhemd an und schnallte sich den Gürtel mit dem Schwertlauf um. Mit einem wehmütigen Blick auf die Wanne wandte ich mich wieder der Treppe zu. Unten trafen wir auf die anderen. Auch sie hatten ihre Waffen angelegt. Bernhard führte bereits unsere Tiere aus den Ställen. Doch bevor wir aufsitzen konnten, stellten sich uns etwa 20 Mann der Wache entgegen. Bernhard zog sein Schwert und ging auf die Schergen zu.

„Ich bin Ritter Bernhard von Horstmar!“ rief er den Männern entgegen. „Vielleicht habt ihr ja schon von mir gehört. Und meine Begleiter haben bereits ehrenvoll gegen die Mongolen gekämpft. Viele haben einen solchen Versuch nicht überlebt. Wir sind fünf kampferprobte Ritter, und wir werden allemal mit der doppelten Anzahl von euch fertig. Überlegt es euch gut!“

Mittlerweile war er schon nahe an die Bewaffneten herangetreten. Die Soldaten des Reichsvogts schauten sich unschlüssig um. Jetzt zogen auch Friedrich, Engelbert, Dietrich und Fred ihre Schwerter. Ich erinnerte mich an ein Kunststück, das wir immer in der Dressurschule geübt hatten. Also machte ich einen Bogen und lief von hinten auf mein Pferd zu. Die langen Kleider hinderten mich zwar kolossal, aber ich wagte es trotzdem. Mit einem Satz stieß ich mich vom Boden ab, bekam mit beiden Händen das Pferd zu fassen und saß mit einem Schwung im Sattel. Das musste ihnen einen kleinen Eindruck von den Reitfähigkeiten der Mongolen vermitteln. Mit einem schrillen Ruf gab ich dem Pferd die Sporen und sprengte schon nach wenigen Metern mitten durch die Gruppe der Bewaffneten. Die wussten kaum wie ihnen geschah und stoben auseinander. Das war das Zeichen für die anderen. Blitzschnell steckten sie ihre Schwerter ein und saßen auf. Dann ritten sie mir nach, dem Ausgang entgegen. Niemand wagte es, uns weiter aufzuhalten. Bis der Reichsvogt die Meldung von unserem verdächtigen Aufbruch erhielt, waren wir schon auf halbem Weg den Berg hinunter.

Praktisch den ganzen Juni verbrachten wir damit, uns an den staufischen Burgen vorbeizuschleichen, immer auf der Hut vor den Häschern der jeweiligen Ministerialen. Gut, dass wir Bernhard bei uns hatten, denn er führte uns sicher auf wohl nur ihm bekannten Wegen durch den Schwarzwald, über den Neckar und quer durch die Schwäbische Alb und dann flussaufwärts am Lech entlang. Die bequemste Passroute über den Brenner blieb uns wegen der großen Entdeckungsgefahr verschlossen, und der direkte Weg vom Rheintal nach Süden durch die schmalste Stelle der Alpen über den Sankt Gotthardt wartete noch auf ihre Erschließung, so hatte mir Fred erzählt. Erst in etwa 70 Jahren würde es den Anwohnern in Uri gelingen, die sogenannte „Stiebende Brücke“ durch die Schöllenenschlucht zu bauen. Dann erst konnten auch Pferdewagen über den Gotthardt geleitet werden, und der Pass würde enorm an Bedeutung gewinnen. Da es die Habsburger auf dieses Gebiet abgesehen hatten, und die Gotthardt-Anreiner aus Uri, Schwyz und Unterwalden um ihre Reichsunmittelbarkeit kämpfen mussten, würde zu dieser Zeit die Geburtsstunde der Schweiz schlagen.

Uns blieb derweil nur der Ausweg über den Reschenpass, den wir schließlich über Füssen, den Fernpass und das Inntal erreichten.

Auf der Nordseite war der Weg teilweise in den Berg gehauen worden, und unsere Pferde wurden unruhig, weil sie die hohen Abstürze der Felsen nicht gewohnt waren. Wir mussten absteigen und die Tiere immer wieder beruhigen, denn an manchen Stellen weigerten sie sich, auch nur noch einen Schritt weiterzugehen. Einmal rutschte der Notarius so unglücklich aus, dass er über den Fels stürzte und sich nur noch mit einer Hand am Rand festhalten konnte. Auf dem Bauch liegend packte Fred, der direkt hinter ihm gegangen war, den Notarius bei den Armen, während wir anderen Fred an den Beinen ziehend mit samt unserem Tobias wieder zurück auf den Weg holten. Der arme Kanzlei-Schreiber brauchte danach erst einmal eine ganze Stunde, bis er in der Lage war, weiterzugehen.

Nachdem wir die Passhöhe erreicht hatten, ging alles viel leichter. Durch langgezogene breite Terrassen führte der Weg langsam, aber stetig hinab nach Meran, und von dort aus war es nicht mehr weit bis in das große Tal der Etsch. Hier auf der italienischen Seite der Alpen kannte uns niemand mehr, und innerhalb weniger weiterer Tage gelangten wir in die Poebene. Trotzdem dauerte es noch fast bis zur Mitte des Monats August, bis wir endlich nach Überwinden des Appeninen-Gebirges auf staubigen Straßen an der Küste entlang in die Ewige Stadt Rom einzogen.

Nach zwei langen Tagen des Wartens wurden wir bei der Kurie vorgelassen, und nur zwei Stunden nachdem wir alles berichtet hatten, was geschehen war, durften wir wieder vortreten. Friedrich und seine Brüder wurden vom Kirchenbann befreit, und sie erhielten ihre Absolution. Schriftlich bestätigte man ihm, dass er berechtigt sei, auf legalem Wege seine Rechte zurückzufordern. Für den Grafen von Isenberg und seine Familie war dies ein großer Sieg. Und wir hatten unseren Anteil daran gehabt. Also hatten sich letztlich die vielen Strapazen und die Wagnisse dieser langen Reise gelohnt. Nach Monaten der Ungewissheit waren wir erstmals alle gemeinsam wieder guter Dinge, und wir feierten unseren Erfolg in den Tavernen Roms. Fred und ich glaubten damals, es wäre uns wirklich gelungen, dem Gang der Dinge in dieser Zeit ein Schnippchen zu schlagen.

Mit diesem Hochgefühl traten wir Ende August den Rückweg an. Wir würden diesmal schneller sein müssen, denn mehr als zwei Monate durften wir nun absolut nicht unterwegs sein. Bernhard und Friedrich wussten genau, warum. Die Isenbergischen Brüder hatten wir allerdings nicht in diese Dinge eingeweiht, sie sollten zu allen Zweifeln, die sie sowieso schon hatten, nun nicht auch noch ihren Glauben in Frage stellen müssen.

Unser Unglück begann in den Alpen. Um Zeit und Weg zu sparen, hatte uns Bernhard diesmal über Parma und Mailand zum Comer See geführt. Wir wollten durch das Bergell über den Maloja-Pass ins Engadin ziehen und von dort aus über den Julierpass hinunter nach Chur ins Rheintal. Doch auf den Höhen der Alpen hatte bereits nach einem Wettersturz ein sehr früher Winter eingesetzt, und die Pässe waren eigentlich schon nicht mehr begehbar. Verzweifelt suchten wir nach Führern, die das Wagnis trotzdem eingehen würden, uns über die Alpen zu geleiten, denn ein Umweg über den niedrigen Brennerpass hätte uns sicher mehr als zwei ganze Wochen gekostet. Es war aber bereits Mitte September und die Zeit drängte.

Der Not gehorchend machten wir uns also ohne Führer auf den Weg, allein Bernhards Instinkten vertrauend. Bis auf die Maloja-Passhöhe war es schon sehr anstrengend, denn unsere Pferde bekamen zu der Höhenangst noch den rutschigen und nassen Frühschnee dazu. Im Hochtal des Engadins setzte noch ein Scheesturm ein, der uns die letzten Kräfte abverlangte. In einer kleinen hölzernen Hütte, nicht weit vom Abzweig zum Julierpass mussten wir uns erst einmal vor dem Wetter schützen. Es war kalt und feucht, doch auch zwei Tage später fegte noch immer der Schneesturm um die Holzbalken. Zu allem Übel wurde Friedrichs Bruder Dietrich noch krank. Praktisch von einer Stunde zur anderen bekam er hohes Fieber und war nicht mehr in der Lage, auf seinen eigenen Beinen zu stehen. Zurück konnten wir nicht mehr. Wir saßen fest und waren von jeglicher Versorgung abgeschnitten. Wir entschieden uns für den einzigen Ausweg, der uns blieb: wir wickelten Dietrich in dicke Decken und legten ihn auf ein hölzernes Gestell, das wir zwischen zwei Packpferden banden und zogen weiter. Die Passhöhe des Julier konnte nicht so weit entfernt sein, und von dort aus würde es bestimmt wieder besser werden. Doch der Sturm wütete nur noch schlimmer, und bald konnten wir die Hand vor den Augen nicht mehr sehen. Bernhard war nicht zu stoppen, stur setzte er einen Fuß vor den anderen und zog sein Pferd an den Zügeln nach. Wir machten keinen Halt, sondern stapften weiter, auch als es längst Nacht geworden war. So gelangten wir im

Morgengrauen nach Tiefencastel. Erst hier im ersten Licht des neuen Tages machten wir die schreckliche Entdeckung: Dietrich war tot. Er musste über Nacht auf dem Pass gestorben sein.

Wir begruben ihn nach Pilgerart am Wegesrand. Natürlich waren Friedrich und Engelbert verzweifelt, aber für Vorwürfe blieb keine Zeit. Wir mussten aus dem Schnee heraus. Bis wir endlich in Chur ankamen, hatten wir schon leichte Erfrierungen erlitten. Wir hatten keine andere Wahl und mussten hier eine Pause einlegen.

Dafür bekamen wir etwas Ruhe, um über die Dinge nachzudenken, die jetzt anstanden. Denn nicht nur wir, sondern auch Friedrich selbst und sein verbliebener Bruder Engelbert standen unter Zeitdruck.

Die Nachricht von der Freisprechung der beiden vom Kirchenbann würde uns auf jeden Fall vorauseilen, und das bedeutete, die Isenberger mussten gewaltig auf der Hut sein. Ihre Feinde im Reich würden bald wissen, dass sie noch unter den Lebenden weilten und vor allem, dass sie gewillt waren, um ihre Rechte zu kämpfen. Sie mussten Friedrich in ihre Hände bekommen, so lange er im Reich noch geächtet war, denn danach würde es für eine legale Tötung des Grafen von Isenberg zu spät sein. Wir mussten also damit rechnen, dass man uns auflauern würde, irgendwo am Rande des Weges, zumindest aber im und rund um das Herzogtum Westfalen. Es würde ein Wettlauf mit der Zeit werden – genauso wie für mich und Fred.

Daher beschlossen wir, nicht auf den normalen Wegen am Rhein entlang nach Norden zu gehen, sondern über die westlichsten Gebiete des Reiches auszuweichen. Der sicherste Ort, den Friedrich erreichen konnte, war und blieb die Limburg, also die Herrschaft seiner Schwiegereltern und seines Schwagers, wo auch sein ältester Sohn und Erbe Dietrich auf ihn warten würde. Von dort aus konnte Friedrich seinen legalen Kampf beginnen. Ohne sich selbst in Gefahr zu bringen, konnte er einen Vorsprecher zum Königsgericht schicken, das seine Verhandlung wiederaufnehmen müsste, nachdem er nicht mehr von der Kirche gebannt war. Und dann gab es für Friedrich noch einen Grund. Vielleicht war es für ihn sogar der wichtigste Grund, nach Limburg zu gehen. Dort lag seine Frau Sophia begraben. Friedrich wollte an ihrem Grab beten und sie um Verzeihung bitten.

Kapitel 10

Das Ende bleibt vorbestimmt

Fred Hoppe, Oktober 1226

Ich hatte schon ein ungutes Gefühl, als wir uns auf dem kleinen Frachtkahn auf der Maas einschifften. Bis hierher hatten wir es trotz mancher brenzliger Situationen geschafft, ohne aufzufallen, doch jetzt würden wir bald das Gebiet des Bischofs von Lüttich erreichen. Von der Stadt aus war es zwar nur noch ein Ritt von wenigen Stunden flussaufwärts entlang der limburgischen Weser bis zu der Stammburg von Friedrichs Schwiegereltern, doch gerade in Lüttich konnte noch viel passieren. Wenn alles klappte und wir Friedrich und seinen Bruder Engelbert wohlbehalten bis zur Limburg gebracht hatten, wollten Phei Siang und ich mit Ritter Bernhard gleich weiterreisen, um pünktlich zum Monatsende an der Klutert zu sein. Diesmal würde es ein Abschied für immer sein, doch Friedrich würde von da an allein zurecht kommen. Das war unser größter Trost in all der traurigen Stimmung, die sich mittlerweile unter uns ausgebreitet hatte. Wir hatten zwar endlich nach langer Reise die Freisprechung der Isenberger vom Kirchenbann erreicht, aber Friedrichs Bruder Dietrich war nicht mehr bei uns. Er war in den Alpen an Erschöpfung und Kreislaufversagen auf Grund einer plötzlich aufgetretenen Krankheit gestorben. Die ganze Sache mit der Ermordung des Erzbischofs von Köln hatte bereits viel zu viele Opfer gekostet.

Unser Fährmann war ein einsilbiger Bursche, der sich nichts daraus machte, dass wir mit unseren Pferden und unserem Gepäck seinen ganzen Kahn in Beschlag nahmen. Immerhin war er für die Passage nach Lüttich mehr als gut entlohnt worden. Wir hatten uns wacker durchgeschlagen auf dem linksrheinishen Weg, der uns von der Reichsstadt Basel über Colmar und Straßburg hinauf nach Metz und dann weiter nach Norden bis an die Maas geführt hatte. Falls man uns irgendwo auflauern wollte, wäre dies eigentlich nur an der Hauptstrecke nach Köln oder Frankfurt möglich gewesen sein. Mochten sie doch dort warten, bis sie schimmelig wurden. Im Nachinhein betrachtet war es schon ein Wunder, dass ein Graf, der mit der Reichsacht belegt war, sich in eben diesem Reich so weit nach Süden und wieder zurück bewegen konnte, ohne entdeckt zu werden. Aber zu einem großen Teil hatte Friedrich das auch nur mit unserer Hilfe schaffen können.

Schon lange fragten Phei Siang und ich uns nicht mehr, ob es uns nun wirklich gelungen sei, den vorgesehenen Ablauf der Ereignisse in dieser Zeit zu verändern, wir waren müde geworden, darüber zu spekulieren. Wir wollten, das gebe ich ehrlich zu, nun wirklich nur noch möglichst bald nach Hause. Sogar unser guter Freund, Ritter Bernhard, zeigte nach den Anstrengungen der letzten vier Monate Anzeichen von Erschöpfung. Der Staub der vielen Straßen klebte an uns allen und hatte unsere Poren mit Gleichmut zugestopft. Wir hatten es nämlich nach den Ereignissen in der Trifels nicht mehr gewagt, auch nur eine einzige Burg anzusteuern. Verglichen mit dem, was hinter uns lag, war die noch vor uns liegende Strecke bis zur Limburg nun wirklich ein Klacks, und unter anderen Umständen wären wir sicherlich alle lieber auf unseren Pferden querfeldein dorthin geritten, aber das ging nun mal nicht. Wir mussten äußerst vorsichtig sein.

Endlich tauchten die Umrisse der Stadt Lüttich auf, und unser Fährmann hielt ohne großes Aufhebens seinen Kahn auf den Hafen zu. Kaum hatte er sein Schiff festgemacht, da waren wir auch schon von Bord. Wir warfen ihm noch ein paar Geldstücke zu und wollten uns gerade auf die Pferde schwingen, da hörten wir ganz in unserer Nähe eine Frau laut schreien. Da um die Boote herum am Kai ein reges Treiben herrschte, mussten wir uns erst mehrmals umsehen, um die Frau zu entdecken. Sie stand regungslos an der Mauer vor dem Wasser und deutete aufgeregt und schreiend auf die vorbeifließende Maas.

„Mein Kind! Mein Kind!“ rief sie mit überschlagender Stimme, doch in der Menge regte sich niemand, um ihr zu helfen. Auch wir waren unschlüssig, doch Friedrich überlegte nicht lang und hechtete mit einem riesigen Satz in das Wasser. Erschrocken blieben wir anderen stehen und warteten, was Friedrich erreichen würde.

In den grauen Fluten der Maas war indessen ein blaues Bündel auszumachen, das verzweifelt gegen den Sog des Wassers ankämpfte. Allein hatte das Kind keine Chance, das rettende Ufer zu erreichen, das sahen wir sofort. Nun aber richteten sich aller Augen auf den fremden Ritter, der sich mutig in das Wasser gestürzt hatte, um das Kind einer völlig fremden Frau zu retten.

„Wenn er nur nicht so verdammt ritterlich wäre", raunte Bernhard uns zu. „Er provoziert zu viel Aufsehen!"

Ungeachtet aller gaffenden Zuschauer und der um ihr Kind fürchtenden zitternden Frau an der Mauer kämpfte sich Friedrich mit kräftigen Schlägen langsam an das blaue Bündel heran. Fast konnte er schon greifen, da ging es vor seinen Augen unter. Sofort tauchte Friedrich in die dunklen Fluten ein. Es dauerte eine halbe Ewigkeit, doch schließlich kam er wieder hoch und hielt das Kind in seinen Armen. Unter dem Johlen der vielen Zuschauer, zu denen sich nun auch viele Wachen und Reisige des Bischofs gesellten, erreichte Friedrich schließlich das Ufer. Er hob das Kind hoch, und die Mutter nahm es dankbar in ihre Arme. Dann erst zog er sich mit eigener Kraft auf die Kaimauer. Er war triefend nass, und sein altes Wams färbte aus.

Mit den Pferden versuchten wir, uns einen Weg durch die Menge zu bahnen, aber das gelang uns nicht. Mit immer größer werdendem Entsetzen mussten wir zusehen, wie Friedrichs Wams mehr und mehr die übertünchte Farbe verlor und aus dem Untergrund sein altes gesticktes Wappen mit der roten Rose im Schild hervorlugte. Friedrich schien die Veränderung gar nicht zu bemerken, bis die Frau, deren Kind er gerade gerettet hatte, laut ausrief:

„Das muss der Isenberger sein! Seht doch, er trägt eine Rose in seinem Schild! Das ist der Isenberger!"

Die Wachen kamen nun heran, gut ausgerüstete 40 Mann stark. Sofort ergriffen sie Friedrich, der erst jetzt merkte, was geschah, und ohne eine Chance auf Gegenwehr führten ihn sechs Bewaffnete ab. Die anderen wandten sich nun uns zu, und die gaffende Menge machte ihnen bereitwillig Platz.

„Aufsitzen und schnell weg!" befahl Bernhard scharf.

Wir gehorchten sofort und saßen bereits im Sattel, als die Meute der Reisigen heran war. Phei Siang ließ ihr Pferd steigen und schaffte sich so Abstand. Wir anderen folgten ihrem Beispiel und bekamen so eine Gelegenheit zur Flucht, bevor uns der Haufen Bewaffneter einkreisen konnte. Trozdem kamen uns noch einige zu nahe. Bernhard stieß dem ersten der Männer, die vor ihm auftauchten, sein Schwert in den Hals, und der Getroffene fiel seinen Kameraden entgegen. Geistesgegenwärtig ergriff Phei Siang die Zügel des Pferdes mit dem Notarius und preschte sofort davon. Ich tat es ihr nach, und hinter mir folgte Engelbert von Isenberg. Bernhard war der letzte, aber er hieb um sich, bis auch für ihn genug Platz zum Durchbrechen vorhanden war. In gestrecktem Galopp ritten wir nun in einer Reihe durch die Gassen, immer gen Osten. Wann immer sich jemand uns in den Weg stellte, ritten wir auf ihn zu oder hoben schlagbereit unsere Schwerter. So gelangten wir schließlich unangefochten aus der Stadt.

Wir hielten nicht eher an, bis wir auf dem für uns sicheren Gebiet des Herzogs von Limburg waren. Unsere Stimmung war mehr als gedrückt. Immer klarer wurde uns, dass alles umsonst gewesen war. Vier Monate lang waren wir gereist, und hatten die Angst vor der Entdeckung über alles gestellt. Wir waren vorsichtig gewesen, hatten uns immer verborgen und waren letztlich glücklich bis nach Rom gekommen.. Hatte der Erfolg der Loslösung vom Kirchenbann unsere Sinne so getrübt? Waren wir hochmütig geworden? Nein, wir waren vorsichtig bis zuletzt, und das hatte uns bis auf etwa 20 Kilometer an unser endgültiges Ziel geführt. Ach, was 20 Kilometer, einige wenige wären es nur noch gewesen, gerade mal aus der Stadt Lüttich hinaus, und schon wäre Friedrich auf sicherem Boden gewesen.

Nein, der Fehler lag nicht bei uns und schon gar nicht bei Friedrich. Jeder in Ehren erzogene Ritter hätte sich für das Kind in die Fluten gestürzt. Die bittere Ironie des Schicksals war, dass Friedrich in dem Moment sein Leben verloren hatte, als er ein anderes Leben rettete. Es sollte also nicht sein, das war die einzige Schlussfolgerung, die möglich war. Friedrich sollte sein Ziel nicht erreichen, er sollte nicht gerettet werden, denn das Schicksal hatte das für ihn nicht vorgesehen. Wir mit unseren kläglichen Versuchen, das drohende Unheil aufzuhalten oder gar abzuwenden, hatten lediglich einen Aufschub erwirkt. Wir hatten nicht das

Gefüge dieser Zeit verändert, ja wir hatten nie eine reelle Chance dazu. Wir hatten dem Ablauf der Geschehnisse lediglich etwas Farbe verlieren, das war die traurige Wahrheit, und so sagte ich sie auch unseren Freunden.

„Wir werden es nicht schaffen, ihn aus den Kerkern des Bistums herauszuholen“, kommentierte Bernhard nüchtern. „Er ist nicht der Notarius und auch nicht der unschuldige Bischof von Osnabrück, er ist der Graf von Isenberg, den sie als Mörder des Erzbischofs nicht entkommen lassen werden, damit sie ihn als Sündenbock hinrichten können.“

Traurig und niedergeschlagen erreichten wir nur wenige Stunden später die Limburg und wurden von der Herzogsfamilie freundlich aufgenommen. Herzog Walram, Friedrichs Schwiegervater, zuckte mit den Achseln.

„Ich kann nichts machen, wir sind im Reich isoliert, und mir sind die Hände gebunden.“

Sein Sohn, Herzog Heinrich, brachte es auf den Punkt, was die Limburger dachten:

„Ich kann es nicht verantworten, einen Krieg gegen das Reich zu führen, den wir verlieren müssen. Außerdem hat Friedrich seine Frau Sophia, die meine geliebte Schwester war, verstoßen, sie ist daran erbärmlich zugrunde gegangen.“

Das war deutlich genug, und wir alle konnten es verstehen. Trotzdem konnte Bernhard keine Ungerechtigkeiten im Raum stehen lassen, so war er nun mal.

„Verzeiht, Herr, aber Ihr habt Euch schließlich mit Friedrich und den anderen gegen Engelbert verschworen. Manche sagen, Ihr wäret sogar der Kopf der Verschwörung gewesen. Den Kopf dafür hinhalten muss nun aber Friedrich, Euer Schwiegersohn und Euer Schwager, ganz allein. Ihr hier, wie auch der Graf von Altena, habt alle daraus Euren Nutzen gezogen!“

Der alte Herzog Walram wurde rot und hustete, sein Sohn Heinrich aber antwortete:

„Wir haben Friedrich noch in Soest von der Geiselname abgeraten, aber er wollte nicht hören, er wollte die Sache allein durchsetzen. Und wenn Ihr mit Nutznießen die Grafschaft Berg meint, Ritter Bernhard, dann müsst Ihr Euch sagen lassen, dass meine Frau immer die rechtmäßige Erbin war. Engelbert hatte sie ihr nur zeitweise entreißen können!“

„Nach außen mögt Ihr Recht haben, Herr, aber ein gewisses Maß an Schuld trifft auch Euch. Macht es nun wenigstens damit wieder gut, dass Ihr etwas für Friedrichs und Sophias Sohn Dietrich tut, darum bitte ich Euch!" ließ Bernhard nicht locker.

Walram schwieg, aber Heinrich überlegte eine Weile, und sagte:

„Bernhard, ich weiß, dass Euch Ehre und Ritterlichkeit über alles geht. Deshalb will ich Euch hiermit heilig versprechen, dass Dietrich bald Friedrichs Rechte bekommen soll. Nur bitte ich Euch, beim Altenaer Großvetter Dietrichs vorzusprechen, damit auch er seinen Teil dazu beiträgt."

Damit war Bernhard, wie es schien, zufrieden gestellt. Er versprach, sich für Dietrichs Rechte als Isenberger Erbe einzusetzen:

„Ihr wisst, dass es nicht leicht sein wird, dem ‚Altenaer' etwas von dem abzuschwatzen, was er sich angeeignet hat, aber so weit ich weiß, ist das Gebiet an der unteren Lenne immer noch von Rechts wegen Isenberger Allodial-Besitz. Vielleicht können wir für Dietrich dort etwas herausschlagen."

Herzog Heinrich war damit einverstanden:

„Wenn nach der Absolution, die Ihr in Rom erreicht habt, nun auch der persönliche Besitz der Isenberger garantiert ist, dann will ich notfalls auch mit Gewalt dem jungen Dietrich seine neue Isenburg an der Lenne bauen lassen."

Wie bei einem Vertrag besiegelten danach der Herzog und der Ritter die Abmachung mit einem Handschlag.

Phei Siang blickte verständnislos in die Runde:

„Es ist schön zu hören, Ihr hohen Herren, wie Ihr Euch um Dietrichs Erbe kümmert, aber noch ist der, den er beerben soll, nicht tot."

„Sorgt Euch nicht, Prinzessin", mischte sich Bischof Engelbert ein, der bis dahin noch gar nichts gesagt hatte, „auch wenn wir Friedrichs Schicksal nicht ändern können, wie es uns Euer Gemahl vorhin erklärt hat, so werde ich wohl erreichen können, dass wir ihn noch ein letztes Mal sehen. Mit der Absolution in der Tasche kann ich ohne weiteres vor den Bischof von Lüttich als Gleichgestellter treten."

Daraufhin blickten wir alle Engelbert an, und der erklärte uns in aller Seelenruhe, dass er sofort am nächsten Morgen

zurück nach Lüttich reiten werde, um mit dem Bischof über unseren Besuchswunsch zu reden.
„Ihr werdet sehen, er wird es mir nicht abschlagen können!" gab sich Engelbert überzeugt.

Phei Siang und ich ließen Bernhard und die anderen mit den Herzögen allein, denn sie hatten noch viele Details zu besprechen, was den jungen Dietrich anging. Diesmal wollten wir uns nun wirklich nicht mehr einmischen. Trotzdem war Dietrich und das Isenbergische Erbe auch für uns noch eine kurze Zeit lang ein Thema.
„Wird der junge Graf tatsächlich das Erbe seines Vaters antreten?" fragte mich Phei Siang.
„Ja und nein. Dietrich wird seine Burg bekommen, und er wird sie nicht Isenburg nennen dürfen, das wird ihm Adolf von Altena-Mark verbieten. Ein weiterer Versuch, die Vogtei über das Stift Essen zurückzugewinnen, wird ebenfalls scheitern. Letztlich, so sagen die Geschichtsbücher, bleibt der Isenburgische Kernbesitz an der Ruhr bei Altena-Mark, ebenso wie die Stadt Nienbrügge bei Hamm. Die kleine Grafschaft, die Dietrich aus dem Erbe retten und aufbauen wird, bekommt ihren Namen nach dem Herrschaftsgebiet seines Großvaters, seines Onkels und letztlich seiner Mutter, und wird Limburg genannt werden. Allerdings spricht man anfangs dann von Limburg an der Lenne und später von Hoch- oder Hohenlimburg."
„Ist das denn gerecht?"
„Du sprichst ja fast wie Bernhard", meinte ich zaghaft lächelnd und nahm ihre Hand. „Aber überleg' doch mal, Dietrich ist ja, wie wir nun wissen, nicht nur Friedrichs Erbe, sondern wohl auch der Sohn des ermordeten Engelbert."
„Ich verstehe", antwortete Phei Siang, „Dietrich wird so etwas sein, wie die personifizierte Versöhnung zwischen beiden Kontrahenten und beiden Geschlechtern."
„Genau, denn die Zeit heilt alle Wunden, so sagt man doch, oder?"
Es sollte jovial klingen, aber dann stellte ich fest, wie unpassend meine Bemerkung war, und ich spürte, wie es mir die Kehle zuschnürte.
Phei Siang merkte das sofort und legte ihren Arm um meine Taille. Gemeinsam lenkten wir unsere Schritte zum Grab Sophias.

„Sie hat die Tragödie kommen sehen und zwar schon damals, als sie Friedrich heiratete und bereits von Engelbert schwanger war", sagte Phei Siang leise. „Aber sie konnte sie nicht verhindern, sondern wurde selbst zum Spielball der einmal geweckten Kräfte."

„Ich habe das Gefühl, Sophia und Friedrich werden uns beide für den Rest unseres Lebens begleiten", meinte ich, „vielleicht sehen wir später an allen Orten, an denen wir gemeinsam gewesen sind, ihre Schatten."

Als wir zur Limburg zurückkamen, waren Bernhard, der Notarius und die beiden Herzöge immer noch in ihr Gespräch vertieft. Wir gingen vorbei, und Phei Siang drückte meine Hand.

„Wir können hier nichts mehr tun, Fred. Lass uns nach Hause gehen!"

Schon am nächsten Abend kam Bischof Engelbert wieder aus Lüttich zurück. Er hatte tatsächlich die Erlaubnis für einen Besuch bei dem Gefangenen erwirkt. Der Bischof von Lüttich hatte ihn zuerst als Verfemten festnehmen lassen wollen, doch als Engelbert ihm die Dokumente der römischen Kurie zeigte, wurde er schnell umgänglicher. Der englische Ritter und die mongolische Prinzessin dürften den Gefangenen sehen, wenn auch nur für kurze Zeit. Andere seien allerdings nicht zugelassen. Der Bischof von Lüttich ging davon aus, dass die beiden Freunde des Isenbergers das Reichsgebiet bald verlassen würden, daher habe er nichts dagegen, wenn sie sich von ihm verabschiedeten. Engelbert nahm dem Bischof das Versprechen ab, dass wir bei unserem Besuch nicht festgenommen würden. Schließlich liege gegen uns nichts vor, und außerdem würde der Bischof im Falle unserer Festnahme diplomatische Verwicklungen riskieren.

Also gingen wir beide das Risiko ein. Wir ritten am folgenden Tage nach Lüttich und stellten uns im Bischofspalais vor. Dort wurden wir förmlich empfangen, mussten unsere Waffen abgeben und wurden zu den Kerkeranlagen geleitet. In Begleitung von vier Bewaffneten schritten wir die Treppen zum Verlies hinunter. Die Atmosphäre in dem finsteren Loch war bedrückend. Es gab in den Kerkerräumen dort unten mindestens 100 Zellen, eine dreckiger als die andere. Vor jeder war eine einzige brennende Fackel angebracht, die eigentlichen Zellen waren unbeleuchtet, und das Tageslicht drang nicht bis hier herunter. So wussten die Gefangenen schon nach kurzer Zeit nicht mehr, wie lange sie in ihren Löchern festgehalten worden waren. Als wir vor Friedrichs Zelle ankamen, musste sich der Graf von Isenberg mit den zwei dicken Eisenkugeln, die ihm an die Fußketten geschmiedet worden waren, zu den Gitterstäben hin schleppen, damit wir ihn überhaupt sehen konnten. Im flackernden Schein der Fackel sahen wir, dass Friedrich uns anlächelte.

„Meine Freunde", sagte er, „so sehe ich euch doch noch ein letztes Mal wieder."

Ich wollte ihm gern versichern, wie leid es uns täte, dass wir so kurz vor dem Ziel doch noch gescheitert waren, doch Friedrich schnitt mir das Wort ab.

„Es ist egal, Freunde. Viel wichtiger ist, dass ich weiß, dass ihr meine Freunde seid und was ihr alles für mich getan habt. Ich habe nie treuere und bessere Menschen als euch kennengelernt. Wenn ihr bald in eure Zeit heimgekehrt seid, müsst ihr mir nur eines versprechen. Und zwar sollt ihr den Menschen in der Zukunft berichten, dass der Graf von Isenberg kein schlechter Mann war. Nur das ist wichtig. Denn dann kann ich trotz aller Anfeindungen hier in meiner Zeit mit Würde sterben, so, wie es einem Ritter gebührt, denn für mich gibt es keine Hoffnung auf ein Weiterleben. Man will mich bald an die Kölner Kirche verkaufen, und das bedeutet, ich werde auf das Rad geflochten. Ich weiß aber von meinem Bruder Engelbert, dass wir letztlich doch gesiegt haben. Er hat mir gesagt, dass er ab sofort wieder jährliche Bezüge aus Rom bekommt, und dass er in einigen Jahren wieder als Bischof von Osnabrück eingesetzt werden wird. Auch hat er mir berichtet, dass mein Sohn Dietrich von meinem Schwiegervater Walram mit einem Teil meines Erbes ausgestattet werden soll. Er will ihm an der Lenne eine neue Burg bauen. Mehr kann ich nicht verlangen. Deshalb sagt nicht, alles sei umsonst gewesen. Sagt lieber, ohne euch beiden hätte dies alles niemals so kommen können. Dass ich selbst meinem Schicksal nicht entrinnen konnte, das habe ich spätestens seid der Begegnung mit Walther von der Vogelweide gewusst."

„Die Zeit ist um", sagte einer der Wachleute schneidend, „Ihr müsst Euch jetzt verabschieden!"

„Nur eines noch“, bat ich, „Friedrich, weißt du oder ahnst du vielleicht, warum uns das Schicksal zusammengeführt hat?“

„Das Schicksal fügt immer zusammen, was zusammen gehört, Freunde! Und wir drei sind bestimmt verwandte Seelen! Lebt wohl!“

Da war es wieder, dieses Wort von den verwandten Seelen. Wenn es nicht so düster gewesen wäre, dann hätte ich bestimmt gesehen, wie Phei Siang zusammenzuckte und erbleichte. Was hatte sie noch gesagt? Nur verwandte Seelen können die Aufgaben lösen, die die Kräfte oder Mächte der Erde ihnen stellen. Und jetzt behauptete Friedrich so etwas ähnliches. Das konnte kein Zufall sein. Das Wort von den verwandten Seelen dröhnte noch in meinen Ohren, als uns die Wachen schon längst wieder nach oben drängten.

Zurück auf der Limburg berichteten wir Bernhard und den Herzögen alles, was Friedrich gesagt hatte, verschwiegen aber die Sache mit den verwandten Seelen, denn das betraf sie ja nicht. Da Bernhards Verhandlungen mit den Herzögen über Dietrichs Zukunft abgeschlossen waren, brachen wir auf, denn in der Limburg hielt uns nichts mehr. Wir hatten noch drei Tage, um pünktlich an der Klutert einzutreffen. Bernhard hatte Friedrich versprochen, uns heil und unversehrt vor dem Höhleneingang abzuliefern, und er setzte nun alles daran, dieses letzte Versprechen auch zu halten. Die gefährlichste Strecke lag direkt vor uns, weil wir durch Kölner Gebiet ins Bergische reiten mussten. Wenn uns hier jemand erkannte, dann war es um uns geschehen, dann würden wir sicherlich Friedrichs Schicksal teilen müssen, denn es war ja bekannt, dass wir uns auf Seiten des Grafen von Isenberg gegen den Erzbischof von Köln gewandt hatten. Außerdem würde man sich daran erinnern, dass wir dem Erzfeind zur Flucht verholfen hatten. Phei Siang hatte sich deshalb ausnahmsweise bereiterklärt, ihre Haare hochzustecken und diese unter einer tuchartigen Kopfbedeckung zu verbergen. Bernhard und ich waren demnach die Ritter einer hochgestellten Dame, die mehr oder minder inkognito reiste.

Tatsächlich wurden wir nur wenige Male angehalten, und stets reichten unsere Rüstung und Bewaffnung aus, um uns auszuweisen. Wir mussten nur entsprechend arrogant auftreten. Den Rhein querten wir bei Zons gegen Abend des zweiten Tages. Auch hier erwarteten uns keine Probleme. Das Wetter hatte sich bis jetzt gut gehalten, doch nun begann es zu regnen. Trotzdem schafften wir es noch bis Elberfeld, wo wir in einem Gasthaus die letzte Nacht verbringen wollten.

Sobald wir Bergisches Gebiet erreicht hatten, konnte Phei Siang nicht mehr länger widerstehen. Sie löste die Tücher von ihrem Kopf und ließ ihr Haar mit einem leichten Schütteln über Schulter und Rücken fallen. Natürlich erntete sie in der Schenke eine Menge neugieriger Blicke. Hier durften wir allerdings auch wieder in unseren Stammrollen auftreten, denn sonst hätte ich wohl kaum mit ihr zusammen ein Zimmer beziehen können. Dafür mussten die Wirtsleute in das Nachbarhaus ausweichen, aber das störte uns nicht, immerhin hatten sie genügend Geld dafür bekommen. Bernhard zog es vor, die Nacht auf einem Strohlager im Stall bei den Pferden zu verbringen, denn die kleine unscheinbare Bettstatt der Wirtsleute war auch nicht besser ausgestattet.

Wir waren zwar müde vom langen Ritt, doch schlafen konnten wir so schnell nicht. Immerhin würde dies unsere letzte Nacht in dieser Zeitebene sein. Dementsprechend waren wir sehr aufgeregt. Würde es diesmal auch wirklich funktionieren, fragten wir uns immer wieder. Und wenn, was würden wir zu Hause antreffen?

Gleich nachdem ich die schwere Rüstung abgelegt hatte, machte ich unser kleines Lager zurecht. Phei Siang schmiegte sich an mich, und mich durchströmte ein wohliges Gefühl. Letztlich würden wir eines mit aus dieser Zeit nach Hause bringen, das wir nie wieder abgeben wollten, nämlich unsere Liebe zueinander. Meine letzten bewussten Gedanken in dieser Nacht galten Graf Friedrich. Er würde in wenigen Tagen einen grausamen Tod sterben, aber er war trotzdem so zuversichtlich gewesen. Wir waren Freunde geworden, aber wir mussten ihn in seiner schwersten Stunde, die noch bevorstand, allein lassen. Wir würden ihn nie vergessen.

Schon beim ersten Hahnenschrei saßen wir wieder auf unseren Pferden. Die Rüstungen hatten wir zusammengesteckt und auf dem mitgeführten Packpferd verstaut. Der Regen hatte nachgelassen, und hier und da schaute bereits wieder ein Stück blauer Himmel durch das tiefe Grau. Der Boden war aufgeweicht und nass. Trotzdem erreichten wir in den späten Vormittagsstunden Schwelm, wo wir den Tieren eine kleine Veschnaufpause gönnten. Die wenigen Häuser um die neue Kirche, die Erzbischof Engelbert an seinem Todestag hatte weihen wollen, duckten sich vor dem fast undurchdringlichen Wald. Wir folgten dem alten Handelspfad über den Gevelsberg und kamen bald an die Stelle, wo Engelbert erschlagen wurde. Ritter Bernhard, der ja nicht dabei gewesen war, wollte genau wissen, wie sich die Ereignisse damals vor fast einem Jahr zugetragen hatten, damit er später die Wahrheit weitergeben könne, wie er sagte. Wir zeigten ihm die Stelle, wo der Überfall begann, wo Engelberts Pferd durchging, nachdem Rydenkasten den Ritter, der den Erzbischof retten wollte, niedergestochen hatte, dann den genauen Ort, an dem der Verräter Engelbert vom Pferd gerissen und ihm die vielen Schwerthiebe und Stiche beigebracht hatte. Während des Zeigens und Erzählens durchlebten wir noch einmal das ganze Drama. Es war, als ob der verwundete Ritter wieder zu stöhnen begann, und ich spürte förmlich noch einmal den Schlag, den Rydenkasten mir mit der Schwertfaust versetzt hatte. Phei Siang schilderte den grimmig-grausigen Blick aus den blutunterlaufenen Augen, mit denen Rydenkasten sie anstarrte, nachdem sie ihn zu Fall gebracht hatte. Abschließend zeigten wir Bernhard die Stelle, an der Friedrich niedergeschlagen worden war, wo von einem Augenblick auf den anderen seine Welt zusammengebrochen war und sich sein Schicksal entschieden hatte. Bernhard nickte nur, und die Augen des alten Ritters füllten sich mit Tränen.

„Der Kreis hat sich für ihn und uns hier geschlossen“, sagte er leise. „In Schwelm habe ich gehört, dass ein Konvent an diesem Ort bald ein Kreuz aufstellen will. Auch soll ein kleines Kloster hier entstehen. Was mit diesen Veränderungen einhergeht, das hat mit der Wahrheit nicht mehr viel gemein. Nun entstehen die Legenden!“

Schweigend ritten wir weiter den Gevelsberg hinab. Unten bogen wir dann rechts zur Ennepe und folgten zu Fuß dem kleinen Pfad durch das Dickicht flussaufwärts. Nachdem wir die kleine Furt durchquert hatten, dauerte es nicht mehr lang, bis wir vor dem Eingang der Höhle ankamen. Es war früher Nachmittag des 31. Oktober 1226. Wir waren pünktlich!

Vom Zwerg Sligachan oder Hunbold war weit und breit nichts zu sehen. Wahrscheinlich war es ihm selbst unheimlich an „Samhain“, wie die Kelten seit uralten Zeiten diesen Tag nannten, an dem die Schicht zwischen den Welten dünn wurde. Vielleicht versteckte er sich auch wieder irgendwo und schaute zu, wie wir uns wohl diesmal anstellen würden.

Bernhard hatte an alles gedacht, sogar an eine Fackel, die er nun feierlich anzündete. Das brachte mich auf eine Idee. Ich ging zu unserem Packpferd und holte die Taschenlampe aus der Satteltasche. Wir hatten sie nicht ein einziges Mal gebraucht, sie würde also noch eine Weile funktionieren. Die Taschenlampe sollte unser Abschiedsgeschenk für Bernhard sein. Soviel Anachronismus dürfen wir uns bestimmt nach allem leisten, dachte ich mit einem Anflug von zorniger Ironie. Ich zeigte Bernhard noch, wie sie funktionierte, gab sie ihm, und er nahm sie dankbar an. Hoffentlich hält er sie in Ehren und lässt sich später mit ihr begraben, dachte ich. Sollen die Archäologen ruhig ein weiteres unerklärbares Rätsel bekommen.

Unser Abschied verlief nicht ohne Tränen. Wir umarmten uns lediglich noch einmal, denn wir wussten auch ohne viele Worte, was wir an einander gehabt hatten. Phei Siang ließ es sich nicht nehmen, den alten Ritter zu küssen. Dann nahmen wir die Fackel und verschwanden im Eingang der Klutert.

Ohne Probleme fanden wir den richtigen Gang nach links, der zur Kirche führte. Noch immer mussten wir dort kriechen, und teilweise wurde es sogar richtig eng, bestimmt eine Folge der Erdbewegungen im Frühjahr des vergangenen Jahres. In der Kirche angekommen, hielt ich die Fackel zögernd hoch, um die Halle auszuleuchten. Phei Siang und ich hatten uns an den Händen gefasst, die vor Aufregung ganz feucht waren. Tatsächlich, da war der tote Gang. Er lag direkt links vor uns. Ich versuchte noch, ihn auszuleuchten und konnte nichts als ein schemenhaftes Wabern erkennen, als es uns schon erfasste. Die Erde schien zu beben, und ein imaginärer Wind blies die Fackel aus. Alles schien sich zu drehen, und wir waren mitten in dem Wirbel der Elemente, dann war es plötzlich dunkel, und wir wussten nichts mehr von uns.

Zwischenspiel

Graf Friedrich von Isenberg wurde wenige Tage später an die Kölner Kirche verkauft und dorthin ausgeliefert. Er wurde zunächst in die bischöfliche Pfalz gebracht. Das Gericht unter Vorsitz von Engelberts Nachfolger, Heinrich von Molenark, fällte das Urteil schnell. Ihm sollten alle Glieder zerschlagen werden und dann sollte er bis zum Eintritt des Todes auf ein Rad geflochten werden. Am 14. November 1226, nur drei Tage nach seiner Ankunft in Köln, wurde das Urteil vollstreckt.

Schon am frühen Morgen dieses Tages wurde Friedrich von Pferden durch die Straßen bis zum Rabenstein vor dem Severinstor geschleift. Der Henker hob den bereits an vielen Stellen blutenden Grafen auf und warf ihn wieder zu Boden. Vier oder fünf Hiebe mit dem stumpfen Rücken des Henkerbeiles auf jeden Arm zerbrachen die Knochen. Die Menge der Schaulustigen quittierte das laute Knacken und Krachen mit Beifall. Noch grässlicher gestaltete sich das Brechen der Beinknochen. Dann drehten ihn die Henkersknechte um. Ein halbes Dutzend Hiebe zerbrachen Friedrichs Rückgrat und das Becken. Nun entsetzte sich die Menge vor dem Severinstor, und viele sanken ohnmächtig zu Boden.

Auf einer hohen steinernen Säule war ein Karrenrad befestigt worden. Der Henker ließ sich von seinen Knechten dort hinauf heben. Dann zog er Friedrichs Leib an einem Strick nach oben und flocht die zerbrochenen Glieder durch die Speichen des Rades. Von dem Gemarterten, der immer noch lebte, kam kein einziger Klagelaut, doch als er dort in den Speichen hing, bat er die Menge, für ihn zu beten und um Vergebung für seine Sünden zu flehen.

So verging Stunde um Stunde, und die meisten Leute, die am Morgen gekommen waren, um der Hinrichtung zuzusehen, hatten sich bereits wieder von der Stätte entfernt. Der Henker und seine Knechte hingegen hatten sich in einem Kreis zusammengesetzt, und sie tranken aus einer tönernen Kanne. So wurde es Abend und dann Nacht. Immer noch betete Friedrich mit deutlicher Stimme. Nach Mitternacht wurde seine Stimme schwächer. Gegen zwei Uhr früh rief er noch einmal laut und vernehmlich: „Mein Gott, Du..." Die Stimme brach ab. Kurz darauf verkündete der Henker, Friedrich von Isenberg sei tot.

Kapitel 11 – Die Heimkehr

Leng Phei Siang

Als wir wieder zu uns kamen, lagen wir in einer von elektrischen Birnen erleuchteten Höhlenhalle. Es war die Kirche. Neben uns standen zwei Bänke für Kurpatienten. Der Tropfstein war völlig verschwunden, genauso wie der geheimnisvolle Seitengang, in den wir noch vor wenigen Minuten hineingegangen waren. Der Höhlenboden der Kirche war fast eben, und auch der Gang, durch den wir in die Höhle gelangt waren, hatte nun gut Mannshöhe. Die Halle war leer, niemand außer uns schien sich in der Höhle aufzuhalten. Auch Fred schaute sich verwundert um. Etwa gleichzeitig standen wir auf und schüttelten den Staub von unseren mittelalterlichen Kleidern.

„Die Leute werden denken, in der Klutert fände ein Maskenball statt", sagte Fred. „Aber das Wichtigste ist, dass wir wieder zu Hause sind."

„Bist du da ganz sicher?" fragte ich vorsichtig.

„Jedenfalls sieht hier unten alles genauso aus, wie damals, als wir verschwunden sind", meinte Fred ganz überzeugt.

Da nun alles erleuchtet war, hatten wir keine Probleme, den Weg nach draußen zu finden. Er war wirklich genauso, wie ich ihn in Erinnerung hatte. Als wir zum Ausgang kamen, merkten wir, dass man inzwischen ein neues Tor eingebaut hatte, in dessen Mitte nun ein gegossener stilisierter Fuchs prangte. Allerdings war das Tor verschlossen. Draußen musste es früh am Morgen sein, doch schon kamen offenbar die ersten Patienten mit Decken über dem Arm. Sie staunten wohl nicht schlecht, als sie uns hinter dem Tor bemerkten, sagten aber nichts. Einer von ihnen ergriff das Tor, und es ertönte ein kurzes Summen, dann bewegte sich Tür nach außen. Man hatte also einen automatischen Türöffner eingebaut. Die Patienten, ein älteres Paar, traten ein und musterten uns dabei von oben bis unten. Wir nutzten die Gelegenheit, um nach draußen zu schlüpfen.

„Was machen Sie da in der Höhle?“ klang plötzlich eine Lautsprecherstimme auf.

Wir blieben verdutzt stehen, denn hier hatte sich alles verändert. An der Stelle des einstigen weißen Hotelbaus stand jetzt ein holzverkleidetes rundes Gebäude. Aus dem kam ein Mann herausgelaufen.

„Was haben Sie in der Höhle gemacht, ich habe doch gesehen, dass Sie von drinnen gekommen sind?“

Wir sahen den Mann verständnislos an.

Ich wollte meinen Augen nicht trauen. Vor uns gab es nun eine überdachte Brücke über die Ennepe, die auch über eine völlig neue Straße zu einem riesigen gelben Gebäudekomplex führte, der wie ein überdimensionales Bürgerzentrum aussah. Ähnliche Gebilde hatte ich bislang nur im Bochumer Uni-Center gesehen. Auch Fred staunte mit offenem Mund.

„Wie sind Sie in die Höhle gekommen? He, ich rede mit Ihnen!“ rief uns der Mann nach, doch er interessierte uns überhaupt nicht mehr. Seine Fragen hätten wir ihm sowieso nicht beantworten können. Langsam wie in Zeitlupe gingen wir auf die Brücke zu.

„Wo sind die alten Fabriken?“ fragte Fred, der verzweifelt versuchte, etwas auszumachen, das er wiedererkennen konnte.

„Die rote Kirche ist jedenfalls noch da“, teilte ich Fred mit und zeigte in ihre Richtung.

„Ja, aber Milspe ist ganz schön gewachsen, und sieh mal, die vielen neuen Häuser in Richtung Homberge.“ Fred kam aus dem Staunen nicht heraus.

Als wir die Brücke betraten, kam der Mann vom runden Höhlenhaus heran und fasste mir an die Schulter.

„He, so geht das nicht, Sie könn...“

Weiter kam er nicht, denn Fred hatte unwillkürlich und ohne nachzudenken sein Schwert aus der Scheide gezogen und hielt dem Mann den kalten spitzen Stahl an die Kehle. Doch er besann sich sofort wieder und senkte die Waffe.

„Entschuldigen Sie, ich wollte Sie nicht bedrohen!“ sagte Fred.

Der Mann war kreidebleich geworden und stand an Ort und Stelle wie angewurzelt da.

„Hören Sie“, versuchte ich zu erklären, „wir wissen nicht, wie wir in die Höhle gekommen sind. Die Tür war plötzlich zu, und wir wollten nur hinaus.“

Der Mann stand immer noch unter Schock.

„Wer sind Sie?“ stammelte er nur.

Fred sah jetzt unsere Chance gekommen, zu erfahren, wo, oder besser wann wir gelandet waren und wandte sich an den immer noch zitternden Mann.

„Sagen Sie uns bitte nur eines: Welches Jahr haben wir?“

„Es ist der 31. Oktober 2001! Aber was soll die Frage?“ Er hatte sich jetzt gefasst. „Sie müssen mir das erklären. Sie laufen hier herum wie im Karneval und kommen aus der Höhle, wo Sie gar nichts zu suchen haben.“

Wir konnten sicher sein, dass er gleich die Polizei rufen würde, doch wir mussten selbst erst einmal den Schock verarbeiten, in den er uns gerade durch seine simple Auskunft versetzt hatte. Fred und ich sahen uns fassungslos an. Demnach hatten uns die zwei Jahre im Mittelalter fast 30 Jahre in unserer eigenen Zeit gekostet. Und ich hatte mich noch über Freds Traum mit der Fee lustig gemacht. Es waren alles Hinweise gewesen, und ich hatte sie nicht ernst genommen. Doch wie auch immer, wir mussten jetzt erst einmal dringend verschwinden, denn das Letzte, was wir jetzt brauchen konnten, war ein Polizeiverhör mit der nicht von der Hand zu weisenden Aussicht, vielleicht am Ende statt zu Hause noch in der Gummizelle zu landen. Also nahm ich Fred an die Hand, und wir liefen nicht über die Brücke, sondern die Straße entlang, die wir vor 30 Jahren zum letzten Mal von Altenvoerde her zur Höhle geschlendert waren. Allein der Gedanke konnte einen verrückt machen.

„Lass uns so schnell wie möglich im Wald verschwinden!“ rief ich Fred zu. „Der Höhlen-Mann wird uns die Polizei auf den Hals schicken, und dann kommen wir heute bestimmt nicht mehr nach Hause.“

Fred nickte nur, er hatte begriffen.

Und dann liefen wir, so schnell wir konnten. Wir liefen durch ein völlig verändertes Altenvoerde, staunten über die Formen der modernen Autos und kamen auf eine Kreuzung zu, die es damals nicht gegeben hatte. Egal, nach links und sofort wieder rechts, so kamen wir zum Rathaus, denn dahinter war der rettende Wald. Gut, dass es noch so früh war, und kaum Leute auf den Straßen gingen. Die wenigen, die uns sahen, bemerkten scheinbar unser seltsames

Aussehen nicht. Halt, was war das? Das alte schöne Rathaus stand zwar noch, doch war es nun Teil eines großen langen Komplexes von Gebäuden geworden. Offenbar war es zu klein für die Entwicklung dieser Stadt gewesen. Fred schüttelte nur noch den Kopf, rieb sich immer wieder die Augen, und dann flüchteten wir weiter. Wo früher eine Sackgasse war, gab es nun eine Kurve, aber geradeaus ging es immer noch in den Wald, denn der hatte sich nicht so sehr verändert. Ich erkannte gleich den Weg wieder, den Fred und ich damals öfter entlang gegangen waren. Es war der Hangweg entlang des oberen Tales der Ennepe.

Nach etwa zehn Minuten blieben wir stehen, um Luft zu holen. Um uns herum war es still geworden. Kein Verkehrslärm drang mehr an unsere entwöhnten Ohren. Die goldene Herbstsonne gab dem gelblich bunten Laub der Bäume einen besonders schönen Schein. Würden wir uns jemals wieder an die Hektik der modernen Welt gewöhnen können?

Doch jetzt hatten wir zunächst andere Probleme. Verfolgt wurden wir offenbar noch nicht, aber wir konnten uns auch nicht in diesen Kleidern vielen Leuten zeigen. Deshalb setzten wir uns auf einen Baumstamm und überlegten, was wir nun tun sollten.

Urplötzlich musste ich laut lachen.

„Was ist so komisch, Siang?" fragte Fred, immer noch außer Atem.

„Merkst du, dass wir schon wieder dabei sind, uns vor allen zu verbergen? Es ist fast genau so, wie damals, als wir im 13. Jahrhundert gelandet waren."

„Nur nicht so gefährlich", ergänzte Fred.

„Nein, so gefährlich nicht, aber ich fürchte, wir sind wieder in einer Zeit gestrandet, in die wir nicht hineinpassen."

„Mit dem kleinen Unterschied, dass wir diese Zeit sehr wohl erlebt hätten, wenn wir hier geblieben wären."

„Aber dann wären wir 30 Jahre älter und würden uns nicht über alles Neue wundern."

Da waren sie wieder, diese 30 Jahre, die uns der unfreiwillige Ausflug ins Mittelalter gekostet hatte. Wir mussten uns mit ihnen auseinandersetzen. Es gab keine andere Möglichkeit. Denn noch mal zurückgehen, um den Versuch zu wiederholen, das konnten und wollten wir nicht. Wir waren noch jung, das war unsere Chance. Wir würden bestimmt eine Menge zu lernen haben. Erst nach und nach würden wir wohl begreifen, was alles in der Zwischenzeit hier und in der Welt passiert war.

„Warum musstest du eigentlich dem Mann an der Höhle gleich das Schwert an den Hals halten?" fragte ich Fred.

„Ich weiß auch nicht", antwortete er, „du hast ja gesehen, ich war genauso überrascht über meine heftige Reaktion, wie der Mann. Wahrscheinlich war es ein mittelalterlicher Reflex. Man konnte dort ja nie ganz sicher sein."

Ich schaute ihn lächelnd an und lehnte meinen Kopf an seine Schulter.

„Ich fand es zwar nicht passend, aber es war trotzdem schön, wie du ausgerastet bist, um mich zu schützen. Es ist gut zu wissen, dass du mich auch nach 800 Jahren noch liebst."

Jetzt musste auch Fred lachen. Er verschränkte beide Arme um meine Hüfte und fuhr mit seinem Mund zärtlich über mein Haar.

„Weißt du, Siang", flüsterte Fred, „mir geht diese dumme Traum-Geschichte mit der Fee nicht aus dem Kopf."

Ich war ein wenig peinlich berührt.

„Oh, das. Es tut mir jetzt fürchterlich leid, dass ich diese Sache nie so ganz ernst genommen habe."

Aber Fred schüttelte nur den Kopf.

„Es hätte nichts daran geändert, dass wir sozusagen 30 Jahre zu spät gekommen sind, oder?"

Ich schaute ihn fragend an.

„Nein", meinte Fred, „ich meine, diese 30 Jahre sind zwar keine 100, wie in meinem Traum, aber der wurde ja von den alten Geschichten beeinflusst, die ich gehört habe. Wahrscheinlich wollten die Menschen damals nur ausdrücken, dass die im Feenreich Verschwundenen so lange wegblieben, dass niemand sich mehr an sie erinnerte, also mindestens eine ganze Generation oder so. Wenn man weiß, dass damals kaum jemand älter als 30 oder 40 Jahre alt wurde, dann müssen es nicht wirklich 100 Jahre gewesen sein. Ist auch egal, denn heute werden Menschen normalerweise älter als 40 Jahre, nicht wahr?"

Jetzt wusste ich, worauf Fred hinaus wollte.

„Du meinst, unsere Eltern leben noch", stellte ich nüchtern fest.

„Genau", sagte Fred. „Zumindest besteht eine große Chance. Sie müssten jetzt so um die 75 herum sein, nicht?"

„Mein Vater war 30, als ich geboren wurde“, rechnete ich, „er müsste demnach nun 79 Jahre alt sein. Meine Mutter heiratete jung, sie ist daher jetzt erst 71.“

„Siang, meinst, du deine Eltern sind hier wohnen geblieben, nachdem du verschwunden bist?“

„Ich weiß es wirklich nicht, immerhin haben sie hier mit ihrer Tochter auch ihre Zukunft verloren“, sagte ich tonlos, weil ich gegen die aufsteigenden Tränen ankämpfen musste.

„Ich kann mir nicht vorstellen, dass meine Eltern Ennepetal verlassen haben“, sagte Fred bestimmt. „Siang, hast du etwas dagegen, wenn wir zuerst zu mir nach Hause gehen?“

„Natürlich nicht“, entgegnete ich, nun viel gefasster, „wir müssen uns den Tatsachen stellen, auch wenn es schwer sein wird.“

Also brachen wir zu unserem letzten Marsch ins Ungewisse auf. Und wieder mussten wir das im Verborgenen tun. Darin hatten wir nun wirklich mittlerweile genügend Übung. Wir nutzten den Hangweg entlang der Ennepe, um einigermaßen unbeobachtet näher an Freds elterlichen Hof heranzukommen. Tatsächlich trafen wir an diesem Morgen auf den ersten zehn Kilometern bis zur Ortschaft Burg auf keine Menschenseele. Unterwegs spekulierten wir darüber, was sich politisch alles wohl verändert haben könnte. Immerhin hatte es bis jetzt keinen Atomkrieg gegeben, das war sicher. Aber mehr wussten wir auch nicht, bis auf die Tatsache, dass man das schöne Tal der Ennepe naturbelassen hatte. Hier hatte sich seit Jahrhunderten nichts geändert, also dachen wir, dass die Menschen sich wenigstens nicht zum Schlechteren hin entwickelt hatten, denn wer die Natur liebt, der hat auch eine Seele, so hatte man mich gelehrt.

Ab Burg nahmen wir den Fahrweg bergauf nach Schweflinghausen, zu dem auch Bukholt, die Hofstatt von Freds Vorfahren, gehörte. Schon von weitem konnten wir Freds elterliches Haus auf dem weiten Bergrücken über einem Seitental der Ennepe stehen sehen. Auch dort schien sich nichts verändert zu haben, und unsere Aufregung wuchs ins Unermessliche. Noch lange nach dem steilen Aufstieg konnte ich mein Herz laut pochen hören. Ich konnte mir denken, dass es Fred nicht anders erging.

Aus den Häusern auf Schweflinghausen verfolgten uns einige neugierige Blicke, aber wir nahmen keine Notiz davon. Mochten sie uns in der seltsamen Kleidung doch für Verrückte halten, uns war das nun egal. Wir waren gerade auf etwa 20 Meter an Freds Elternhaus herangekommen, als sich die Haustür öffnete und zwei ältere Frauen heraustraten, eine davon war eindeutig asiatischer Herkunft. Ich musste den Atem anhalten und blieb wie angewurzelt stehen.

„Siang, bist du das? Kind, bist du es wirklich?“ rief die asiatische Frau auf kantonesisch. Ich sah die Umgebung vor Tränen nicht mehr, fühlte nur am Rande, wie Fred mich festhielt. Die Stimme, die mich da gerufen hatte, konnte niemand anderem gehören als Kang Lu Tsi, meiner Mutter.

Es war unbeschreiblich. Ich weiß nicht mehr, wer wen zuerst ereichte und in die Arme schloss, Fred seine Mutter oder meine Mutter mich. Ich weiß nur noch, dass ich hemmungslos weinte wie ein kleines Kind, dass es Fred nicht anders erging, und dass die beiden älteren Frauen eigentlich noch am besten ihre Fassung bewahrten. Vielleicht lag das auch ein wenig mit daran, dass unsere Mütter so sehr gealtert waren und sie uns dagegen genauso jung in die Arme schließen konnten, wie sie uns in Erinnerung hatten.

Im Nachhinein kommt es mir seltsam vor, dass wir über dieses augenscheinliche Wunder zuerst gar nicht sprachen. Dagegen erfuhren wir bald, dass Lu Tsi, meine Mutter, diejenige gewesen war, die nie daran gezweifelt hatte, dass wir eines Tages wieder auftauchen würden. Mein Vater war der erste gewesen, der so verzweifelt über mein Verschwinden war, dass er nach acht weiteren Jahren wieder nach China zurückfuhr. Er und meine Mutter hatten sich lange zuvor auseinander gelebt, dann hatte er sie von einem Tag auf den anderen verlassen. Wie sie sagte, hatte sie damit gerechnet und war nicht überrascht gewesen. Seit dieser Zeit hatte sie nichts mehr von ihm gehört, und es mochte sein, dass er schon bei seiner Ankunft verhaftet worden oder längst gestorben war, sie wusste es einfach nicht.

Dann war Freds Vater ernstlich erkrankt, er hatte einen Schlaganfall erlitten. Freds Mutter pflegte ihn so gut es ging, und eines Tages tauchte dann plötzlich meine Mutter bei ihr auf und sagte ihr, es sei doch am besten, wenn sie gemeinsam auf uns warten würden. Kang Lu Tsi zog bei Freds Eltern ein und half seiner Mutter bei der Pflege ihres Mannes. Vor einigen Jahren starb dann Freds Vater, und seitdem lebten unsere beiden Mütter wie Schwestern zusammen in einem Haushalt. Wann immer Freds Mutter ihre Zweifel an der Rückkehr ihres Sohnes äußerte, tröstete meine Mutter sie und gab ihr mit ihrer unbeugsamen Gewissheit über unsere Wiederkehr neue Hoffnung.

Das Erstaunlichste war jedoch, dass meine Mutter an diesem Morgen, an dem wir aus der Höhle kamen, gewusst haben wollte, dass der Tag unserer Rückkehr nun gekommen sei. Sie hatte sogleich Freds Mutter von ihrem Gefühl berichtet, doch diese hatte ihr nicht glauben wollen, bis sie uns gesehen hatten.

Dann hatten wir berichten müssen, und unsere Mütter hörten uns lange schweigend zu. Es musste alles für sie sehr unwahrscheinlich und unglaublich klingen, doch als wir geendet hatten, meinte meine Mutter ernsthaft zu uns:

„Wenn ihr es beim ersten Versuch geschafft hättet, den Durchgang zu erzwingen, dann wäre auf dieser Seite nicht mehr Zeit als bei euch vergangen. So aber habt ihr viel mehr Zeit in der anderen Ebene verbracht und euch dieser angeglichen. Ihr seid zum Bestandteil der anderen Zeit geworden und hattet eure Beziehung zu dieser Ebene verloren. Es gab keinen Bezugspunkt mehr für euch nach hier, daher haben euch die Kräfte der Erde rein zufällig transportiert, ihr hättet auch gut und gern 100 oder mehr Jahre von hier in der Zukunft oder Vergangenheit landen können."

Fred und ich sahen uns an. Sie hatte Recht, der Zwerg hatte uns nicht umsonst gewarnt. Für uns war aber auch von diesem Augenblick an klar, dass wir uns mit meiner Mutter über all diese Dinge vernünftig unterhalten konnten, sie wusste mit ihrer alten Weisheit mehr über diese Geheimnisse, als wir je geahnt hätten.

Darum fragten wir sie auch rundheraus, ob sie sich jetzt, nachdem wir alles erzählt hatten, denken könne, warum das Ganze mit uns passiert sei.

Lu Tsi dachte lange nach. Dann fragte sie uns, ob wir denn sicher sein konnten, nicht doch irgendetwas Entscheidendes am Ablauf der Ereignisse in der anderen Zeit verändert zu haben.

„Aber das ist es ja gerade“, antwortete Fred, „wir haben alles versucht, aber wir haben den Grafen Friedrich doch nicht retten können. Er ist letztlich genauso gestorben, wie es die Geschichtsbücher überliefert haben."

„Dann weiß ich es auch nicht“, sagte meine Mutter, „noch nicht. Aber eines ist für mich sicher: der ruhelose Geist des unschuldig getöteten Grafen muss euch gerufen und letztlich die Verbindung zu seiner Zeit hergestellt haben. Die Höhle war der magische Ort, an dem die zeitliche Versetzung geschehen konnte. Die Kräfte, die an diesem speziellen Tag, diesem Samhain, wie ihr sagt, wirksam werden, sie konnten euch nur in seine Zeit bringen, weil eine ganz besondere Verbindung zwischen ihm und euch herrschen muss.“

„Welche Verbindung kann das sein, Mutter?“ wollte ich wissen, aber eigentlich konnte ich es mir schon denken. Und wie zur Bestätigung meiner Gedanken sagte sie:

„Ihr drei müsst verwandte Seelen sein!“

Es war schon unglaublich. Mich und Fred drängte es natürlich, endlich eine moderne Dusche zu sehen und die mittelalterliche Kleidung loszuwerden. Und es war alles da. Freds Kleider befanden sich noch immer im Schrank in seinem Zimmer, und meine Mutter hatte alle meine Jeans, Röcke, Blusen und sogar meine Unterwäsche bei ihrem Einzug mitgebracht.

Schnell war auch alles andere arrangiert worden, als ob wir nur von einer Reise, nicht aber aus einer dreißigjährigen Verbannung zurückgekehrt waren. Dass wir beide zunächst einmal zusammen in Freds Zimmer wohnen würden, verstanden unsere Mütter nach kurzem Zögern schon. Wir waren ja auch vor unserem Verschwinden bereits offiziell miteinander gegangen, nur war ein Zusammenleben damals natürlich noch kein Thema gewesen. Ich hatte aber das Gefühl, dass zumindest meine Mutter selbstverständlich davon ausging, dass wir längst ein Paar waren. Freds Mutter schien sich jedoch noch nicht mit dem Gedanken angefreundet zu haben. Um keine Missverständnisse in dieser Hinsicht aufkommen zu lassen, drängte ich gleich darauf, dass wir doch die Dusche gemeinsam benutzen könnten.

„Aber Kinder...“, hob Freds Mutter erwartungsgemäß an.

„Keine Sorge, Mutter“, schnitt ihr Fred lächelnd das Wort ab, „genau genommen sind wir schon ein altes Ehepaar und seit fast 30 Jahren verheiratet.“

Das brachte uns wieder auf den Boden der Tatsachen zurück. Unter der Dusche, die Fred noch nicht in ihrer modernen Ausführung gekannt hatte, unterhielten wir uns auch über die Probleme, die noch auf uns zukommen würden. Irgendwann würden wir uns den Behörden stellen müssen. Fred sprach davon, dass wir schließlich noch heiraten müssten.

„Aber nur auf dem Standesamt“, schränkte ich ein, „denn vor meinen Ahnen sind wir längst verheiratet, und dein Gott müsste das eigentlich auch schon mitbekommen haben.“

Zur Strafe für diese Frechheit biss mir Fred zärtlich in den Hals.

Ein anderes Problem war die Frage unseres Alters. Sobald die Behörden unsere Identität überprüften, würden sie feststellen, dass wir nun 49 und 51 Jahre alt wären, obwohl unser biologisches Alter nur 22 und 24 Jahre betrug. Wir mussten uns allerdings schleunigst Gedanken darüber machen, wie wir den Presserummel überstehen sollten, der auf jeden Fall bald auf uns zukommen würde, wenn herauskäme, dass wir in all den Jahren nicht gealtert waren.

Mit großer Verwunderung registrierten wir später, als wir wieder unten auf der Bank im Wohnzimmer saßen, all die vielen Neuigkeiten, die es in der Zeit unserer Abwesenheit gegeben hatte. Immerhin war Deutschland inzwischen wiedervereinigt, es gab keinen kommunistischen Block mehr, und China hatte sich schon vor Jahrzehnten dem Westen geöffnet. Sogar Mao, der „Große Vorsitzende“ und der Intimfeind unserer Familie, war schon über eine ganze Generation lang tot und seine Ideologie selbst im Reich der Mitte verpönt. Ganz zu schweigen von den modernen Spielzeugen wie Handys, Autos mit Wegfahrsperren, Personal Computern, dem Internet und vielen anderen Dingen, die nun das tägliche Leben bereicherten.

Wir staunten nicht schlecht über all das, was wir verpasst hatten, aber wir waren darüber keine Spur traurig. Für uns beide war es wichtig, dass Freds Mutter noch die kleine Pferdezucht behalten hatte, denn so konnten wir, wann immer uns danach war, nach Herzenslust über die Felder und durch den Wald reiten. Wahrscheinlich mussten wir uns noch an viele neue Dinge gewöhnen und einiges davon auch selbst anschaffen, aber jetzt und hier waren wir erst einmal zu Hause, und hier wollten wir mit unseren Müttern zusammen auch bleiben. Hier mussten wir versuchen, uns selbst und unsere Mitte neu zu finden, alles andere war nebensächlich.

Nach dem Abendessen war ich für kurze Zeit eingeschlafen, aber zum ersten Mal seit langer Zeit hatte ich keine Träume, an die ich mich erinnern konnte. So war ich eigentlich gar nicht müde, als Fred meinte, wir müssten ins Bett. Meine Mutter sah mir noch lächelnd nach, als wir die Treppe hinaufgingen, und ich wusste, sie hatte mir damit ihren Segen gegeben. Etwas verwirrt drehte ich mich noch einmal um, und auf kantonesisch flüsterte sie mir zu:

„Ehret die Ahnen und werdet glücklich miteinander!"

Ich musste schlucken, denn das, was sie mir so ganz nebenbei da gewünscht hatte, war der traditionelle Hochzeitsspruch an das neuvermählte Paar, den man ihm nachrief, wenn sie die Hochzeitsfeier verließen, um nun als Frau und Mann zusammenzuleben. Ich weiß nicht, warum ich nach allem immer noch so viel darum gab, aber mir war es jetzt ganz leicht ums Herz. Vor der Tür zu Freds altem Zimmer hielt ich ihn an.

„Sag mal, trägt man bei euch nicht die Braut über die Schwelle?" fragte ich, meinen Kopf schief legend.

„Hm", machte Fred und verzog dabei den Mund. „Du weißt aber schon, dass du jetzt keine Prinzessin mehr bist, ja?"

„Das geht in Ordnung", antwortete ich möglichst gleichmütig, „aber meine Mutter hat mich eben zu meiner Hochzeitsnacht verabschiedet!"

„Aha, dann muss ich meine Schwiegermutter unbedingt fragen, ob sie mir den Satz auch beibringt, damit ich ihn dir immer zuflüstern kann, wenn..."

Er ließ das Ende des Satzes offen, aber ich drohte ihm schon mit dem Zeigefinger. Dann fasste er mich wortlos unter Armen und Knien, hob mich an und trug mich vorschriftsmäßig über seine Türschwelle. Ich belohnte ihn mit einem langen Kuss und zog ihn dabei zum Bett hin. Fred nahm ganz sanft meine Hände in seine und sah mich an.

„Ich hatte eben, als du schliefst, auch ein kleines Gespräch mit deiner Mutter. Sie ist wirklich eine bemerkenswerte Frau."

„Was hat sie gesagt?“ wollte ich wissen, denn ich war jetzt neugierig geworden.

„Sie glaubt, sie weiß nun auch, warum uns das alles passiert ist“, berichtete Fred. „Und ich denke, dass sie damit Recht hat. Sie meint, Graf Friedrichs gequälte Seele hat es nach seinem Tod nicht ertragen können, wie künftige Generationen über ihn dachten. Deshalb hat er nach verwandten Seelen gesucht, die er holen konnte, um ihnen zu zeigen, was wirklich geschehen war.“

„Das ist alles?“ fragte ich.

„Nein, Siang, es bedeutet Arbeit!“

„Was für eine Arbeit?“

„Na, ganz einfach, wir müssen schreiben! Wir sollen seine Chronisten sein und der Nachwelt die Wahrheit über sein Leben erzählen. Deshalb waren wir da, und das ist nun unsere Aufgabe!“

Ich war wie vom Donner gerührt. Aber Fred und Mama konnten gut Recht haben, wenn man es genau betrachtete. Wir hatten nichts verändern können in der Vergangenheit, aber wir konnten in der Zukunft ein neues Verständnis für die Vergangenheit verbreiten.

„Dann machen wir uns am besten schon morgen an die Arbeit!“ schloss ich. „Aber die Nacht, die dazwischen liegt, die gehört nur uns!“

Damit zog ich meinen Gemahl, der nun ziemlich verdattert drein blickte und gar nicht mehr so ritterlich wirkte, endgültig zu mir auf das weiche Bett hinunter.

Epilog

Mit einem ohrenbetäubenden Getöse knirschte und krachte der Fels in den weit verzweigten Gängen und Hallen der Klutert, als sich das Tor zwischen den Zeiten verschloss. Der imaginäre Gang verschob seine Richtung und streifte an vielen Stellen die reale unterirdische Welt. Er ließ dabei Tropfsteine massenhaft in sich zusammenbrechen, als wären diese feinen Gebilde aus Wachs. Begleitet von einem mauernbrechenden, tosenden Sturm erweiterte sich das Höhlensytem unter den Millionen von Jahren alten Schichten darüber liegender Gesteine, bis es plötzlich mit einem berstenden Knall ein neues riesiges Tor in die Außenwelt bildete. Dieser neu erschaffene Gang war nicht für die Ewigkeit angelegt, er war nichts als die Folge einer besonderen Affinität, die die geheimnisvollen Kräfte der Erde zu drei ganz bestimmten verwandten Seelen aufwiesen. In seiner Länge hingegen war der Gang einzigartig, und er führte auch zum Teil durch Gesteine, die eine Höhlenbildung unter normalen Umständen nie erlaubt hätten.

Nach der Manifestierung des riesigen Tors auf der entfernten Seite der Höhle wurde ein kleines, zwergenhaftes Wesen hier aus dem Höhlensystem herauskatapultiert. Laut fluchend und schreiend kugelte der Zwergenhafte den Wiesenhang hinunter, bis er an einen alten Baumstumpf stieß. Jetzt sah er sich verwirrt um, und versuchte sich zu orientieren. Den Fluss, der weiter unten vorbeifloss, kannte er gut, es war die Lenne. Auf dem Bergsporn gegenüber wurde offenbar emsig an einer Burg gebaut, und Hunbold-Sligachan, der Zwergenhafte, hatte schon davon gehört, dass dem jungen Graf Dietrich von Isenberg-Limburg drei Jahre nach dem schrecklichen Ende seines Vaters diese Stelle für seine neue Heimstatt zugewiesen worden war. Graf Dietrich würde sie Hohenlimburg nennen.

Aber wie sollte der Zwergenhafte jemals auf seinen kurzen Beinen wieder den anderen Eingang der Klutert erreichen? In seiner Not verfiel er auf eine List. Vor einem Fuchsbau legte er sich so lange auf die Lauer, bis der Rotschwanz herauskam. Der Zwergenhafte packte den Fuchs im Nacken und stapfte mit ihm durch das hünenhafte Tor in die Höhle zurück. Dort vergewisserte er sich, dass das Tier bald nicht mehr den Windzug vom Eingang verspüren konnte, dann fasste er den Fuchs am Schwanz und überließ ihm die Führung. Und wirklich brachte der Fuchs, seinem Instinkt folgend, den kleinen Mann schon nach wenigen Stunden durch das neue Wirrwarr der Höhlensysteme an den Eingang der Klutert zurück. Er steckte das Tier in eines seiner leeren Vorratslöcher und deckte dieses mit einem schweren Stein zu. Dann begab er sich daran, für den Fuchs einen hölzernen Käfig zu bauen. Der rotschwänzige Geselle würde ihm sicher noch gute Dienste leisten können. Zwar wusste der Zwergenhafte genau, dass der neue Durchgang etwas mit den Ereignissen der letzten Jahre zu tun haben musste, weil er sicher nicht zufällig auf die Burg und Stadt des Sohnes des unschuldig hingerichteten Grafen wies. Daher war er bestimmt auch nicht für alle Zeiten manifestiert, aber der Zwergenhafte war schon alt. Er würde den Untergang dieses Höhlenganges nicht mehr erleben. Er konnte jedoch ahnen, dass die geheimnisvollen Kräfte den Gang als Reaktion auf die Versöhnung zweier verfeindeter Geschlechter geschaffen hatten, und dass dieser heute in den Tiefen des Berges verborgene Weg so lange offen bleiben würde, wie das Geschlecht der Isenberger noch auf Hohenlimburg residierte.

Literatur und Quellen

Andreas Bergmann, Hilde Konrad, Erich Kirsch, Paul Rohbeck, Maria Schellens und Grete Schneider, HRSG, Lebensgut – Altdeutsches Lesebuch für höhere Schulen, bearbeitet von Kurt Bona, Verlag Moritz Diesterweg, Frankfurt, Berlin, Bonn, München, 10. Auflage 1968

Dr. Heinrich Eversberg, Graf Friedrich von Isenberg und die Isenburg 1193-1226, Hrsg: Heimat- und Geschichtsverein Hattingen e. V., Verein zur Erhaltung der Isenburg e. V., Hattingen 1990.

Dr. Heinrich Eversberg, Das Schicksal des Grafen Friedrich von Isenberg und seines Burgberges im Spiegel der Dichtung, Hrsg: Heimat- und Geschichtsverein Hattingen e. V., Hattingen, September 1972

Ingeborg und Paul Frischauer, Weltgeschichte in Romanen, Bd. 2: Das Mittelalter, Hrsg: unter redaktioneller Mitarbeit von Herbert Reinoß und Heinz Kotthaus, Mohn & Co GmbH, Gütersloh 1961.

Karl Lachmann ... bearbeitet von Hugo Moser und Helmut Tervooren, Des Minnesangs Frühling. 36. und erweiterte Ausgabe, Hirzel Verlag, Stuttgart 1977

Wilhelm Mauren, Der Konflikt zwischen Graf Friedrich von Isenberg und Erzbischof Engelbert von Köln, historische Erzählung, Hrsg: Verein zur Erhaltung der Isenburg e. V., Hattingen 2000.

Heinrich Pleticha (HRSG), Deutsche Geschichte in 12 Bänden, Bd. 3: Die Staufische Zeit 1152 –1254, und Bd. 4: Vom Interregnum zu Karl IV. 1254 – 1378, Verlagsgruppe Bertelsmann GmbH/Lexikothek Verlag GmbH, Gütersloh 1982 C.

Wilhelm Pötter, Die Ministerialität der Erzbischöfe von Köln vom Ende des 11. Bis zum Ausgang des 13. Jahrhunderts, erschienen in Studien zur Kölner Kirchengeschichte, Hrsg: Historisches Archiv des Erzbistums, Band 9, Köln 1967.

Hans Reichstein, Untersuchungen an Tierknochen von der Isenburg bei Hattingen/Ruhr. Ein Beitrag zur Nahrungswirtschaft auf hochmittelalterlichen Burgen, Hrsg: Heimat- und Geschichtsverein Hattingen e. V., Hattingen 1981.

Hugo Stehkämper, Der Kölner Erzbischof Adolf von Altena und die deutsche Königswahl (1195 – 1205). Erschienen in Historische Zeitschrift, Beiheft 2, Hrsg: Theodor Schieder und Theodor Schieffer, 1973.

Verein zur Erhaltung der Isenburg e. V., HRSG, Burg Isenberg zu Hattingen mit Haus Custodis. Burgführer, Hattingen 1999.

Westfälische Märchen, Sagen, Lieder und Gebräuche, Mikado-Verlag, Atzbach 1978

Münstersche Chronik 30, Staatsarchiv Münster in Westfalen: (Aus dem Lateinischen übersetzt) „In jenem Jahr 1225 hat Friedrich, Graf von Isenberg, auf Veranlassung seiner Frau, den mit ihm verwandten Erzbischof Engelbert von Köln durch seinen Knappen Rydenkasten ermorden lassen."

De rebus Ultrajectinis ed. Matthaeus, Hagae Com. 1740, 23, Zeitschrift für vaterländische Geschichte und Altertumskunde, Münster 1854 XII, Nachtrag, Seite 401: (aus dem Lateinischen übersetzt) „O blindes Geschick, das einen solchen Mann wie Bernhard von Horstmar nach so vielen zu Lande und auf dem Meer überstandene Gefahren an einem so schmutzigen Ort unter solch üblen Umständen hat sterben lassen, ohne dass er sich helfen konnte. Es ist zweifellos wahr: In allen deutschen Landen gab es nicht seinesgleichen."

Nachrichten über den Reichstag zu Nürnberg, Reinhardsbrunner Chronik, 1225, November.

Die große Vogteirolle des Grafen Friedrich von Isenberg, niedergeschrieben 1221. Überliefert ist der Text der Präambel: Ne aliquis possit iniurari comiti – vel suis heredibus – ista sic fecit inscribi „Damit nicht irgendeiner dem Grafen oder seinen Erben Unrecht zufügen könnte, darum hat er dies aufschreiben lassen." Das Verzeichnis selbst enthält die Namen der 36 Oberhöfe mit

1440 Bauerngütern (Mansen) in 905 Orten, die zur ererbten Vogteiherrschaft gehören. Der persönliche Besitz, das Allod, wird nicht genannt. Es besteht aus weiteren 19 Oberhöfen und Einzelhöfen sowie dem Fährhof an der Ruhr.

Über die Zerstörung der Isenburg steht in der Kölner Königschronik auf S. 257: „Nec longa mora intervenit, cum ad mandatum eiusdem electi (Heinrich von Molenark) a vassalis Coloniensis ecclesie castrum Isenberg obsessum in dedicionem acceptum et solo coequatum." „Nicht einmal eine lange Verzögerung kam hinzu, als sich die auf Befehl des erwählten Bischofs Heinrich von Molenark von den Vasallen der Kölner Kirche belagerten Burg Isenberg auf Gnade und Ungnade ergab und dem Erdboden gleichgemacht wurde."

Caesarius von Heisterbach: Leben, Leiden und Wunder des Heiligen Erzbischofs Engelbert von Köln, übersetzt von Karl Langosch, Seite 72: „O verblendete Vermessenheit und Raserei, die tausendfach den Tod verdient!
O Tollheit, wie sie nicht Menschen, sondern Tieren eigen ist, die sich nicht scheute, so frech, so grausam und so gemein hinzumorden den Gesalbten des Herrn, den Priester des Herrn, den großen Erzbischof, und nicht einen beliebigen Erzbischof, sondern der Erzbischöfe Vater und Fürsten, und – was noch viel mehr hätte abschrecken müssen – den tüchtigsten Herzog und Verweser des Römischen Reiches!"

Begriffserklärungen

Allodialbesitz — althochdeutsch, Vollgut, freies Eigentum, auch Familienerbgut, im Gegensatz zum Lehen

Bergfried — Größter und ältester Turm einer Burg, in der Regel das älteste Bauwerk

Edelherr — Angehöriger des niederen Adels, z.B. ein Ritter

Gottesurteil — Beweis von Schuld und Unschuld vor altertümlichen Gerichten, angeblich durch Eingreifen Gottes beim Zweikamp f

Graf — althochdeutsch gravio, vielleicht aus dem griech. grapheus–Schreiber; ursprünglich aus der Gefolgschaft eines Königs hervorgegangener Stellvertreter des Herrschers. Im Mittelalter gehörten die Grafen zum Hochadel.

Halsgraben — kerbartiger Einschnitt im Bergrücken, der die Burg vom eigentlichen Berg trennt, er dient zur Sicherung der Anlage von der Bergseite her

Kemenate — Raum in der Burg, der nur den Frauen vorbehalten war, oft sogar der einzige Raum, der beheizt werden konnte, von Kamin abgeleitet

Knappe — Edelknabe, Sohn eines Adeligen, der ritterliche Ausbildung und Erziehung bei einem Ritter genießt und dem er dient.

Lehen	lat. feudum beneficium; ein vom Lehnsherrn (Kaiser, König, Herzog, Graf, Bischof) an einen Vasallen (Lehnsmann) gegen Dienst und Treue verliehenes Gut und Grundbesitz. Ursprünglich fiel das Lehen nach dem Tod des Lehnsmannes an den Lehnsherren zurück, später wurde es auch für den niederen Adel erblich.
Mansen	Bauernhof, meist einem Oberhof zugeordnet
Ministeriale	in früheren Zeiten (Karl der Große) vom König oder den Fürsten zu Diensten herangezogene Unfreie, die meist mit Dienstgütern entlohnt wurden. Im 11. Jh. Begann ihr Aufstieg zum niederen Adel (Ritterstand)
Minne, Minnesang, Minnesänger	mittelhochdeutsch, urspr. soziales Engagement, dann im Lehnswesen Bezeichnung für das gegenseitige Treueverhältnis zwischen Lehnsherrn und Lehnsmann. Dieser Begriff wurde im 12. Jh. auf die besondere Liebe zwischen einem Ritter und einer Dame übertragen. In der höfischen Gesellschaft verehrt der Ritter eine hochgestellte, meist verheiratete Dame (Frouwe) als das Ideal aller Frauen, und er vollbringt für sie Heldentaten (Aventiure). Direkter Ausdruck dieser Verehrung ist der Minnesang, den fahrende Ritter (Troubadoure) auf Burgen und auf Fürstenhöfen vortragen (z.B. Walther von der Vogelweide, Heinrich van Veldeke).

Palas	Hauptgebäude der mittelalterlichen Burg mit Wohnbereich und Festsaal
die **Reichsacht** aussprechen	eine für das gesamte Reichsgebiet geltende besondere Form der Ächtung, die die betroffene Person zu Freiwild erklärt, d.h. alle Rechte und Besitztümer wurden aberkannt, jeder konnte sie töten, sie war „vogelfrei"; wurde anfänglich nur vom König (Kaiser) oder vom Reichsgericht ausgesprochen
Ritter	bis ins 11. Jh. der adelige, voll gerüstete Vasall oder Kämpfer, seit dem 12. Jh. auch der in gleicher Weise Kriegsdienst leistende unfreie Dienstmann (Ministeriale)
Rittersaal	größter Raum oder Saal in einer Burg, in der Burgherren und Dienstleute zusammenkamen
eine Burg **schleifen**	eine Burg nach Eroberung oder Übergabe zerstören
Schwertleite	zeremonielle Aufnahme eines Knappen in den Ritterstand durch den Ritterschlag, den der König, später auch andere Fürsten erteilten (sachte Berührung mit dem Schwert)
Turnier	Ritterkampfspiel zu Pferde, bei dem die Gegner in voller Rüstung mit stumpfen Lanzen aufeinandertreffen, um sich gegenseitig aus dem Sattel zu heben

Verlies

finsteres Gefängnis, meist nur durch eine Öffnung in der Decke zugänglich

Vogt

lat. advocatus, Person, deren Aufgabe Schutz und die Vertretung des Herren war

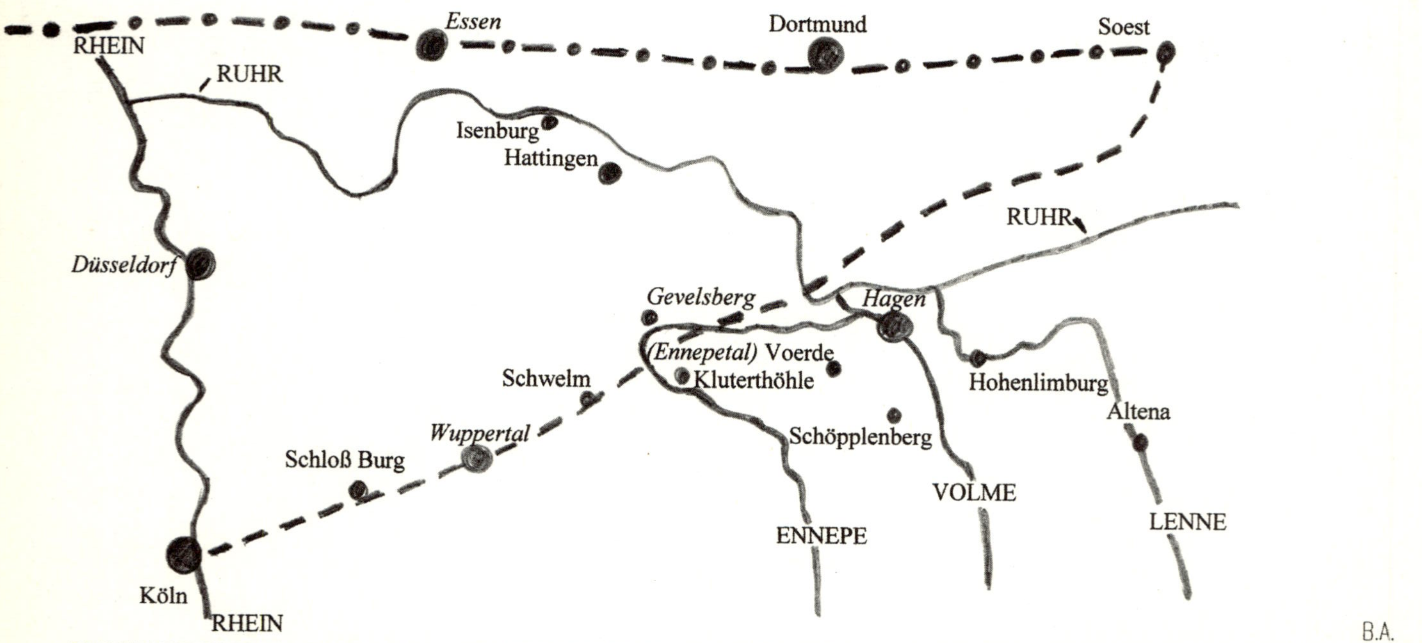

Ortsskizze
(vereinfachte Darstellung)

RUHR = Flüsse
Köln = Orte aus der Zeit um 1225
Hagen = Ortsgründungen nach 1225

—•—•— = Handelsweg (Hellweg)
— — — = Handelsweg (Köln-Soest)

Burg Isenburg

bei Hattingen

Mit 240 m Länge zählt
sie zu den größten Burg-
anlagen Westdeutschlands.

Diese Rekonstruktion wurde
von Gerhard Schwätzer
vom Verein zur Erhaltung der
Isenburg e.V. im Jahre 1996 ge-
zeichnet und zeigt die Burg im
Jahr 1225 vor ihrer Zerstörung.

Die Veröffentlichung erfolgt mit
freundlicher Genehmigung des
Vereins zur erhaltung des Isenburg e.V.

Die Grafen von Berg, Altena-Isenberg und Mark

Ausschnitt

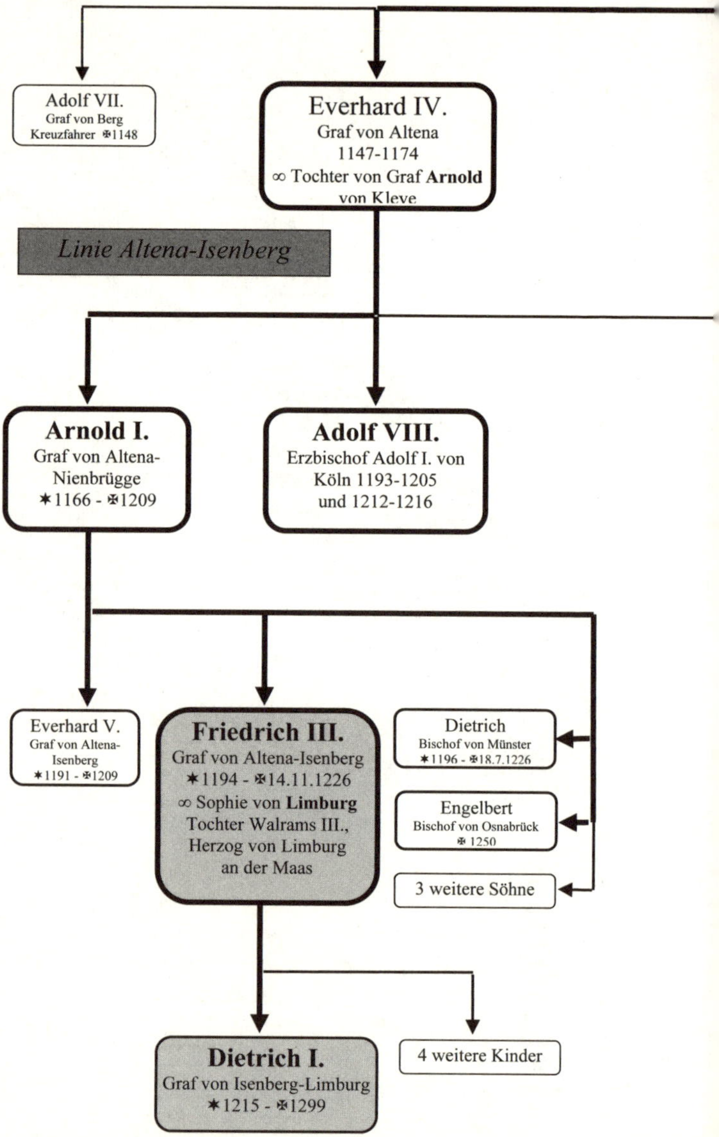

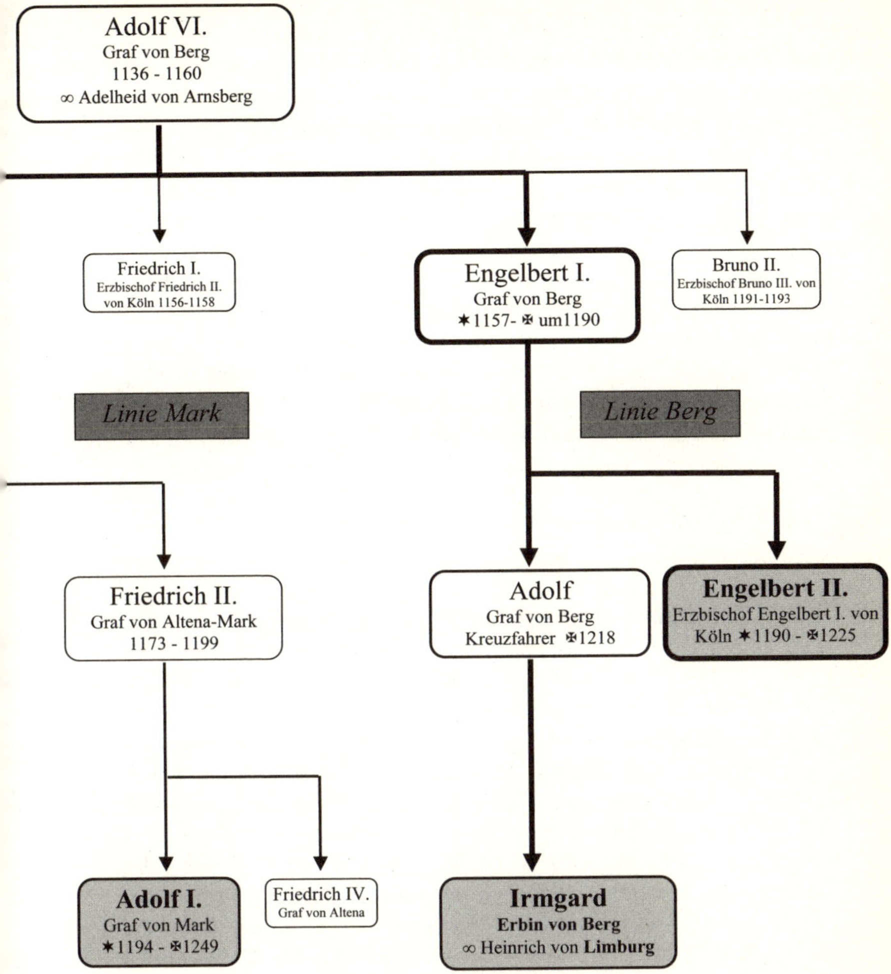

Diese Stammtafel wurde vom Verein zur Erhaltung der Isenburg e.V. im Jahr 1998 erstellt. Die Veröffentlichung in diesem Buch erfolgt mit freundlicher Genehmigung dieses Vereins.

Historischer Hintergrund

Kurzer geschichtlicher Exkurs

Quelle: Burgführer, Burg Isenburg zu Hattingen, 1999, hrsg. vom Verein zur Erhaltung der Isenburg e.V.

Wir bedanken uns für die freundliche Erlaubnis, aus dieser Quelle zitieren zu dürfen.

Vielfach bekannt ist der Konflikt zwischen dem letzten Burgherrn, Friedrich von Isenberg, und dem Kölner Erzbischof Engelbert von Köln.

Diese Geschichte der Isenburg ist eine komplexe Verflechtung von Reichs-, Landes- und Familienpolitik. 1180 scheitert die Macht- und Expansionspolitik Heinrichs des Löwen, Herzog von Sachsen und Bayern nach militärischen Niederlagen endgültig.

Der Kölner Erzbischof erhebt daraufhin Anspruch auf die Teile „Westfalen" und „Engern" des Herzogtums Sachsen und wird vom Kaiser auch zum Herzog des neuen Herzogtums Westfalen ernannt.

1193 wird Adolf von Altena zum Erzbischof von Köln und somit auch zum Herzog von Westfalen gewählt. In dieser Position als Reichsfürst ist er maßgeblich an der Wahl des deutschen Königs (1198, der Welfe Otto IV.) beteiligt.

Zur Sicherung seines Machtanspruchs lässt er, zusammen mit seinem Bruder Graf Arnold von Altena, eine Burganlage auf dem Isenberg bei Hattingen bauen. Die strategisch-politische Bedeutung dieser Burg liegt in ihrer Mittelpunktlage zwischen der Hauptstadt des Erzbistums Köln und der Hauptstadt des Herzogtums Westfalen, Soest, aber auch in seiner Position am Übergang des wirtschaftlich wichtigen Hilinciweges über die Ruhr, am Fuß des Isenberges. Die günstige Lage zu den Vogteien des Hauses Altena, Stift Essen und Werden, dürfte beim Bau der Isenburg ebenfalls eine große Rolle gespielt haben.

Mit Fertigstellung der Burg um 1200 setzt Erzbischof Arnold den ältesten Sohn seines Bruders, Everhard von Altena, als Burggraf ein. Nach dem Tod von Arnold und Everhard um 1209 übernimmt Friedrich von Altena, der zweite Sohn Arnolds, das Erbe und schließt sich als Gefolgsmann dem Welfenkönig und Kaiser

Otto IV. an. Die Schlacht bei Bouvines 1214 beendet die Macht der Welfen zugunsten der Staufer. Nach der Niederlage muß Friedrich von Altena offensichtlich mit vollen Ehren in die staufische Führungsschicht aufgenommen worden sein.

1214 heiratet er Sophia von Limburg, die Tochter des Herzogs Walram III. von Limburg an der Maas.

1216 wird Hauptpropst Engelbert von Berg zum Kölner Erzbischof gewählt. Er belehnt Friedrich von Altena mit der Burg Isenburg, dieser nennt sich seit 1217 „Graf von Isenberg".

Von 1218 an zeichnet sich der Konflikt zwischen Erzbischof Engelbert und dem westdeutschen Adel, besonders dem Hause Limburg ab.

1218 stirbt Engelberts älterer Bruder Graf Adolf von Berg auf einem Kreuzzug. Adolfs Tochter, Irmgard von Berg, erbt somit die Grafschaft Berg. Erzbischof Engelbert verweigert seiner Nichte das Erbe und nennt sich selbst „Graf von Berg". Irmgard von Berg ist seit 1217 mit Heinrich von Limburg verheiratet, dem Bruder der Gräfin Sophia von Isenberg.

Der Stauferkönig Friedrich II. wird am 22.11.1220 in Rom von Papst Honorius III. zum Kaiser gekrönt. Er beruft Engelbert zum Kanzler und Reichsverweser des Deutschen Reiches nördlich der Alpen und überträgt ihm die Vormundschaft über seinen Sohn Heinrich.

In die gleiche Zeit fallen Bestrebungen der Kirche, adlige Vogteien zugunsten der Kirche zu enteignen. Diese Maßnahme bedeutet eine einschneidende Verschlechterung der wirtschaftlichen und politischen Position der betroffenen Adligen und wird als Angriff gegen geltendes Adelsrecht empfunden.

Friedrich von Isenberg lässt 1221 seinen Vogteibesitz in der „Großen und Kleinen Vogteirolle" eintragen. Die Präambel verdeutlicht den Grund für diesen ungewöhnlichen Vorgang: „Damit niemand dem Grafen oder seinen Erben Unrecht tun könne, deshalb hat er dieses aufschreiben lassen".

Mißfällt dem westdeutschen Hochadel schon Engelberts Verhalten im Erbfall der Grafschaft Berg, so kommt es zu einem Bündnis gegen den Erzbischof, als dieser versucht, Friedrich von Isenberg die Vogteirechte über das Reichsstift Essen zu entziehen. Engelbert wäre somit in der Lage, Köln und Westfalen zu einem

Zentralstaat zu verbinden. Die Übergabe des Reichsstifts an Engelbert auf der Adelstagung in Soest, 2. – 7.11.1225, lehnt der Isenberger auch gegen Entschädigung ab.

Auf der Rückreise von Soest nach Köln versucht Friedrich von Isenberg mit seinem Gefolge, den Erzbischof nach geltendem Recht in Geiselhaft zu nehmen. Die Gefangennahme scheitert, der Erzbischof erliegt seinen Verletzungen.

Über Friedrich von Isenberg werden unter dramatischen Umständen Reichsacht und Kirchenbann verhängt, er verliert seinen gesamten persönlichen Besitz; seine Burg wird noch im Winter 1225/26 unter dem neuen Erzbischof Heinrich von Molenark belagert und zerstört.

Friedrich reist mit seinen Brüdern nach Rom und wird vom Kirchenbann freigesprochen.

Auf der Rückreise wird Friedrich in Lüttich gefangengenommen und an die Kölner Kirche ausgeliefert. Am 14.11.1226 wird er vor dem Kölner Severinstor durch das Rad hingerichtet: ihm werden Arme und Beine zerschlagen, er wird durch die Speichen auf das Rad geflochten und auf einer Steinsäule zur Schau gestellt.

Sein Vetter Adolf, aus der jüngeren Linie Altena, hatte die Burg Mark bei Hamm zu seinem Wohnsitz erwählt und seinen Namen nach dieser Burg geändert. Ihm gelang es, rechtzeitig die Partei zu wechseln und sich auf die Seite des Kölner Erzbischofs zu schlagen.

Die Grafen von der Mark werden die Nutznießer der Auseinandersetzungen zwischen Erzbischof und westfälischem Adel. Sie übernehmen den größten Teil des isenbergischen Besitzes und verteidigen ihn erfolgreich im isenbergischen Erbfolgestreit.

Dadurch wird die Grafschaft Mark zur größten weltlichen Landesherrschaft in Westfalen. In der Folgezeit greifen die Grafen von der Mark die antikölnische Politik der Isenberger wieder auf und stellen sich gegen den Erzbischof von Köln. Der offene Widerstand gegen die Großmachtpolitik der Kölner Kirche beginnt und wird erfolgreich mit der Schlacht bei Worringen (1288) beendet.

Die wichtigsten Folgen aus dem Konflikt Erzbischof – Isenberger:

1225/26 werden Isenburg sowie Stadt und Burg Nienbrügge zerstört. Die Grafen von der Mark beginnen, die Grenzen ihrer neuen Landesherrschaft militärisch und wirtschaftlich zu sichern und zu befestigen. 1227 ist Baubeginn des militärischen Stützpunktes Blankenstein.

Mit dem Vertrag von Essen vom 1.5.1243 wird der isenbergische Erbfolgestreit beendet. Der größte Teil des isenbergischen Besitzes geht endgültig an die Grafen von der Mark, die durch den Ausbau weiterer Stützpunkte (Iserlohn, Unna, Kamen, Lüdenscheid) ihren Erfolg absichern. Graf Dietrich von Isenberg-Limburg verbleibt nur Burg Limburg an der Lenne, das heutige Hohenlimburg.

Die Ereignisse des 7.11.1225, die von der Isenburg bei Hattingen aus initiiert worden sind, haben zu einer Territorialgliederung geführt , die bis Anfang des 19. Jahrhunderts bestehen blieb.

Das Dorf Hattingen geriet von seiner Mittelpunktlage innerhalb des isenbergischen Besitzes in eine Randlage im märkischen Gebiet.